中国文联理论研究室 指导
广州大学中国文艺国际传播研究中心

跨越数字文明

中国网络类型文学国际传播教程

主编 ◎ 吴长青

副主编 ◎ 李洁

中国文联理论研究部级重大项目「中华民族现代文明建设与中国文艺国际传播战略策略研究」（项目编号ZGWLBJKT202303）成果

中国出版集团有限公司

世界图书出版公司

广州·上海·西安·北京

图书在版编目（CIP）数据

跨越数字文明：中国网络类型文学国际传播教程 /
吴长青主编；李洁副主编 . -- 广州：世界图书出版广
东有限公司，2025.5. -- ISBN 978-7-5232-2359-8

Ⅰ . I207.999

中国国家版本馆 CIP 数据核字第 2025A8W658 号

KUAYUE SHUZI WENMING: ZHONGGUO WANGLUO LEIXING WENXUE GUOJI CHUANBO JIAOCHENG

跨 越 数 字 文 明 ： 中 国 网 络 类 型 文 学 国 际 传 播 教 程

主　　编：吴长青

副 主 编：李　洁

责任编辑：张东文

出版发行：世界图书出版有限公司　世界图书出版广东有限公司

地　　址：广州市海珠区新港西路大江冲 25 号

邮　　编：510300

电　　话：（020）84453623　84184026

网　　址：http://www.gdst.com.cn

邮　　箱：wpc_gdst@163.com

经　　销：新华书店

印　　刷：广州市迪桦彩印有限公司

开　　本：787mm×1092mm　1/16

印　　张：16.25

字　　数：261 千字

版　　次：2025 年 5 月第 1 版　2025 年 5 月第 1 次印刷

国际书号：ISBN 978-7-5232-2359-8

定　　价：58.00 元

咨询、投稿、反馈：（020）84451258　gdstchj@126.com　875936371@qq.com

（如有印装错误，请与出版社联系）

前　言

21世纪10年代中期以来，网络文学（此处网络文学是网络类型小说的统称，本书所指的网络类型文学专指网络类型小说）国际传播一直是个热词。随着短视频的兴起，很多人甚至不太愿意多提网络文学国际传播，他们更想用短剧、短视频的国际传播来替代这种表述。其实，无论是用网络文学还是短剧、短视频，它们的内容本质区别并不是太大，差别只是形式的不同。网络文学与短剧、短视频的传播手段和传播工具在艺术的本源上都是作为一种大众文化"建基"存在。也就是海德格尔所说的"历史性的艺术是对作品中的真理的创作性保存"，"真正说来，艺术为历史建基；艺术乃是根本性意义上的历史"。当然，在海德格尔看来，"诗乃赠予、建基、开端三重意义上的创建"，这里暗示着，诗与艺术是可以互换理解的，严格说来，这样的理解本身也是历史性的，在海德格尔生活的时代，数字技术还没有我们今天如此发达，但有一点确实被海德格尔看到了，就是"艺术作品的本源，同时也就是创作者与保存者的本源，也就是一个民族的历史性此在的本源，乃是艺术"。这也意味着必须回到"本源"处探讨现象和问题才有意义，也只有在"本源"处才能探寻到一个民族历史性的此在。

在印刷文明一统天下的时代，我们在此处探讨艺术的本源最多也就是炒老海的现象学哲学，然而，数字技术和数字文化全面僭越传统界别，进而颠覆一些传统意义上的条条框框。因此，重提哲学家老海的"艺术作品的起源"显得别有一番意义，因为它把我们引向另一个新的系统，这个系统就是让我们看到不同民族的历史性此在的可能。数字文学作为一种新的艺术样式能不能被看作一种新文明形态的起源？

这么想来，我们从数字文化开始探讨国际传播就显得有其历史性的价值，并且可以借助这样的理论谱系尝试性地编织出新型传播体系，同时反向探索传播的内容合不合时宜，也只有这样才能真正建立起本书的基本框架。

本书上编所涉及的数字文化与中国网络类型文学就是基于这样的逻辑，从数字文化的本体出发，探索一种"数字文学"的可能，这样最大的益处就是，不再单独将网络文学的定义从传统精英文学那里刻意剥离出来，按照常规，大家约定俗成地采用一种对立矛盾的形式逻辑推理出网络文学的所谓"独特性"，也就是说，网络文学本无独立形态，而是在与传统精英文学的比较中方能彰显出来。其实，这种通过将网络文学对象化之后才能够"跳跃"出来的看法，本身就是一种经不起逻辑推敲的武断。实际情形是，只要将网络文学放置在数字化这个特定的"装置"中，就能还原出它的本来面目。因此，以数字化作为一种牵引的动力或者将数字化作为一种"装置"来确定网络文学的范畴则显得极为可靠，并且为未来数字全球化实践预设了一种可能。

中编主要立足于中国网络类型文学的全球化实践。重点选取了三种代表性的类型：传统武侠、玄幻和科幻，以及改编剧分别在不同国家的传播，同时还介绍了国外粉丝的自译现象。德国康斯坦茨大学教授，接受美学的创始人之一，康斯坦茨学派的主要代表，著名的文学理论家、美学家汉斯·罗伯特·姚斯（Hans Robert Jauss）说："类型作为历史的关系系统的形式主义概念有助于用文学演变的动力原则，取代把类型历史看作稳定的、直线性的、积累性的发展过程的文学传统的古典主义。形式主义的演变观与有机生长或达尔文的自然选择观点都不相同。'演化'是'文学连续性'现象的特征，演变不是不断'发展'意义上的，而是通过借鉴某种更古的东西与直接前辈进行'斗争'或与之'决裂'。"姚斯的这番论断有助于我们理解中国网络类型文学为何能够被世界接受的动力性，同时还能解释中国网络类型文学历史谱系在自身形成过程中的成因，以及它与世界的普遍联系。直接地说，如果没有互联网技术和改革开放的历史环境，网络类型文学可能不是我们今天看到的这个样子。也就是说，它首先隐含着中国当代文学自身的一种历史"演变"关系，这个过程同样充满了艰难曲折，从它的身上可以看到中国当代文学发展的基本脉络以及"演变"的轨迹。尤其能够被国际所接受乃至为这种"演变"提供极好的参照。

下编是国际版权与写作、传播策略。这部分主要从传播实践出发，以国际全版权开发为重要的参照系，以及将"内容"与"传播"一体化，"写什么"不是不关涉"传播"，而是极度影响到传播效果、接受质量。因此，需要有一种通盘协同的能力，还要有所选择，有其重点。中国网络类型小说的成功"出海"本身就说明了"内容"与"传播"之间的正向互动关系，同时还从岭南文化以及澳门书写两个案例中揭示了这种机制背后的能动关系。之所以这样编排，目的就是借中国网络类型文学的国际传播这样的现象，引导我们在数字时代如何能够从中国自身的历史、中国的思想资源和精神文化的本体出发，形成与世界的互动关系，共同促进人类文明互鉴与交流，共同推动构建人类命运共同体。

另外，需要特别交代的是，本书的附录部分由王婉波提供，全文发表于《长江学术》2022 年第 4 期，这是她与荷兰籍的贺麦晓（Michel Hockx）先生的访谈，贺麦晓曾获荷兰莱顿大学博士学位，现任美国圣母大学东亚系教授、刘氏亚洲研究院院长。研究范围包括中国现当代诗歌，新诗诗学以及文学社会学；曾进行民国期刊研究，并长期关注中文网络文学。现主要从事中国现当代文学研究。专著有《雪朝：通往现代性的八位中国诗人》（1994）、《二十世纪中国文学场》（1999）、《文体问题：现代中国的文学社团与文学期刊》（2003）、《当代中国文化》（2006）等。其中网络文学研究代表作 Internet Literature In China（《中国网络文学》，Columbia University Press，2015）一书紧扣后社会主义（post-socialism）的政治场域及其社会背景，审视和疏理了中国 20 世纪 80 年代至 21 世纪中国网络文学的演变及对未来趋势的展望。在此，编者对王婉波和贺麦晓两位老师的授权表示感谢！

参与本书编写的人员有：

吴长青（盐城幼儿师范高等专科学校、广州大学中国文艺国际传播研究中心）：第一、三、四、五、十三、十四章；

苏振甲（湖南理工学院马克思主义学院）：第二章；

王小英（暨南大学文学院）：第六章；

鲍远福（贵州民族大学传媒学院）：第七章；

姜欣言（山东大学文艺美学研究中心）：第八章；

李洁（南京工业大学外国语学院）：第九章及全书的英文审定；

吴怡（南京信息工程大学艺术学院）：第十章；

杨阿里（澳门国际创作者协会）：第十一章；

马季（中国作家协会网络文学研究院）：第十二章；

王婉波（河南工业大学新闻与传播学院）、〔荷〕贺麦晓（美国印第安纳州圣母大学刘氏亚洲研究院）：附录。

2023—2024 年，我们有幸与广州大学中国文艺国际传播研究中心的张谡教授一起参与中国文联理论研究部级重大项目"中华民族现代文明建设与中国文艺国际传播战略策略研究"（项目编号 ZGWLBJKT202303）的研究工作，本书是其中的成果之一。

鉴于我们能力有限，本书难免有不足之处，敬请同行、专家和各位读者给我们提出宝贵意见，以便在修订时作为参考。

编　者

2025 年 1 月

目 录

CONTENTS

上 编

数字文化与中国网络类型文学

　　"数字文化"是从"信息文化"引渡而来，信息文化的发展伴随着信息技术的普及，给人们的思维模式带来了革命性的变化。相比于信息技术，数字技术尤其是以人工智能为代表的数字形态，彻底地将人类思维从碳基生命带向硅基生命转换的维度。毫不讳言，由信息技术垒积而成的课程体系将在数字技术视域中经受淬炼，无论是教育者还是受教育者必将面对一个新的历史命题。

　　数字文化既不是信息技术本身的技术成分，也不是信息技术作为一种单纯的课程理念的逻辑升级。它虽有信息的表征，也带有信息文化的部分属性，但并不完全因袭信息文化的性质和功能，它可被视同为一种全新的联接型的社会形态。中国网络类型文学作为信息技术的产物，塑造出全新的数字文化新生态。循着这样的逻辑，不难发现，中国网络类型文学的历史路径又开辟了文学叙事的新通道。

第一章

中国网络文学网站基本概况及发展格局

　　文学网站既是内容传播的核心介质，也是生产经营的平台，承载着作者、读者的互动交流，同时还承担着文本内容的连续和延展。可以说每一个文学网站同时还是一个内容的数据库，是在线创作历时性和共时性兼具的文化载体。因此，在网络文学国际传播中，主要依赖其开放性、流动性强的文学网站来实现的。

第一节　文学网站的基本概况

　　1997年到世纪之交，榕树下（成立于1997年）、天涯社区（成立于1999年）、红袖添香（成立于1999年）、幻剑书盟（成立于2000年）、起点中文（成立于2001年）等一批涉及文学的网站相继开通或内容上线。这些文学网站成为聚集文学创作者的主阵地。2002年，吴文辉等人创办了玄幻文学网站"起点原创文学协会"，这是起点中文网的前身。

　　2003年始，起点中文网率先推出了在线收费阅读模式，为原创连载小说设立了付费墙。此举终结了读者免费阅读的时代，有效地保护了作者的权益，体现出对在线创作者劳动的尊重。他们不仅提高稿酬标准，还为写作者提供了最低保障收入，尤其将其中收费所得的50%至70%归作者所有。这种稿酬制度有效地吸引了一批高质量的在线创作者，同时也为网站带来流量，使得网站进入良性循环。2004年，刚刚在美国纳斯达克成功上市的盛大网络，最终以200万美元的价格收购了起点中文网，正式进军网络文学市场。2004年，盛大网络收购晋江原创网。2007年，盛大网络收购女性文学网站红袖添香。2008年8月，盛大网络在以上三家原创文学网站的基础上，宣布成立盛大文学有限公司。这意味着国内最大的互联网文学公司正式形成，同时诞生了中国首批职业化网络文学写手。同年9月，完美世界投资建立纵横中文网（http://www.zongheng.com）。同月，掌阅科技成立，专注于数字阅读，也是早期移动阅读分发平台。

2009年，盛大文学控股老牌文学网站榕树下，2010年盛大文学又陆续收购了小说阅读网（https://www.readnovel.com）、言情小说吧（https://www.xs8.cn）、潇湘书院（http://www.xxsy.net）等4家覆盖言情、武侠等不同题材类型的原创文学网站。之后，盛大文学又收购了天方听书网（https://www.tingbook.com），布局有声出版领域，同时收购期刊阅读网站——悦读网。自此，盛大文学旗下已经囊括7家原创文学网站，并与4家图书出版策划公司达成深度合作。

2010年之后，中国网络文学进入鼎盛发展期。各类文学网站风起云涌，同时也进入收购、并购时代。特别是2010年5月5日，中国移动手机阅读基地正式商用，标志着网络文学步入移动互联网时代。中国网络文学随之进入爆发期。

2013年5月30日，腾讯与前起点中文网核心编辑团队成立创世中文网；9月，腾讯文学正式成立，旗下的创世中文网、云起书院和QQ阅读陆续开始连载更新的作品，同时分期逐批接入起点中文网渠道；同年11月5日，腾讯文学最终敲定了对盛大文学的收购。

2013年12月，百度以1.915亿元的价格从完美世界手中购得纵横中文网全部股权，这其中还包括91助手、安卓市场、91熊猫看书等。

2014年11月27日，百度文学宣布成立，同时首次发布了包括"纵横中文网""91熊猫看书""百度书城"等子品牌在内的完整架构，并现场签约游戏、影视等多家合作伙伴。"百度文学"原创平台以"纵横中文网"为核心，签约作者超1万人，注册作者超40万人，书库作品超16万部。分发平台则以"百度书城"和"熊猫看书"为主，保证自有原创资源的稳定输出。此外，"百度文学"在第三方合作方面，还积极推动与同类型企业的资源互换。

人民网也在2013年10月斥资近2.5亿元收购看书网69.25%的股权。

2014年4月，已经成长为中国互联网巨头的腾讯在UP2014年度发布会上正式对外宣布，腾讯文学将以子公司的形式展开独立运营，由吴文辉担任首席执行官，全权负责腾讯文学的管理和运营工作。腾讯互娱旗下重要的"泛娱乐"业务之一，腾讯文学拥有以下品牌矩阵：以男性阅读为主的"创世中文网"和主打女性市场的"云起书院"；移动端应用（App）"QQ 阅读"和触屏网站"QQ 书城"两大移动阅读产品，以及以手机 QQ 阅读中心为代表的综合内容拓展渠道。

当时有人这么总结："1998 年—2008 年，网络文学发展的头十年，这是网络文学的蛮荒时代，同时也是与传统文学对抗的阶段。榕树下、起点中文网、天涯论坛、猫扑论坛等等，各大论坛和原创型的文学网站蜂拥而起，越来越得到舆论的关注。但是对于传统文学，网络文学尽管热闹非凡，也只是角落里的独欢。2008 年—2014 年，是网络文学的二维升级时代，也是与传统文学的和解阶段。2008 年，盛大文学横空出世，标志着网络文学发展的新时代。盛大集团借助资本的力量，整合网络文学的资源，一举拿下了网络文学的大半江山。"①

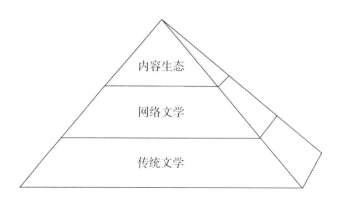

图 1-1　网络文学内容领域的三维升级

上图所示的三维升级专指文学内容与读者需求之间的关系，这个金字塔示意图说明了在不同的历史阶段，文学形态与读者市场的密切度，反过来说市场的需求也在不断演化文学的存在形态，与此同时，读者市场产业链也在不断演进中，

---

① 云掌财经答"阅文集团收购盛大文学，到底是文学盛宴的开始还是最后的晚餐？"，知乎，https://www.zhihu.com/question/35201194/answer/146897779。

体现了文学作为一种精神消费品在整个产业链中的位置以及它所呈现出的上升动态，其次就是读者市场对内容的无限级的需求，这是网络文学之所以能够带动市场发展的主要原因。三维升级图在理论上恰好对应了网络发展的历史路线图。

2015 年网络文学 IP 在影视、游戏等领域遍地开花。阅文集团试水动画片《择天记》，打通 IP 泛娱乐全产业链；阿里文学与黑岩网络推出首个 "IP 联合开发" 大战略的实践产品《阴阳代理人之逆天者》；中文在线牵手荣信达。以 IP 作为源头，网络文学加速深耕泛娱乐领域，提高全产业链的商业化价值。网络文学网站由原生时代全面进入资本时代。

2015 年 1 月，中文在线上市，接着拥有全媒体出版，无线阅读服务，互联网阅读服务。其中 "17K 小说网" 和 "四月天小说网" 是集创作、阅读于一体的原创文学网站；"全民阅读网" 旨在深化和推动全民阅读；机构阅读服务，提供面向学校、公共图书馆、政府、企事业单位等机构用户的数字阅读服务解决方案及数字阅读产品，一是书香中国互联网数字阅读平台；二是云屏数字借阅机；三是 "微书房" 移动客户端以及开展数字内容增值服务等。

2017 年 9 月掌阅科技上市，其中掌阅文学有掌阅小说网、红薯中文网、趣阅小说网、神起中文网、iCiyuan 轻小说、魔情小说网、有乐中文网 7 大网文品牌，签约超 10000 位名家作者，并且掌握大量自有 IP。

2017 年 11 月，阅文集团上市。旗下拥有创世中文网、起点中文网、起点国际、云起书院、起点女生网、红袖添香、潇湘书院、小说阅读网、言情小说吧等网络原创与阅读品牌；中智博文、华文天下、聚石文华、榕树下等图书出版及数字发行品牌；天方听书网、懒人听书等音频听书品牌；移动阅读 App，包括起点读书 App、QQ 阅读 App。

据有关数据，从 1997 年到 2017 年，网文与它的衍生品已经渗透进当代娱乐生活中：网文市场的用户规模从 0 增长至 3.6 亿人，是我国网民数量的一半，而他们在 2017 年一年里就能贡献出 60 亿付费收入。①

---

① 《创业邦》，https://www.cyzone.cn/article/168077.html。

根据中国音数协数据测算，2023 年中国网络文学市场营收规模为 383.0 亿元，同比增长 20.52%。其中订阅、版权和广告三个板块的营收规模分别为 143.16 亿元、68.17 亿元和 154.08 亿元，另有包括硬件收入在内的其他收入 17.59 亿元。

2023 年，广告收入占总收入的比例首次超过了订阅收入，成为推动我国网络文学市场营收的重要力量。截至 2023 年底，在考虑了重复授权和作品到期下架的情况下，我国网络文学作品累计规模 3786.46 万部，相较 2022 年增长了 327.62 万部，增长率达到 9.47%。[①]

其中，"出海"情况根据中国音数协数据测算，2023 年，我国网络文学行业海外市场营收规模达到 43.50 亿元，同比增速 7.06%，中国网络文学"出海"逐渐步入稳定发展期，网络文学企业需要在现有基础上强化全 IP 生态链构建，不断增强中华文化的话语权和定义权。在未区分重复授权、多语种翻译、授权地区等因素情形下，2023 年我国网络文学"出海"作品（含网络文学平台海外原创作品）总量约为 69.58 万部（种），相较 2022 年增长 29.02%。

2025 年 4 月 23 日，中国音像与数字出版协会在第四届全民阅读大会数字阅读论坛暨第十一届数字阅读年会上发布《2024 年度中国数字阅读报告》。报告显示，2024 年，我国数字阅读市场总体营收规模为 661.41 亿元，同比增长 16.65%。数字阅读作品总量约为 6307.26 万部，同比增长 6.31%；网络文学和电子书的数量占比约为 67.55%，有声阅读作品数量占比约为 32.45%；数字阅读出海作品总量为 80.84 万部（种），同比增长 6.03%；数字阅读用户规模为 6.70 亿，同比增长 17.52%。

[①] 中国音像与数字出版协会：《〈2023 年度中国网络文学发展报告〉发布》，原载《出版商务周报》，出版商务网转载，http://www.cptoday.cn/news/detail/18172。

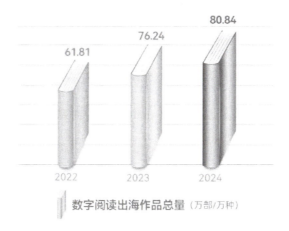

2024年我国数字阅读出海作品
总量约为 80.84 万部
同比增长 6.03%

数字阅读出海作品总量（万部/万种）

图 1-2　中国网络文学出海情况

2023 以来，我国网络文学"出海"步伐继续稳健向前，格局虽未发生颠覆性变化，但东南亚超越了北美地区，成为网络文学"出海"的首要目的地。占据"出海"作品前三名的题材，依然是古言现言、玄幻奇幻和都市职场，这说明一些经典和受欢迎的题材在全球范围内都具有持久的吸引力。

第二节　文学网站的类型和作品信息

文学网站作为原创文学的发布平台、作家与读者互动交流的平台，同时也是数字阅读平台和网络文学衍生品的版权交易平台。

下表为中国作协全国重点网络文学网站联席会议成员单位一览表（统计截止到 2024 年 10 月，其中序号 46—51 为列席单位）

表 1-1　中国作协全国重点网络文学网站联席会议成员单位（含列席单位）

序号	文学企业（站点）	网址	类型
1	爱奇艺文学	http://wenxue.iqiyi.com	原创综合
2	爱读网	http://www.aiduwenxue.com	原创综合
3	半壁江中文网	http://www.banbijiang.com	原创综合
4	博易创为	香网（http://www.xiang5.com）和天地中文网（http://www.tiandizw.com）	原创综合
5	不可能的世界小说网	http://www.8kana.com	原创二次元
6	创世中文网	https://chuangshi.qq.com	原创综合
7	长江中文网	http://www.cjzww.com	原创综合
8	点众文学	https://www.ssread.cn	原创综合
9	大佳网	http://i.dajianet.com	原创综合
10	凤凰互娱	http://www.youfh.com	原创综合
11	飞库网	http://www.feiku.com	电子书下载网站
12	番茄小说网	https://fanqienovel.com	原创综合
13	红袖添香	https://www.hongxiu.com	原创综合
14	红薯网	https://www.hongshu.com	原创综合
15	汉王书城	http://www.hwebook.cn	电子书阅读
16	火星小说	https://www.hotread.com	原创综合
17	晋江文学城	http://www.jjwxc.net	原创女性向
18	酷匠网	https://www.kujiang.com/index	原创综合
19	看书网	https://www.kanshu.com	原创综合
20	连尚文学逐浪网	http://www.zhulang.com	原创综合
21	咪咕阅读	https://www.cmread.com	数字阅读
22	磨铁中文网	http://wenxue.motie.com	原创综合
23	起点中文网	https://www.qidian.com	原创综合
24	起点女生网	https://www.qdmm.com	原创女性向
25	七猫中文网	https://www.qimao.com	原创综合
26	趣阅科技	https://www.hzquyue.com	原创综合

（续表）

序号	文学企业（站点）	网址	类型
27	盛世阅读网	http://m.s4yd.com	原创综合
28	书旗小说网	https://www.shuqi.com	原创综合
29	书海网	http://www.shuhai.com	原创综合
30	塔读文学	http://www.tadu.com	原创综合
31	天下书盟小说网	http://www.fbook.net	原创综合
32	铁血网	https://book.tiexue.net	原创军事、历史
33	网易文学	http://yuedu.163.com	数字阅读、原创
34	吾里文化	http://www.wuliwenhua.com	原创综合
35	小说阅读网	https://www.readnovel.com	原创女性向
36	潇湘书院	http://www.xxsy.net	原创女性向
37	喜马拉雅奇迹小说	https://www.qijizuopin.com	原创综合
38	云起书院	http://yunqi.qq.com	原创言情
39	言情小说吧	https://www.xs8.cn	原创言情
40	云阅文学	http://www.iyunyue.com	原创综合
41	掌阅文化	http://yc.ireader.com.cn	原创综合
42	纵横中文网	http://www.zongheng.com	原创综合
43	掌中云文学	https://wenxue.zhangzhongyun.com/web/#/home	原创综合
44	中文在线	17k 小说网（https://www.17k.com/）	原创综合
45	作客文学网	https://www.zuok.cn	原创综合
46	中国作家网	http://www.chinawriter.com.cn	作协官方门户网站
47	中国诗歌网	https://www.yzs.com	诗歌原创
48	作家在线		出版社业务
49	豆瓣阅读	https://read.douban.com	新媒体阅读
50	中作华文		版权企业
51	武汉华著		版权企业

除此之外，还有一些网络文学平台和网站并不在以上体系之列，在互联网门户网站的小说频道里可以找到部分小说网站的名录和相关链接站点，只要点击就可以进入其中阅读。特别需要说明的是像豆瓣、知乎以及 LOFTER 这样的新媒体文学综合平台，兼有原创文学和各类新媒体视听频道，虽然没有长篇或者超长篇小说，但是他们同样拥有数量相当可观的作者与读者，它们都有各自的商业模式，通常我们把这类阅读平台看成是一种综合性的网络文艺平台和数字阅读平台。

因此，网络文学在狭义上是指发表在网络上的原创长篇类型小说，并且有较为完善的签约作家体系和相对成熟的盈利模式。一定意义上，文学网站就是文学企业的数字资产和企业的实际经营场所。

需要特别说明的是，在概念上还要区别文学企业另外一种情形，就是网络文学网站与数字阅读平台的区分，虽然网站也是数字阅读平台，但这是由它的派生功能决定的，首先是原创平台，其次是发布平台，最后才是数字阅读平台，在逻辑上有先后次序。严格意义上的文学网站首先满足的第一个条件是它的原创性，没有原创作为前提，文学网站就不是真正意义上的网络文学网站。

作为一种具体的形态，文学网站作品信息主要集中在网络的页面上，其中首页包含作品、作者量、读者人数、信息架构、栏目设置、检索系统、组织系统、导航系统、标识系统、网站榜单等几部分构成。

其中首页信息架构自顶向下，上左、上右、下左、下右；栏目设置有全局导航、检索框、推荐专区、榜单等；组织系统有作家专区、版权推荐、书库（排行榜）、编辑推单、读者排行榜单、作品的组织结构（作品类型、作品分类、作品状态、作品字数、更新时间）；检索系统有关键词检索和组合检索；导航系统有全局导航、辅助导航等；标识系统分为文字、图片、文字与图像、表单等；网站榜单有编辑推荐榜、读者榜、奖励榜。

有人将作品信息元数据做成以下框架[1]，供文学网站软件设计师参考。

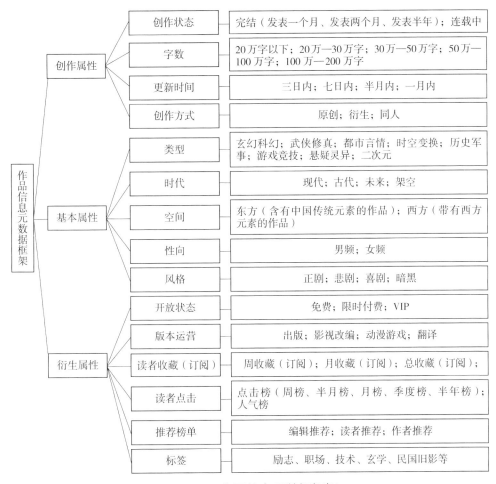

图 1-3 作品信息元数据框架

---

① 李敏、董嘉慧：《网络文学网站面向读者的作品发现策略调查》，载《图书馆学研究》，2018 年第 17 期。

第三节 文学网站的盈利模式和版权运营模式

网络文学网站的盈利模式按照"配电盘"原理，是基于作品的核心要素做上下游的价值链的构建来完成的。

一、付费阅读

网站通常采用单部作品分段收费的付费阅读模式。作品开头 5 万—20 万字免费，在积累了一定的人气之后，作品的收藏量、点击率、推荐率等综合指标符合收费标准，作品便会被网站升级为 VIP 收费作品，之后发布的所有作品章节均需付费阅读。具体收费标准通常为 5 分 / 千字 / 人，初级 VIP 用户为 3 分 / 千字 / 人，高级 VIP 用户为 2 分 / 千字 / 人。一般三者的比例为 6∶3∶1，中介平台的网站可获得订阅收入的 60%，签约作家分得 40%。

文学网站从第一阶段的免费阅读到 2003 年盛大文学的 VIP 订阅，再从付费订制阅读到 IP 复合版权衍生的网络运营模式，再到如今七猫小说、番茄小说的免费阅读，全面反映了网络文学的曲折发展史。

20 世纪 80 年代末"先锋文学"以一种非主流的态势让众多年轻人趋之若鹜，这种文学思潮一直持续到 90 年代中期。随着中国市场经济的强力推行，伴随而来的个人主义甚嚣尘上，恰逢后现代主义解构思潮涌入中国，催生了中国文学的"个人化写作"以及"小市民写作"的创作之风，另一方面则是国家宏大话语表述的日渐式微，"先锋文学"遭遇到前所未有的挑战，于是这部分人群分化为两类：一类是继续传统文学的"个人化"书写，另一类则是迁移到网络上继续以一种"后先锋文学"的方式探索着"宏大话语"之外其他文学书写的可能。早期网络文学创作与这股思潮不谋而合。

随着互联网的普及，这部分人群大都从大学的 BBS 讨论社区向各大门户网站的论坛转移，随之吸引了更多的后继者从事新的文体样式的探索。到 20 世纪末呈现出一种上升的态势。2003 年，原起点文学团队开创了网络文学数字付费阅读模式和与作者进行版权合作分成制度。基层作者可以通过网络写作实现"发财致富"，网络文学正式步入商业化阶段，标志着网络文学有了真正的互联网商业化模式。

这一阶段，文学网站吸引大量原创作者涌进的同时也吸引了大量阅读人群的追文，一些民营出版业开始尝试与网站合作，实施图书版权的数字化；与此同时，一些民营图书公司和敏锐的传统出版社将视角转向了原创作者，经过"抓取"之后，使得一些基层作者出现分流，形成畅销书作者与网络作者。像凤凰联动、磨铁图书、汉王书城等都是在这一时期发展起来的。当然，在这一波潮流中由于没有适应主动变革的早期老牌文学网站像"榕树下"和"天涯"自此进入下坡路，甚至从此销声匿迹。

以中文在线和三大移动运营商（移动咪咕阅读、电信天翼阅读、联通沃阅读）为主体的无线端阅读是这一阶段的又一个重要阅读阵地。

下图是网站"配电盘"式盈利模式图[①]：

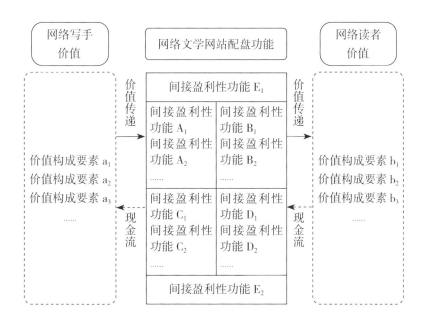

图 1-4　网站盈利模式的模型图

① 高千卉：《基于价值链的网络文学网站赢利模式研究——以起点中文网为例》，东北财经大学硕士学位论文，2018 年。

二、多版权运营

所谓版权运营就是通过对网文作品版权的开发利用、通过出卖或授权等，把原创文学作品改编成影视剧、网络（短）剧、网络大电影、游戏、动漫、音频（有声书）、动画、连环画等其他产品类型，并从中获取相应的知识产权相关权益。

网络文学最初的多版权开发以盛大文学为代表的老牌文学网站向游戏行业衍生最为典型。正是通过这样的成功尝试，觊觎已久的资本开始大规模进入网络文学，以阅文集团的诞生最具代表性。随着一些影视企业、影视播放平台的相继加入，这为网络文学的"IP"化起到了推波助澜的作用。像爱奇艺文学、掌阅文化、阿里文学，以及后来完美收购的百度文学都是这样的代表性企业。除此之外，诸如当当网这些销售传统图书的平台也开始进入原创文学领域，中文在线上市之后则轻松拓展了文化产业资本市场的其他相关联的业务。

2015年网络文学在"泛娱乐"领域出现了超强的态势，网络文学多版权衍生到达一个历史最高点。网络文艺（网络文学、网络影视、网络剧、网络动漫、网络游戏等）所形成的完整产业链改变了传统文艺的平面格局。这可看作是网络文学内容"IP"的第二阶段。这一阶段的"IP"同时向传统文学伸出了橄榄枝，形成了整体性的文学"IP"诉求。

与其他行业不同的是，文学"IP"的梯度发展并没有完全淘汰低端的产品形态，而是进入到一种复合型的多层次综合发展的格局。这预示着一种全新的网络文艺美学正在形成，特别是随着智能技术的发展，终将影响人类的日常生活，势必在精神领域也产生一种颠覆的力量。

可以预见，随着移动5G技术和AR/VR技术的发展，优质网络文学"IP"将以各种数字"云"的形式融入"数字经济"，各种娱乐产品渠道之间将打破壁垒，实行平台共享、服务共享、价值共享。文学"IP"将在融合其他娱乐产业上出现更为精细的分化。

值得注意的是网络文学IP起初由市场自发形成，一些影视、游戏公司在内容日渐匮乏的情况下，把目光投向网络文学，然后由改编的成功引出了网络文学的改编热。一些比较大的网络文学企业也由最初的单纯出卖原创文学版权，转向自身开发，合作开发。同时，一些技术公司和娱乐平台也从产业链出发，不再满足单一的硬件研发或播放渠道的拓展，开始向全产业链转向，诸如腾讯、阿里、完美、掌阅这些非文学业务的娱乐产业导向开发网络文学原创业务。这个阶段应该说是网络文学进入自觉的选择阶段。

第一阶段的"IP"商业模式基本上由文学网站和数字出版、销售企业作为主导。除了文学网站联合传统出版行业进行联合开发之外，传统出版企业和数字出版企业将纸质版权进行数字化延伸，比如中国出版集团数字传媒公司的"大佳网"、汉王书城的"电子书"，亚马逊和当当的"电子书"阅读器销售也属于此列。

从生产环节上说，文学网站从依赖原创文学的点击率付费阅读分成的单一模式，向签约作者和签约版权方向转变。从消费角度来说，个人订制付费阅读，客户端由传统的 PC 端向无线移动端大规模地转移，比如智能手机、平板 iPad 及各类数字阅读器。

在运营上，除了点到点的平台之外，以三大移动运营商（移动咪咕阅读、电信天翼阅读、联通沃阅读）为主体的移动阅读端除了自营签约作品外，还开放多版权合作方式数字阅读渠道供第三方版权所有者发布，以合作分成的模式获得产品销售的利润。

在商业模式上第二阶段与第一阶段是完全不同的，如果说早期的"IP"基本就是以纸质版权向数字版权转变的单一性阅读——读屏为主体核心，到了第二阶段整体格局则出现了变化，诚如上文所说，第二阶段全面超越了第一阶段，基本实现了全产业"泛娱乐"的闭环模式。版权竞争也进入到一种白热化的态势，当然，也预埋了极高的市场风险。

第二阶段则是以网络文艺的崛起为代表、全屏幕互动为典型特征的"IP"的泛化。在生产环节上，依然以作者个人出售版权为主导。其次，吸纳作者加盟，采取版权入股或是版权众筹的模式对版权持有人进行合理的吸纳，走向联合出品。

这个阶段的运营由过去的点到点线性开发向扇面和环形开发。提倡一种覆盖意识，以点搭面，面面俱到的模式，它对以往产业链进行反导和修复、完善。百度收购完美文学、纵横文学，再到后来的完美反购百度文学，腾讯收购盛大组建阅文集团，其根本其实还是关涉内容"IP"的核心竞争力。

诸如一些大型文学网站和娱乐公司呈现出一种行业垄断的态势。核心就是对作者资源的垄断，中小网络文学企业为了寻求突围，则各自发挥特色，以吸引新作者的加入。针对 IP 细分市场的趋势，还有一些传统文学企业比如磨铁、黑岩这样的民营出版企业和新的文学企业开始运用新媒体手段整合资源，扩大阵地。还有一些小型文学网站抓住网络文学中的一些可改编的元素单独运营出一个新的网络文学"类别"，以寻求差异化发展，同时缩短产业链，直接走改编的捷径，比如二次元文化的"白熊"，还有为数不少的网络文学企业分化出以漫画，以及一些视听互娱作为主营业务。①

另外还有一个趋势就是网络作者从单纯的签约网站转让签约版权之外，不少有了名气的网络作者自己创业做公司，还有合伙做公司，在此基础上吸引资本合投娱乐产业，这也是未来的一个趋势，也就是说，网络文学版权所有人携版权自主创业或许是未来的一种走向。

2007 年 1 月由博易创为（北京）数字传媒股份有限公司主导的"望古神话"发布，由流浪的蛤蟆任首席架构师，月关、马伯庸、跳舞、天使奥斯卡五位作家创作的五部作品共同铺垫了其开端（月关《秦墟》，马伯庸《白蛇疾闻录》，流浪的蛤蟆《蜀山异闻录》，跳舞《选天录》，天使奥斯卡《星坟》）。目前，前三位作家的作品均已在天地中文网上线连载，《秦墟》和《白蛇疾闻录》还同步启动影视改编。

通过第一阶段和第二阶段的商业模式的演变可以看出，每一种新模式的初始基本都是从少数精英开始的，然后趋向集体合作模式。可以预见的是，第三阶段

---

① 吴长青：《被制造出来的 2016 网络流行文学——2016 网络文学发展行业考》，载《中国出版传媒商报》，2016 年 12 月 30 日。

的商业模式其实渐渐露出头角，就是由个别头部大神主导下的新组合，渐渐会延伸到中段作者的组合，如果相关文化企业与大神联合中段作者，这样会形成所谓的 IP 区块链，最后以"会员"联合体的方式成为知识产权的共同拥有者，同时也是联合运营者。这样，底端的作者可能需要经过相当的努力才能进入到一个个所谓的 IP"云端"。

当下，免费阅读已经成为一种趋势。2017 年 7 月，连尚文学正式上线，一年时间总注册用户过亿，排在行业第三。连尚免费读书于 2018 年 8 月上线，9 月份连尚免费读书活跃用户较 8 月环比增长 164.42%，升至 1014 万人。用看广告就免费的阅读模式，打破了网文行业十几年按字数付费阅读的单一营收模式，降低了用户阅读门槛。同时通过分享广告收益实现作者收入多元化，创造平台与作者共生共荣的可持续发展模式。

2019 年 1 月 16 日，由中国人民大学商学院和速途网络主办的"第二届金牛角案例盛典暨颁奖礼"在中国人民大学举行。连尚文学凭借成功推出连尚免费读书产品，开创免费阅读模式，成为网络文学行业创新升级标杆，获"金牛角"行业新营销领军奖。一时间，连尚文学成为整个网络文学界飞跃出的又一匹"黑马"。

免费模式之下，广告不再是内容的"敌人"，它们可以相辅相成，让作者、平台、广告主、用户之间建立良好的商业循环。2020 年，掌阅与中文在线的头部作品登上番茄小说。通过向付费平台支付版权费，番茄购入了优质网文，丰富平台作品，作者可以同时获得订阅收入和免费平台的广告分成。

第四节　文学网站的管理与指导

一、网络文学"十年盘点"

2008 年 10 月，在中国作家协会的指导下，中文在线旗下的 17K 网站与《长篇小说选刊》联合承办"网络文学十年点评"活动。截至 2009 年 6 月，经过 7

个月的海选和推举、网络投票，在网络读者推荐约 1700 部作品的基础上，由文学界推举出 10 部"最佳作品"，由网络读者推举出 10 部"人气最高作品"。这是大陆首次以官方媒体的名义将"网络文学"这个名词正式发布，并对网络作家和作品进行系统整理发掘，形成了第一批网络作者与作品数据库。

二、国家有专门管理指导的职能部门，以保证网络文学健康有序发展

1. 网络文学网站域名由中华人民共和国工业和信息化部核准备案。其中工业和信息化部主要职责中明确规定有协调维护国家信息安全。承担通信网络安全及相关信息安全管理的责任，负责协调维护国家信息安全和国家信息安全保障体系建设，指导监督政府部门、重点行业的重要信息系统与基础信息网络的安全保障工作，协调处理网络与信息安全的重大事件。

2. 网络文学信息内容管理由国家互联网信息办公室负责，其中主要职责包括，落实互联网信息传播方针政策和推动互联网信息传播法制建设，指导、协调、督促有关部门加强互联网信息内容管理，负责网络新闻业务及其他相关业务的审批和日常监管，指导有关部门做好网络游戏、网络视听、网络出版等网络文化领域业务布局规划，协调有关部门做好网络文化阵地建设的规划和实施工作，负责重点新闻网站的规划建设，组织、协调网上宣传工作，依法查处违法违规网站，指导有关部门督促电信运营企业、接入服务企业、域名注册管理和服务机构等做好域名注册、互联网地址（IP 地址）分配、网站登记备案、接入等互联网基础管理工作，在职责范围内指导各地互联网有关部门开展工作。

3. 网络文学的互联网出版及版权管理原先由国家新闻出版广电总局负责管理。其中对口管理部门是数字出版司（承担数字出版内容和活动的监督管理工作，对网络文学、网络书刊和开办手机书刊、手机文学业务进行监督管理）；反非法和违禁出版物司（全国"扫黄打非"工作办公室，主要拟订"扫黄打非"方针政策和行动方案并组织实施、组织、指导、协调全国"扫黄打非"工作，组织查处非法和违禁出版传播活动的大案要案，承担全国"扫黄打非"工作小组日常工作）；版权管理司（拟订国家版权战略纲要和著作权保护管理使用的政策措施

并组织实施，承担国家享有著作权作品的管理和使用工作，对作品的著作权登记和法定许可使用进行管理；承担著作权涉外条约有关事宜，处理涉外及港澳台的著作权关系；组织查处著作权领域重大及涉外违法违规行为；组织推进软件正版化工作）。

2019 年，根据国家机构调整要求，该项业务管理整体划归中宣部出版局管理。

4. 中国作家协会"全国重点网络文学网站联席会议"负责对文学网站的指导工作。2012 年成立之初由中国作协办公厅负责，2016 年由中国作协创作研究部负责。主要职能有开展作家进修学习、审理中国作协会员申报、扶持重点文学作品、举办作家作品研讨会等。

2018 年，中国作家协会为适应网络时代文学发展的新形势专门成立厅（局）级单位——网络文学中心。网络文学中心工作的主要职责是团结广大网络作家，引导网络文学创作。

网络文学中心成立后，统筹协调中国作协网络文学委员会、全国重点网络文学网站联席会议，其中全国重点网络文学网站联席会议每一到两个月召开一次，充分发挥议事、协调、联络职能，确保及时掌握网络文学发展和网络作家队伍最新情况。中国作协网络文学委员会也定期召开工作会议，联系作家、评论家开展相关工作。

目前，网络文学中心建立了由一万名重点网络作家组成的信息库，采取动态化管理。中心还与各省网络作家协会建立工作协调机制，做到工作辐射到每一个会员。

附：阅读文献

第二批网络作家与传统作家"结对交友"见面会在京举行 ①

2012 年 2 月 16 日下午，30 位作家、评论家相聚中国作家协会，举行了一次别开生面的"结对交友"见面会。会上，来自 TOM 在线幻剑书盟、盛大文学、新浪读书、搜狐原创、腾讯原创、铁血军事网、纵横中文网等网站的 15 位网络作家与 15 位国内知名作家、评论家一一结成"对子"。中国作协党组书记、副主席李冰主持见面会并讲话。中国作协党组成员、书记处书记陈崎嵘，中国作协办公厅副主任胡殷红，TOM 在线副总经理鹿锋及全国网络文学重点园地联席会议代表等出席了见面会。

中国作协在倡导东西部作协"牵手"活动之后，又倡导作家之间的"牵手"活动。这是第二批网络作家与传统作家"结对交友"，活动旨在构建网络文学与传统文学融合互补的平台，架起网络作家与传统作家交流沟通的桥梁，引导网络作家学习传统文学，了解传统作家；倡导传统作家走近网络文学，理解网络作家。网络作家与传统作家互相学习，互相帮助，共同繁荣文学创作。

李冰在会上着重介绍了中国作协近年来在加强对网络文学的研究和引导方面所做的工作。一是建立了全国网络文学重点园地工作联席会议机制，关注和引导网络文学创作。二是积极吸收网络作家加入中国作协。如中国作协会员中已有 13 名网络作家，中国作协全委会委员中有 2 名网络作家。三是注重和加强对网络文学作家、编辑的培养。如近年来鲁迅文学院已成功举办了 4 期网络文学作家、网络文学编辑培训班。四是在举行重要文学评奖活动时向网络作家敞开大门，欢迎网络文学作品参评。如申报鲁迅文学奖的网络作家有 31 人，申报茅盾文学奖的网络作家有 7 人。五是组织部分网络作家与传统作家一道参加采访采风活动。如在组织中青年作家赴汶川地震灾区采访时，采访团中有 2 名网络作家。六是在中国作协重点作品扶持项目中，把符合条件的网络文学创作选题列入扶持

---

① 中国作家网，2012 年 2 月 17 日，http://www.chinawriter.com.cn/2012/2012-02-17/116601.html。

范围，给予经费上的支持。如近年来有 48 部网络文学作品先后申报该项目，其中有 6 部最终入选。七是组织传统作家与网络作家"结对交友"。如去年开展的第一次活动中共有 18 对作家结成了"对子"。李冰希望今后有更多的网络作家与传统作家"结对交友"，互相学习，互相帮助，共同繁荣文学创作。

陈崎嵘在代表中国作协致辞时说，中国作协党组书记处对"结对交友"活动高度重视，倡导并力促传统文学与网络文学的交流和融合。活动旨在构建网络文学与传统文学融合互补的平台，架起网络作家与传统作家交流沟通的桥梁，引导网络作家学习传统文学、了解传统作家，倡导传统作家走近网络文学、理解网络作家。活动开展半年多来，产生了良好的效果，更受到大批网络作家的欢迎甚至追捧。今天的见面会，既是上次活动的继续，也是上次活动的深入，这种做法是顺应形势发展要求的，也是符合网络文学规律和特点的。我国的网络文学正面临着重大的机遇和挑战，策划和组织"结对交友"活动就是对策之一。欢迎更多有志于文学的网络作家参与到这项活动中来。

鹿锋在发言中表示，作为最早的原创文学网站之一，TOM 在线幻剑书盟积极主张并承办此次"结对交友"活动，目的是希望我们的网络作家可以通过"结对交友"活动与传统作家更近距离地沟通、交流，从传统作家前辈们身上学习更精湛的写作技巧，提高文学质量。同时，TOM 在线幻剑书盟将以此次活动为契机，拓展活动的延续性，建立作家与作家、作家与读者互动交流的长效机制，力推精品，崇尚服务，打造网络文学服务的优质品牌。

作家、评论家代表李洱、宁肯、邵燕君，网络作家代表梁七少（梁业龙）、夜梦寒（陈辉）、翔尘（李翔）等分别在会上发言。结对作家之间还进行了现场互动交流。

参加见面会的还有王刚、张者、关仁山、红柯、梁鸿鹰、彭学明、吴玄、艾伟、龙一、马季、徐则臣、盛可以等作家、评论家，杯具的囧（高亚楠）、蓝色蝌蚪（邓科）、浪漫烟灰（吴书剑）、恋上南山（曾凡勋）、桃蜜珞珞（张晶）、云鹤追（梁芳）、叶非夜（孔子星）、古刹（殷寻）、忧然（王莉萱）、孙勇、秋叶一水（宋健达）、阿特雷（刘伟光）等网络作家。50余家新闻媒体参加了此次活动。

（文：王觅）

移动阅读市场火爆 阅文、掌阅、阿里文学三足鼎立 [①]

近日，国内知名第三方数据研究机构比达咨询（BigData-Research）发布《2019年第一季度中国移动阅读市场研究报告》。报告显示，移动阅读市场已经进入到全景生态流量时代。

其中，超级App成为增长最快的移动阅读渠道。由阅文、掌阅、阿里文学构成的市场前三格局稳定，米读、连尚则通过免费阅读模式实现快速增长，分列行业第四位、第五位。

1. 移动阅读市场火爆

报告显示，2018年我国移动阅读用户规模达到7.3亿人，市场规模达到169.3亿元。其中网络文学用户规模达到4.1亿人，同比增长8.6%。市场呈现出智能化、场景化、社交化三大特点。

值得关注的是，移动阅读凭借在内容、版权、渠道、体验上的优势已经成为超级App的内容标配。比达咨询分析师认为，随着互联网用户红利的消失，各大平台正在布局全景生态流量以触达更多用户和市场。

报告显示，超级App是指DAU（日活跃用户数量）超过1亿、已成为用户手机上"装机必备"的互联网基础应用，如微信、QQ、百度、淘宝、支付宝、今日头条、WIFI万能钥匙、UC、QQ浏览器、爱奇艺、腾讯视频、优酷等。

在这些App中，用户可以通过内置的小说频道（板块）、小程序、H5等形式进行阅读，而无须单独下载独立App。同时，移动阅读也与视频、社交、信息流等产品进行了更加紧密的打通与衔接，这样既符合"Z世代"的阅读习惯，也拓展了普通用户的阅读场景。

[①] 谢若琳：《移动阅读市场火爆 阅文、掌阅、阿里文学三足鼎立》，中新经纬，2019年4月17日。

在 2019 年第一季度中国移动阅读全景生态流量中，独立阅读 App 以 50.4% 的份额贡献了一半的生态流量，占比排第一位。在 95 后和 00 后群体中，用户则更偏好通过超级 App 和小程序进行阅读，占比达到 13.5%，比达咨询认为，超级 App 已经成为移动阅读生态流量最具增长潜力的入口之一。

2. 免费阅读体验有待提升

报告显示，阅文集团以 25.8% 的市场份额排名第一，掌阅以 20.3% 的份额排名第二，阿里文学以 20.1% 的份额排名第三，连尚文学、米读小说分别以 9.5%、8.7% 的份额名列第四位、第五位。另在用户满意度排行榜上，书旗小说以 90.8% 的满意度领跑行业。

随着移动互联网的深入，视频、游戏、动漫等多种娱乐方式在一定程度上分流了用户的休闲时间。在此背景下，各大阅读平台将渠道拓展至超级 App、手机预装、小程序等其他渠道，以建设全景生态流量体系，进行更精准的用户触达。

目前，移动阅读市场的内容、渠道以及 IP 衍生正在从相对割裂的单体模式朝生态化方向发展。阅文、阿里文学等平台正在构建多元化的生态阵地。

去年，阅文以不超过 155 亿元的价格，收购新丽传媒作为其 IP 衍生、制作的新平台，并推出免费阅读产品"飞读"。阿里文学则继续打造文学领域的基础设施，进行多元化发展和布局，旗下书旗小说、天猫读书分别服务于通俗文学和严肃文学两大阵营，妙读则更侧重于听书方向，三款自有 App 通过细分内容拓展了不同类型的潜在用户以实现全新增长。此外，依托大文娱和阿里生态，如 UC、优酷等超级 App 也接入了阿里文学的文字内容，进一步拓展了入口和全场景流量。

比达咨询分析师指出，2018 年，连尚免费读书和米读小说上线，以免费阅读为突破口，快速占领部分市场。但免费阅读产品优质作品存量过少，还充斥着大量广告，现阶段用户体验较差，整体体验还有待提升。随着下沉市场用户接触网络文学的时间增长，会转向追求优质内容。同时，平台想要培养 IP、提升影响力，后期也需创新商业模式，加强优质内容布局。

3. 移动阅读蓝海出现

拉新成本高、用户留存难，布局全场景流量已经成为业内共识，以微信、百度、今日头条、UC 等为代表的超级 App 发挥其流量优势，引爆了内容产业的爆发，也为移动阅读提供增量空间。其中，网络文学内容在接入超级 App 后，提升了 App 的用户黏性，同时也为内容平台开辟了全新的流量入口，形成了多方共赢的局面。

比达咨询认为，阅读成为超级 App 的内容标配、阅读方式全渠道化、核心厂商产品运营生态体系化是移动阅读市场未来发展的三个方向，尤其是在超级 App 拥有流量优势下，整个市场将迎来新一轮的窗口期，谁拥有更多的生态能力和资源或将成为突出重围的撒手锏。

有业内专家表示，随着内容消费升级以及文娱市场互联网化的持续深入，我国移动阅读市场将呈现出多强共存的新局面。生态平台在内容生产、渠道建设、版权交易、IP 衍生及商业化落地等层面拥有完备的体系，以满足用户对优质内容在不同形态和时间上的消费诉求。

阿里大文娱首席财务官、阿里文学总裁宇乾曾对《证券日报》记者表示，在互联网时代流量和内容是交替上升、相辅相成的一个过程。依托阿里生态，阿里文学将坚定不移地走有战略纵深的文娱生态路线和建立文学产业的基础设施。

思考与练习

1. 请按照时间顺序整理出中国网络文学近 30 年发展史中文学网站的成长历程。
2. 文学网站多版权运营模式有哪些？
3. 对网络文学网站的指导管理有哪些部门，它们的职能分别是什么？

第二章

再造"数字文学"的中国网络类型文学

随着网络的普遍化以及数字技术的深入发展，中国网络文学呈现出繁荣发展的壮丽景象，打破了传统文学写作的种种限制性条件，为无数拥有文学梦想的人提供了非常便捷的途径。它不仅是中国文学在互联网时代发展的新形式，也成为一种"数字文学"的本质体现。

第一节　网络及其发展效应

网络构建了人类的现代生活方式，也扩大了人类的认知范围和交往范围。马克思、恩格斯曾指出："各个相互影响的活动范围在这个发展进程中越是扩大，各民族的原始封闭状态由于日益完善的生产方式、交往以及因交往而自然形成的不同民族之间的分工消灭的越是彻底，历史也就越是成为世界历史。"[1] 从马克思主义经典作家论述中不难发现普遍交往的重要意义。对人类社会的总体发展而言，普遍交往会朝着即时性的方向转变，从而保证交往的持续性和彻底性。在这种状态中，交往所需要的信息互换能够瞬间完成，从而为整个社会的良好运行奠定基础。

一、网络时代的总体审视

从网络发展的历史进程不难看出，人类始终以辩证运动的形式塑造着自身的周遭，并在此过程中，提升着对整个世界的认识。

黑格尔曾敏锐地察觉到了发展中蕴藏的深刻意义，不过在他看来，发展是精神不断实现自我、迈向绝对的历史进程。在这个过程中，精神的运动就像一场

---

[1]　《马克思恩格斯文集》（第1卷），北京：人民出版社，2009年，第540—541页。

历险，它以观念为载体，贯穿了人类历史发展的始终，并最终上升至和谐统一的状态。

如果从物质世界自身发展的视角来看，互联网的出现标志着人类进入了信息化网络化的时代。这一伟大的事件将人类引领至一个突破时空限制的特殊维度。所有的事物都被二进制编码，赋予其新的在场形式、运行方式和传递途径。这种事物显现自身的模式展现着人类对物质世界的研究中所获得的强大技术力量。

基于技术进步的强制性，网络发展的速度远远超过了物质世界本身的演化。它孕育出了以全面数字化为显著特征的具有普遍世界意义的生产模式，并且让这种发展朝着完全智能化的方向大步前进。网络之所以能够成为现代人类生存方式的主导性事物，关键就在于它具有无可替代性。这种独特性源于网络自身所具有的强大能力，即它可以在人类的日常活动中创造出指数级的信息流，并让这些信息流相互交织、汇聚，最终形成巨大体量的信息数据，从而为它的持续发展提供动力和能源。

二、网络时代的本质维度

如何从根本上来理解网络时代，从马克思关于资本主义的经典论述中能够找到这一理解的重要门径。因为在资本主义的生产方式中，对于剩余价值的寻找是技术创新与进步的动力源泉，它遵循自身的内在科学逻辑，为实现剩余价值的最大化而存在。究其根本，技术是为生产性制度服务的。

由此可见，人类步入网络时代绝非偶然，而是一种必然性的历史进程，它深度嵌入人类发展的历史逻辑之中，并成为人类对自我本质的最佳生动阐释。诚如马克思所讲的："工业的历史和工业的已经生成的对象性的存在，是一本打开了的关于人的本质力量的书，是感性地摆在我们面前的人的心理学。"[①] 无论是工业取得的成就，还是网络所构建的虚拟世界，都推动着人类在不断地塑造、强化着自我的主体性原则。黑格尔认为，主体是真正的实体，它拥有自我运动的能力。

---

① 《马克思恩格斯文集》（第 1 卷），北京：人民出版社，2009 年，第 192 页。

而人类在网络时代的发展正是这种主体力量的体现。

从某种意义来说，人们对网络的认识并没有从自身的存在方式来进行深入探讨，当开始讨论人类的存在方式时，对网络的认识就会愈加清晰，也能够从根本上理解网络时代的本质性。可以说，资本主义与网络时代的发展是一体两面的事物。资本主义的生产让劳动以异化的方式出现，并且使得劳动产品商品化，而商品通过交换来实现自身价值，而网络为交换提供了更为便捷的形式。在现代社会，从商品的角度理解，所有的生产形式，包括知识生产，都以商品的形态呈现，因为只有成为商品，其价值才能得以实现。

从现象层面观察，网络时代是大工业发展到特定阶段的产物。大工业在全球范围内构建起基本的物质架构，为网络时代的出现创造了条件。倘若没有大工业阶段的铺垫与酝酿，网络或许就像它所营造的虚拟时空一样，仅仅只存在于人类头脑的想象中，无法成为现实世界中的一部分。因而不难看出，网络时代是在大工业的滋养下诞生的，它是人类发展的必然趋势，也是价值生产的内在要求。

三、网络时代的交往与写作

回溯历史可以看到，人类对普遍交往的渴望从古至今一直是一种想象的未来愿景。在前现代时期，尽管人们怀揣着实现广泛交流的美好意愿，但物理时空的限制将其牢牢缚困。彼时，人们虽然通过各种途径达成了一定程度的相互交往，但也终究是在物理时空框架下的信息传递模式，这种模式有着严格的要求——身体在场。

然而，网络时代改变了交往的具体形式，一种不在场的交往出现了，身体的在场性不再是交往的必要条件，它逐渐隐于幕后。这种从"显"到"隐"模式的结构性变革，对人类的交往方式的改变是全面而深刻的。

在这样的时代背景下，围绕网络构建起各种各样的信息化平台。这些平台为每个人的自我发展创造良好的条件。也正因如此，基于各个信息平台展开的网络写作迅速崛起，成为大众日常活动中不可缺少的部分。而对于众多网络写作者来说，写作不再是一种简单的行为，它成为写作者们的生存方式，承载着他们的思想、情感与梦想，在网络世界中进行自由创作。

第二节　作为一种生存方式的写作

写作是人类文明进步的体现。在人类发展的数千年中，写作伴随着每一个人。简单地写书信，到写诗歌、戏剧，再到写大部头的小说，创作模式最终形成了表征文明的精神产品。从内容上来讲，写作是关于自我感受与认知的书写，也是关于一个时代在心灵中的印记的文字表达。每一个人都有每一个人的故事，对每一件事情的叙述也不尽相同，但都以写作展现了一种个体生命关于自我存在的沉思。正是因为写作，思想才能突破身体的限制而实现永恒。

一、写作的价值

直至今日，人们所阅读的每一本书皆为人类写作的结晶，它们是表征人类自我存在的精神图谱。这些作品都以各自独特的视角对所处时代进行反思和表达，将时代的发展脉络与变化通过文字清晰地呈现在世人眼前，让每一个时代都留下了属于自己的印记。

写作，是连接人类思想与符号的关键桥梁。倘若没有写作这一辛勤的劳作，思想便无法以符号的形式留存，人类对世界的认知也会随着经验的不断变迁而如泡沫般消逝。换而言之，若缺失写作这一中介，持续性的思想将无从谈起。因为思想最初作为理念，仅仅是在人脑海中一闪而过的念头，它只是潜在的思想，尚未发展为成熟的思想。真正成熟的思想是对事物全面、总体性的理解与把握。人类仅依靠无数零散的想法是无法构建自我主体性的，因而需要借助写作这一中介将想法记录下来，以此确认一种存在，进而反映出整个时代的精神风貌。

黑格尔认为，精神是一种具有真理性的理性[1]，这种理性因真理内容而具备普遍性。对于人类而言，上升到理性认识意味着掌握了事物的本质，同时也表明一

---

[1]　〔德〕黑格尔：《精神现象学》（下卷），贺麟、王玖兴译，北京：商务印书馆，2013年，第 1 页。

种理念获得了丰富而完整的内涵，从而作为一种类存在被认可。虽然黑格尔并未将写作——这种记录和保存思想的过程视为中介，但可以明确，写作对于人类而言意味着将自我思想过程客观化，使其成为可触摸、可传承的实体。

人类创造文字的历史源远流长，这无须借助深入的历史追溯和考古研究来进一步佐证。各个民族的文字符号以多样化的形式存在，它们各自虽有特殊性，却都承载着普遍性的理想。这些文字符号并非某个民族的专属，而是全人类共同的宝贵财富。人类拥有语言能力，但并非每个族群都能创造出文字符号。当文字符号作为对世界认识的标记出现时，标志着人类真正摆脱了原始的蒙昧状态而成为文明人。在文明的发展进程以及对这一进程的保存方面，写作的重要性不言而喻。

二、网络与现代性写作

在图书馆中，浩瀚的文献见证着人类创造的文明成果。它们以书籍的形式被精心保存，凝聚着人类的思想和智慧。在不断的书写过程中，人类实现着对世界的系统化、层次化的认识积累，但这种认知并未因书籍的保存而停滞，反而持续推进。

如今，在网络时代的浪潮下，传统以纸张为载体的写作方式已难以满足需求，网络写作应运而生，成为全新的表达途径。在这个虚拟时空里，写作成为一种建立在二进制编码基础上的即时性行为。而写作本身的意义甚至超越了所写内容的意义。

网络时代的写作主体得到了前所未有的拓展。因为随着教育的普及，当每个人都掌握一种或多种文字符号时，写作不再是少数人的特权，而成为大众广泛参与的行为。它不再与文化权力挂钩，而是极具个体色彩的表达方式。在传统社会，写作是精英阶层的专属领域，然而现代社会建立在对传统社会结构瓦解的基础之上，大众化的发展消除了写作的特权，使得写作成为每个人最基本的能力，成为个体现代性生存方式的基本体现。

每个人都有自己的想法，都有着对世界的独特体验和对自我的基本认知，这些都为个体写作提供了丰富的素材。回想打字机刚发明之时，写作所需的不过是一台打字机、一沓纸和一张桌子，这便是最简单的准备工作。传统的写作工具如笔墨纸砚等在这种新的写作方式面前逐渐失去了重要性，当按下打字机的字母键，文字便跃然纸上。

而电脑的发明则进一步改变了写作的模式，也让打字机逐渐退出历史舞台。电脑写作甚至无需纸张，仅一台电脑就足以完成写作任务，这让写作变得异常便捷。在传统社会，文稿需要通过出版机构才能面世，而在网络时代，这种出版方式已显得落后。如今，各种网络平台为写作提供了最为便捷的传播途径，个体创作的文字只需确认提交，就能快速地呈现在大众面前，成为大众读物。

三、网络写作的意义转变

网络写作为大众文化的繁荣注入了强劲动力。传统社会的精英写作只承载着少数人的思想与情感，虽然在历史中被人们不断传诵，但对于大众来说，这种写作毕竟是少数人的，本己的思想无法得到传递。然而网络成为精英向大众转变的关键要素。这种转变不仅仅是写作人数的变化，而且是一种现代人类的存在方式的变化。它使得写作跳出了狭隘的视界，成为大众文化最为坚实的内核。

网络写作的蓬勃发展体现了现代人的生存方式的深刻变革。这是现代性力量驱动下的必然趋势，是不可阻挡的历史潮流。现代性生产方式自身具备的丰富属性，被编织进现代人的生活之中。网络写作可以看成是一条提升现代性品味的重要途径，它不再仅仅是一种表达工具，而是现代人之为现代人的象征。因而写作在网络时代的转型，反映了人类在现代社会中对自我表达、信息传递和文化创造的新需求，它是现代性在人类文化行为中的生动体现。

然而面对网络写作这一意义重大的现象，人们的思考却显得有些滞后。这一困境的根源，一方面是人们对写作本身缺乏足够深入的关注。在信息时代，写作似乎被淹没在海量的数据和碎片化的娱乐之中。另一方面是人们普遍缺乏对自我精神历程的反思。这种反思的缺失，使得写作作为联结个体与社会、思想与表达的重要中介，并没有得到应有的重视。人们往往在还未理解写作对于自身的真正意义时，就忙不迭地投入到网络写作的大潮中，如同在迷雾中摸索前行，难以把握网络写作对于自身所显现的真理性内容。

因此需要认识到，网络写作的意义远超其表面形式。它是人们开启新的文化内容的重要载体，也是推进自我认知的重要方式。在网络写作中，每一个人都可以成为文化的创造者和传播者，每一个字符都可能引发共鸣，塑造新的文化观念。同时，通过网络写作，人们能够更清晰地审视自己的思想、情感和价值观，了解自己在现代世界中的具体位置。

第三节　网络写作的价值创造与时间性存在

当写作的文字以商品的方式被付费阅读时，这种价值实现的意义就充分显现了出来。人们才发现，网络时代的写作蕴藏着海量的财富效应。因此，这里就产生了一种机制，即通过写作而释放自我性情，以便达到他人的共鸣，从而为实现财富创造奠定基础。

一、网络写作的劳动形式

网络写作无需过于严谨的学术范式，其关键在于是否能够吸引更多人的关注以获得阅读量，并促使阅读以高效的方式传播，进而汇聚起庞大的粉丝群体。就阅读行为而言，这些粉丝群体仅仅着迷于写作者所创作的内容故事，这种喜爱跨越了特定的社会阶层界限。

在粉丝群体的范畴内，阶层划分并无实质意义。他们围绕着网络作品所构建的故事情境，形成了一个存在于虚拟世界中的阅读社群。社群中的成员彼此互不相识，仅仅是在数量上构成了一个整体。他们并不在意其他粉丝是否与自己处于同一物理时空，这种关注对他们而言仅仅只是一个虚拟的陌生社区。对于网络写作者而言，每一个粉丝都代表着一个读者量。随着读者量的不断积累，量变引发质变，为实现财富效应提供基础。读者量越大，文字变现的效率就越高，由此，网络写作本身便成为一种具有现代性特征的劳动形式。

审视这种劳动形式会发现，它与其他劳动形式有所不同，呈现出一种独特的形式。在精英化写作时代，写作往往与事物的本质相关联，那些被奉为经典的作品涉及对世界的本体论层面的认知。然而，网络写作作为一种劳动，主要依靠自身构造的世界观被获得认同之后才创造价值，当然这也与写作所创造的内容存在一定的关联。若没有庞大的粉丝群体，网络写作便无法有效地实现其价值。

无论如何，这种劳动依然具有异化劳动的特质，因为劳动产品成了商品。因而网络写作本身具备了政治经济学分析的视角。也就是说，只要有资本常量的存在，就能够从政治经济学上进行分析。由此看来，网络写作分析的重点并不是作品所创造的内容，而是聚焦于这种劳动形式本身。这种劳动并非仅仅是对思想的耕耘，更多的是通过创作故事来积累财富。在这样的机制下，创作内容似乎变得无关紧要，而形式反而占据了主导地位。每个人都试图通过这种方式为自己创造财富，这既是异化劳动的结果，也是文化资本的本质属性。

二、网络写作的时间形式

网络写作不仅开辟了一片广阔的价值领域，更使写作在价值实现的过程中向着无尽的方向延伸。这种延伸是基于对时间概念的重新理解，它赋予了时间独特的存在形式。在这种形式下，时间从每个人的活动中获取其存在的意义。

作为一种存在形式，网络写作并不依赖整块的工作时间来完成，而是巧妙地将人们的剩余时间纳入其中。无论是写作者还是阅读者，都在充分利用这些碎片化的剩余时间，从而让时间被消耗在这些文字中间。

从某种意义上讲，现代性语境下的网络写作呈现出鲜明的时间性特征。在现代性生产机制的主宰下，时间被安排得满满当当。因为只有通过这种精心安排的时间利用方式，存在才能在生产过程中得到确认。而网络写作作为现代性的生存方式之一，也被嵌入到这种时间机制之中。

当网络写作以时间性写作的面貌出现时，现代人存在的时间特征便被赋予了多重内涵。时间与写作相互交融，它们在本质上与现代人独特的存在紧密相连。然而，这种存在方式更多地表现为一种非本真的状态，这是因为当劳动呈现出异化的形式时，这种非本真的现象便不可避免地产生了。

这种时间性的书写引发了一个深刻的转变，涉及哲学史上长期争论不休的形式与内容的关系问题。在网络写作中，人们发现形式的重要性远远超过了内容。写作是对时间的消耗，也是个体时间性存在的表征。至于创作的内容是否充分反映了自我体验，或者能否经受住时间的考验进而朝着经典化方向发展，这些都已不再是关键问题。重要的是持续不断地写作，让写作占据自己所有剩余的时间。在网络时代，写作以其独特的形式而非内容来反映时代的变化。

将网络写作与传统的纸张写作相比较，可以发现这种时间性存在形式具有超越性意义。因为在时间性写作中，文字的增量同时意味着价值实现的增加，这也就将时间与存在的问题转化为如何通过增加文字来实现价值增殖的问题。因此，传统写作所关注的内容问题在网络时代的意义被逐渐消解。因为在网络写作中，内容往往无法在持续的时间中得到完整填充，甚至常常是残缺不全的。此时的写作变成了一种朝着未来时间敞开的状态，充满了无限的可能性和不确定性，同时给受众留下了讨论的空间，甚至每一次转发都会让它的意义体现出来。

三、网络写作的具体特征

人们已经深刻地认识到，在网络写作中，可以将对内容的要求降低至只需能激发受众的基本想象即可。这里的内容创作并非事先设定好一个先验的结构，而是在某个不经意的瞬间被灵感所触发，然后利用文字符号迅速捕捉并记录下这一闪而过的状态。之所以呈现为一种敞开的状态，是因为网络写作本身并无明确的内容表达目的。写作者会不断变换内容，即便出现前后矛盾的情节，也完全可以凭借一种毫无逻辑的叙事方式来填补这些漏洞。所以，这并不是关于故事叙事是否恰当的问题，而是这种敞开性的写作很可能演变成内容层面上的时间游戏。正是在形式与内容这种充满矛盾的结构中，文字和时间以游戏的方式相互交融、彼此贯通，进而使一种写作能够长时间持续下去。

这种情况在网络小说创作中表现得尤为突出，各种题材的小说借助网络写作成为可能，玄幻与穿越题材更是以超乎常人想象的方式大放异彩。这无疑是一场时间的游戏，诚如卢卡奇所说一般："时间使人们〔生活〕杂乱无章恢复了秩序，并给予它一个自发繁荣昌盛的有机关系外表：一些人物没有显露出显而易见的意义，而且也没有使某一意义变得明显可见就又隐匿起来；他们同其他人们联系起来，并又中断了这种联系。"[①] 由于时间因素的存在，在接近写作极限的情况下，这种想象始终朝着未来延伸，随时准备开启新的篇章，让各种叙事相互交织，各类人物彼此关联。当然，与传统小说写作相比，网络小说显得颇为离奇。它有时无法完成一个完整故事的叙述，对于读者来说，除非是从创作伊始就开始阅读，否则面对动辄上千万字的网络小说，常人很难完成阅读。

当今，重新审视网络时代的写作方式意味着需要转换思路。在经典文本研究中，围绕内容意义展开阐释的研究模式，对于网络时代创作出来的海量作品而言，几乎是不适用的。这也导致许多评论家对网络文本表现出强烈的排斥。在他们看来，这些网络文本的文字体量巨大，在短时间内根本无法读完，需要长时间的专注阅读，而且读完之后甚至连故事的基本梗概都难以完整叙述出来。究其原因，无非是网络时代写作所具有的本质特性——异质性和形式性，或者更确切地说，这是由时间性和游戏性所决定的。

四、网络写作的存在方式

网络时代的写作，与经典写作所承载的教化和思想传承意义有所不同，它作为一种独特的存在方式，是对可能性事物的时间性呈现。这种写作是对写作者自我意识的全然肯定，也是对写作者主体地位的有力认定。借助网络写作，每位写作者都竭尽全力地向受众展现自己的想象，以及对某种可能性在时间维度上的把握。

然而，想象并不是完全超脱的。想象的主体总会受到所处时代的影响，甚至每一种想象物都是时代的映像，主体无法超越时代所赋予的物质材料基础。因为想象与感知紧密相连、不可分割。从现象学角度来看，想象以感知为基石，对

---

① 〔奥〕卢卡奇：《小说理论》，燕宏远、李怀涛译，北京：商务印书馆，2018年，第115页。

于每一个意识而言，感知是最为基本的要素。而这种感知，是主体对自身所处时代的感知，是在整个文化传统长期潜移默化影响下形成的。尽管网络写作者在敲击键盘、创作字符之时，感觉能够在文字中创设出诸多超越性内容，但这些内容本质上依然建立在时代发展的根基之上，这构成了网络时代虚拟化表象的基本特征。

科林伍德指出："虚拟要以想象为前提，可以描述为在特殊力量影响下的一种特殊方式的想象活动。"[①] 当现实处境通过感知传递给想象时，基于时间意识变化的创作便拉开了序幕。在虚拟世界里，创作者可以倾尽所能去虚拟那些并非客观存在的事物，这些事物仅存在于想象之中，它们不仅是写作者自己的想象成果，也是阅读者想象的空间。在这个虚拟空间里，写作者和阅读者双向奔赴，这也成为他们认识自我的途径。无论是满足欲望还是陶醉于遵循理性形式，在网络写作所构建的虚拟场景中，他们都有各自的获得。

第四节　网络文学的基本特质

网络时代的写作是现代人独特的生存方式，其背后蕴藏着一种基于商品世界与个体价值的实现形式，其实现方式就是要突出个体价值的不断增殖。这种价值的增殖，不是某个网络写作的文本内容以经典化的意义进入历史，而是它本身以形式化的方式使其成为历史，并通过创造财富来成就以自我为主体的现代性存在。

一、网络文学的写作形式

在网络写作以多样化的文学形式铺展开来，且网络小说创作占据主要地位的当下，网络写作作为一种劳动形式，为价值增殖创造了条件。它是通往价值领域的中介。需要说明的是，这里的价值与商品价值在本质上是一致的。

---

① 张德兴主编：《二十世纪西方美学经典文本》（第一卷），上海：复旦大学出版社，2000年，第45页。

马尔库塞曾深刻地指出："艺术之所以这样做，正在于它是形式，因为艺术的形式（无论它是怎样试图成为反艺术）总是抓住运动着的东西，在现存的经验和灵感世界中，给它以界限、框架和地位，在这个世界中赋予它价值，使它成为诸多他物中的一客体。这意味着，在这个世界中，艺术作品，同反艺术一样，即成为交换价值，成为商品。"① 事实上，网络写作所产生的作品，尽管其创作方式新颖独特，但从本质上看，却具备马尔库塞所描述的这种特性。这正是网络写作作为异化劳动的一种表现，它导致了写作本身的形式化。在以消费文化为主导的当代社会，网络文学作品不可避免地成为商品，这是其无法摆脱的属性。

当网络写作中形式问题成为主要矛盾时，针对网络文学展开的评论也就被赋予了独特的内涵。在网络文学的世界里，形式已然占据了主导地位，而非内容，这种现象深刻地影响了网络文学的发展和人们对它的理解。它反映出网络文学在商业化浪潮中的特殊处境，以及在价值创造过程中形式与价值之间所呈现出的复杂关系。这种形式主导的局面，既是网络文学适应市场的结果，也是其在异化劳动影响下的必然走向。

二、网络文学的文学特质

网络文学作为网络写作的特定呈现形式，首先展现出一种独特的文学样态。在时间性书写所开启的广阔空间里，文字蕴含了文学的基本要素，由此网络写作被赋予了文学自身的属性。然而不难发现，网络文学与传统文学创作的区别主要体现在其独特的形式上。这种借助网络得以蓬勃发展的文学形式，不仅为文学自身形象注入了丰富的内涵，更极大地拓展了当代人的文化想象力。

某种意义上，网络的存在打破了写作与发表之间的壁垒，使二者呈现出一体化的特征。同时，网络成为文学语言形式突破经典创作理念局限的催化剂，让文学语言以多元化的姿态回归到人们的日常生活中。网络文学以各种网络设备为载

---

① 〔德〕马尔库塞：《审美之维》，李小兵译，北京：生活·读书·新知三联书店，1989年，第191—192页。

体，走进了大众的视野，成为大众文学的重要组成部分。

毋庸置疑，网络文学诞生于网络时代这一背景，决定了它朝着即时性方向发展的趋势，进而成为现代工业意义上的创作模式。但它开创了一种专属于当代人的生存样式，这种样式对现代人来说是一种自我认知的积极表达。因为在这种样式中，现代人找到了一条在繁重劳作之余充分利用闲暇时光愉悦自身的基本途径。从存在论的角度来看，网络文学已构成当代人的基本存在方式之一，它超越了传统文学雅俗之辨的范畴，在当代文化中占据着独特的地位。

三、网络文学与形式范畴

在当前网络文学研究的领域中，借助现象学思维，从形式化角度切入展开研究，并全力展现中国网络文学发展历程中的历史性特征，已然成为一种至关重要的研究方法。当把研究视角聚焦于网络写作的形式特质时，针对网络文学的各种批评话语便能回归到其本真状态。通过运用现象学与解释学的评论方法，能够构建起网络文学形式化研究的核心要素，而这正是研究具有时间性和形式性特征的网络写作所必须追溯的问题源头。正如"网络文学研究须重新开始、回到起点、回到初心上来"[①] 所强调的，这个起点便是马克思的劳动理论。网络写作可被看作是一种异化劳动，它在消耗时间的过程中创造了资本，完成了价值的转换，这一特性深刻影响着网络文学的本质。

之所以说现象学视野在网络文学的形式研究范畴中占据如此关键的地位，是因为这种从第一人称出发的研究，对评论家的基本经验给予了充分肯定。在现象学的理论体系中，第一人称的经验备受重视，因其能够通过直接的直观方式被把握。评论家或写作者可以凭借这种方式深入到网络文学概念范畴的源始经验层面，通过反思自身经验来开展评论。因此，基于现象学的评论具有独特的魅力，它突破了仅从内容角度看待网络文学的片面性与局限性。

---

① 吴长青：《传承路径与文学流变——21 世纪中国网络类型文学创作与批评刍论》，广州：世界图书出版广东有限公司，2024 年，第 224 页。

具体而言，通过现象学意义的展现，能够发现网络文学并非如经典小说评论家所指责的那样，因内容缺乏经典小说所具有的人文意义而显得逊色。相反，网络文学通过其独特形式展现出了从传统内容视角出发无法企及的价值。网络文学所涵盖的内容远远超越了单纯的经典文学概念范畴。它凭借自身的形式塑造了自身的价值，而且可以说，它的存在方式恰恰映射出了现代人独特的生存状态。作为一种特殊的写作形式，网络文学就是其自身的本质体现。若抛开这种形式去审视网络文学，将会从根本上失去对这一在 21 世纪占据重要地位的文学形态的深刻理解。这种理解不仅关乎文学研究的深度，更涉及对现代人类文化发展和精神世界的全面认知。

四、网络文学的存在方式

经典文学所承载的人文教化意义，那种被经典文学评论家所珍视且体现在经典小说中的人文价值，在网络写作的形式中已然得到了新的呈现。网络文学便是这种呈现的产物，从特定意义上说，它是人类长期自我发展追求在网络时代的映射。在网络文学的世界里，每个人都作为主体而存在，都拥有展现世界的价值。通过网络写作，人们不再将注意力仅仅局限于内容，写作这一行为本身就充分彰显了在经典文学中一直试图恢复的主体性，而这正是不少网络文学研究者所关注的一个极为关键的研究维度。

倘若仅仅对网络文学持否定态度，且不能在否定之后再次通过辩证的思考回归到对它的肯定，那么这种看待网络文学的视角必然是片面的，也无法全面展现 21 世纪以来网络文学这一重要的写作成就。当下，许多人带着否定的眼光看待网络文学，或者仅仅围绕网络文学内容展开讨论，这种做法如同对网络本身的误解一样，是对网络文学自身价值的否定。实际上，网络文学无须像经典文学作品那样追求叙事结构的完整性以及展现出人文教化意义，它通过自身写作形式所开拓的意义空间，已然超越了经典文学的单一要求。

以历史的眼光审视多年前的网络文学作品，其蕴含的时代意义愈发凸显。作为一种独特的作品形式，网络文学已经屹立于文学之林，它用自身书写着历史，它的创作过程本身就是历史的一部分。网络时代是普遍交往的时代，网络文学以其独特的形式无可争议地赢得了自身的地位，这得益于它创造财富的巨大能力。它以时间性写作的方式，创造出了一种此前未曾有过的文学景象。

在这个时代，每个人都可以成为作家，这是网络时代写作所确立的最重要的事实，而这也正是经典文学所追求的开启个体价值的意义所在。因此，将形式范畴纳入网络文学研究之中，其影响力无疑是巨大的，因为形式在网络文学中占据着根本性地位。形式大于内容、超越内容，这是网络时代写作呈现出的基本特征，也是对网络文学展开评论时需要重点关注的核心所在。这种对网络文学存在方式的深入理解，有助于更全面、更深刻地认识网络文学在当代文化语境中的价值和意义。

第五节　网络文学作为一种"数字文学"

网络发展进入到数字时代，可以说是科技进步与社会发展的产物，也是网络本身朝着多元化、主体化、智能化发展的必然结果。网络为人类创建了非常便捷的交往方式，这是人类物质世界进步发展的表现，也是现代科技工业发展的产物，本质上是现代人为自己创造的一种能够实现自我的整套价值体系。

一、网络文学作为数字产品

马克思、恩格斯关于资产阶级"按照自己的面貌为自己创造出了一个世界"[①]的精准论断，为理解网络世界的本质与影响提供了深刻启示。网络世界作为当代社会极具代表性的创造性表征，以一种超乎想象的力量重塑了人类生活，其中数字元素扮演着关键角色。

网络对人类生活面貌的改写是全方位的，以至于今天人们已经无法离开网络来生活。网络与人类之间这种相互归属的关系已经超越了简单的工具与使用者的

---

① 《马克思恩格斯文集》（第 2 卷），北京：人民出版社，2009 年，第 36 页。

范畴。

当深入审视这一现象时，会发现网络以其独特的虚拟性，借助数字技术，在数字宇宙中开辟出了一个对人类来说意义非凡的巨大时空。这个时空充满了海量的数据，它是一个以数字为基石而构建起来的充满无限可能的意义场，重塑着人类的文化家园。

在以网络为庞大物质基础构建的数字时代画卷中，现代人独特的生活方式得到了精彩呈现。虚拟世界如同一个巨大的数字舞台，人们在其中以虚拟为依托，开启了自我意识表达的新征程。网络文学作为重要的表达方式之一，具有鲜明的数字特征。

在网络写作的世界里，人们以虚拟为媒介，让自我在数字宇宙中得到呈现。每一次写作记录着个体在特定时刻的思想状态和情感波动。网络写作不仅是一种创作行为，更是现代人价值追求的实践，在完成日常劳作后的闲暇时间里，写作成为与自我价值紧密相连的创造性劳作。

而对于网络文学来说，呈现出文字符码的持续递增趋势，它背后是庞大的数字流量支撑。文学在这里成为具有时间性的写作活动，是对数字时间的记录以及在数字时间中发展的艺术形式。文学写作以多样的数字形式持续延展和扩张，构筑起庞大而复杂的财富集合。

这正如阿多诺指出的："被称之为形式的东西，是所有逻辑性契机的总和体，或者在更为广泛的意义上，是艺术品中的连贯性。"[①] 同样，它以数字形式成为商品，并且以文字之间的联结成为想象自我的另外一种方式。

二、网络文学向"数字文学"转变

从数字化的角度来看，也可以有充分的理由认为网络文学属于"数字文学"，这种数字性从多个层面深刻地塑造了网络文学的本质和特性。

网络文学本质上依赖于数字化技术架构。在网络文学诞生之前，文学作品的

---

① 〔德〕阿多诺：《美学理论》，王柯平译，上海：上海人民出版社，2020 年，第 210 页。

传播主要依赖于传统媒介，从古老的竹简、羊皮卷到后来的书籍、报刊等。网络文学彻底改变了这一模式。它以计算机技术、网络通信技术和存储技术为基础，构建起了一个全新的文学创作与传播空间。互联网的服务器、数据库以虚拟形式存储着海量的网络文学作品。

人们可以充分使用电子设备，通过文字处理软件进行写作，每一个字符的输入、修改和保存都离不开数字技术的支持。而且，网络文学的发布平台也是数字化的，无论是专业的文学网站，还是各种社交平台上的文学创作板块，它们都基于复杂的网络架构和软件系统而运行。离开了这种架构，网络文学本身也就丧失了基本的载体。这种对数字化技术的深度依赖，使得网络文学与传统文学在存在形式上有了根本性的区别。

同时，网络文学需要以形式化的写作创作出海量的文字，因为它需要以数字来计量写作者的劳动成果。网络文学的经济模式在很大程度上与数字相关。在大多数网络文学平台，作者的收益往往与作品的字数、阅读量、订阅量等数字化指标挂钩。

这种形式化的创作方式，促使写作者以量化的思维来规划作品。正是由于网络文学作品在写作过程、经济模式以及内容呈现上的数字化特征，展示了它作为"数字文学"的本质内容。因此，这也是数字时代的一种文学变形，也是文学这种最为基本的人类写作方式朝着多元化发展的具体展示。

三、网络文学的数字化国际传播

中国网络文学的发展不仅需要文字领域的深度耕犁，还需要借助于数字技术的不断更新迭代，有力推动自身朝着更为国际化的方向发展，从而创造出更多的价值。

国际传播是中国文化对外展示的重要窗口，能让其他国家的人们熟悉、了解中国文化，进而深度认识中国，推动中国文化在国际舞台上绽放光彩。全球化背景下，文化的传播与交流成为不同国家和民族相互理解的关键。中国网络文学作为文化的一种独特载体，蕴含着丰富的中国元素。因为这些作品展现着中国传统价值理念。

当这些包含着深厚中国文化的网络文学作品走出国门，可以让外国读者领会和了解真正的中国。这种文化传播通过引人入胜的故事和鲜明的人物形象，而非说教，能够潜移默化地影响读者的认知。

国际传播能够为中国网络文学实现更多的价值创造。从经济价值来看，国际市场为网络文学开辟了广阔的盈利空间。特别是由于中国网络文学在海外得到更多的关注，大量的读者付费阅读的方式为网络文学及其相关产业的发展带来一定数量的价值收入。这不仅可以激励更多创作者投入到网络文学创作中，而且也能推动文化产业的进一步布局。同时国际传播可以让中国网络文学与其他国家的文学相互碰撞、融合，为中国网络文学的高质量发展奠定坚实的基础。

总的来说，网络文学的国际传播不仅是文学领域的单一现象，它是当代中国在世界上得到充分展现的靓丽名片。对于增强中华民族的文化自信，对于提高文学创作者和当代中国人的文化担当都具有不可估量的巨大价值。

思考与练习

1. 如何思考数字发展与现代性的关联？
2. 如何从根本上把握网络写作的时代价值？
3. 如何理解网络文学的形式化特征及其意义？
4. 如何把握网络文学作为数字文学的基本内涵？

第三章

中国网络类型文学海外研究与数字文化体系的构建

网络文学作为一种文化现象，深深地植根于中国大陆民间社会，国家的认同与支持，使得网络文学的社会影响力也在慢慢释放，它为当代文学的新空间拓展创造了新的可能。关注海外网络文学传播与研究，对提高网络文学的质量，特别是增进世界各国人民之间的文明互鉴、增强我国文化"软实力"等都具有较强的现实意义。

第一节 早期海外研究的基本情况

早期，中国网络文学在海外有两种状况，一是华人在海外的写作，同时受到国内研究者的关注；还有一种状况是中国大陆的网络文学受到海外汉学家的关注，并且有一定研究成果。欧阳婷在《海外华文网络文学的贡献与局限》①一文中系统介绍了海外华文网络文学的四个板块：第一板块是北美华文网络文学。在美国、加拿大留学生中兴起的华文网络文学，是起步最早、数量最多、对中国本土影响最大的网络文学板块。它们不仅是海外华文网络文学的主力阵营，也是中国网络文学的发源地。全球第一家中文电子刊物《华夏文摘》周刊1991年4月5日由中国留美学生梁路平、熊波等人在美国创办，它是第一个海外华文网络文学的写作平台。张郎郎的杂文《不愿做儿皇帝》被认为是第一篇中文网络文学作品，少君（原名钱建军）的《奋斗与平等》是第一篇中文网络小说。同时，北美有相当一批华文文学网站，也都有一定的影响。第二板块是欧洲华文网络文学。总体上看，当年上网写作的华语人群未成声势，基础较弱，发展很不平衡。代表

---

① 欧阳婷：《海外华文网络文学的贡献与局限》，载《社会科学战线》，2014年第6期。

作家有德国的钱跃君在《真言》上连载系列作品，泊洋在瑞典《维京》《北极光》上发表之外在网络上还发表《欧洲五国游》；以及丹麦"美人鱼"网站主笔孙少波、话声等。第三板块是日、韩地区的华文网络文学。日、韩的华文网络文学还处于非职业写作期，尚未形成自己的规模和阵营。代表性写手如《东北风》常驻作家晓曦，代表作有连载小说《闲话温哥华》；晓耘的《有这样一位父亲》，龙丽华的《伦敦特写：领略欧洲的另一种文明》等。第四板块是东南亚华文网络文学。2006年前后，新加坡等国华人才开始设立自己的文学原创网站。代表性的文学网站有随笔南洋网，原盛大文学新加坡站点，联合早报网、狮城网、大马公社、泰国华人论坛、泰国中华网等。代表作家如六六，作品有《王贵与安娜》《双面胶》等；秦双全是连载"随笔南洋"的爱情小说作家，还有渴了喝血代表作《在时间的缝隙里》《残雪柳风》等。

海外华文网络文学首开网络汉语写作的先河，具有划时代的意义。除了互联网技术助推之外，深层次原因主要基于异国他乡边缘族群"两栖文化"的表达需要。其次是表达故国依恋和游子情怀，形成文学家园的民族认同感，有的作品表达异域文化落差带来的苦闷与彷徨。最后是传播中华文化，塑造中国形象。他们的发展困局也很明显，一是"两栖"身份的写作焦虑；二是缺少大规模、高水平的职业写手，提升缓慢，作品质量不高；三是缺乏商业模式，难以构建成熟的读写互动、版权转让和资本运营的驱动活力。[1]

颜敏在《马来西亚华文文学网络传播现象略析》[2]一文中介绍了网络马华文学面临文学性弥散的境遇，在自得与分享的网络精神之下，马华文学或许不需再以国籍和族群身份的重建为诉求，可以将族群放散成具体鲜活的个人，在网络世界寻找心灵皈依、社会交往的新天地。张斯琦则在《北美华文文学在媒介传播中的嬗变》[3]一文介绍了北美华文文学受到电子媒介的影响，接龙小说的流行是网

---

① 欧阳婷：《海外华文网络文学的贡献与局限》，载《社会科学战线》，2014年第6期。
② 颜敏：《马来西亚华文文学网络传播现象略析》，载《世界华文文学论坛》，2014年第3期。
③ 张斯琦：《北美华文文学在媒介传播中的嬗变》，载《学术交流》，2015年第9期。

络文学的一种奇观。另外，还有国内一些研究者对于北美网络文学及网络作家的专论散见国内的一些专业学术期刊，如蒙星宇的《"流放"的"玩家"——美国华文网络文学"游戏精神"研究》[1]，施建伟、汪义生的《美国华文文学中的一枝奇葩——论美国华文作家少君的网络小说》[2] 等。

　　第二种类型是中国大陆网络文学对海外的影响，以及海外汉学对大陆网络文学的研究。美国时代周刊曾以《互联网上的中国作家》[3] 全面报道中国网络文学创作生态，并对当时的盛大文学 CEO 侯小强进行了采访。文章全面阐述了中国网络文学的版权制度、运营模式以及未来的远景规划等。北京大学"网络文学论坛"主持人邵燕君在一次访谈中具体谈到了北美的一些情况："近年来，美国出现了一批粉丝自发组织的以翻译和分享中国网络小说为主的网站和社区，其中最具代表性的是 2014 年创建的 Wuxiaworld（武侠世界）。它以翻译仙侠和玄幻等网络小说为主，第一部被翻译的小说就是'我吃西红柿'的《盘龙》（Coiling Dragon）。建站不到两年，Wuxiaworld 已经发展成为北美 Alexa 排名前 1500 名的大型网站，目前日均来访人数已稳定在 50 万以上。目前看到的只有英语翻译，来访人数排名前几位的国家分别是美国、菲律宾、加拿大、印尼、英国，一共80 多个国家，其中来自美国的访问量超过总数的三分之一。""Wuxiaworld 等美国的中国网络小说网站和社区不仅已经有相当规模，更重要的是，这完全是这些'老外'粉丝们的自发行为，运营方式是，网站招志愿者翻译，每人负责翻译一部小说，通常每周会保底翻译更新三到五章，此外也接受粉丝的捐赠，一般每捐赠满 80 美元或 60 美元，志愿者就会再加更一章。在漫长的追更与日常的陪伴中，中国的网络小说真正显示出了它的文化魅力，成为了中国文化输出的'软实

---

① 蒙星宇：《"流放"的"玩家"——美国华文网络文学"游戏精神"研究》，载《常州工学院学报（社科版）》，2011 年第 29 卷第 1 期。

② 施建伟、汪义生：《美国华文文学中的一枝奇葩——论美国华文作家少君的网络小说》，载《同济大学学报（社会科学版）》，2001 年第 5 期。

③ 《互联网上的中国作家》，原载《时代周刊》，天极网转载，http://soft.yesky.com/info/6/8757506.shtml。

力'。"① 而根据 alexa.com（亚马逊控股）提供的数据，武侠世界（Wuxiaworld）日均近 50 万用户，实际上它还是一个以"轻小说"为主打型的网站，创始人并不关心中国文化，目前这个网站除了从中文在线和纵横文学引进网络文学版权外，也开始引入日、韩小说。另外还有一家外国人做的 Gravity Tales，目前大约有 15 万用户，也是从中文在线和纵横文学购买版权。据相关人士介绍，目前海外中国网文、轻小说等的相关搜索词数据飙升得很疯狂，虽然总量比不上 Fantasy 等传统欧美通俗小说，但是蓝海现象明显，用户活跃度高。

原英国伦敦大学亚非学院中文系教授、中国研究院院长、英国汉学学会会长的英国汉学家贺麦晓，他是较早研究中国网络文学的海外学者之一。贺麦晓介绍他的研究时说："我的期刊研究在 2002 年前后完成，当时正值'网络文学'这个概念在中国兴起，所以我想：网络也是一种新媒体，与期刊在现代中国语境中的地位类似，它会不会引起中国文学乃至文化的又一次变革呢？就是带着这样的疑问，我开始关注中国的网络文学。"② 据他介绍，他本人正在写一部暂定名为《中国的网络文学》（编者注：该书于 2015 年出版）一书，将由哥伦比亚大学出版社出版。另外贺麦晓的两个学生目前也在做中国的网络文学研究，一个是在美国俄亥俄州立大学工作的段海洁，一个是美国格林内尔学院的冯进。此后，中国还有不少学者与贺麦晓开展过学术合作。

可喜的是，自 2017 年 5 月阅文集团推出起点国际以来，作为国内最大的原创文学网站的起点中文网，已经在其海外版——起点国际上线了 100 多部作品，累计访问用户超过 400 万。应该说这是比较乐观的。当然对于阅文集团来说，考验他们的不仅有商业利润，还有文化传播的承担与使命。也就是说，"许多网络文学作品虽然在传播渠道上实现了'走出去'，但其意义仅仅是'文字作品'的走出去，固然这些'文字作品'都是中国文化的符号，但从严格意义上说，其蕴

---

① 邵燕君、陈晓明、李敬泽：《野蛮生长后，中国网络文学已成世界奇观》，载《北京青年报》，2016 年 6 月 14 日。

② 许苗苗：《网络文学研究：跨界与沟通——贺麦晓教授访谈录》，载《文艺研究》，2014 年第 9 期。

含的中国传统文化，尤其是优秀传统文化内涵不足，并非国家期待的高质量、高水准的'文化产品'，因而其走出国门的过程中只是实现了商业层面的输出，而未能真正实现文化层面的'走出'。"[1]

毋庸置疑，中国网络文学海外传播肩负着两重使命：一是扩充海外受众人群的接受度，真正实现一种自愿的接受；二是真正实现"文化"层面的输出，使得中国文化的魅力受益于整个人类社会。这个过程也许是漫长且充满曲折的，但是不可错失数字化的历史机遇。既要正视问题的存在，又要不失时机利用这次难得的机遇。"中国网络文学的诞生并不只是华语文学内部力量酝酿的结果，也是受美国和日本游戏、动漫以及奇幻文学辐射与刺激的结果；在长期的发展过程中，也时刻保持着与各种世界流行文艺的连通性。对于海外读者而言，中国网络文学首先不是中国的文学，而是网络的文学，是属于'网络人'的文学。"[2]说到底，这也是数字时代文化的一种必然走向，当用好这样的载体。

第二节　作为文化交流的尝试与可能

互联网技术给了中国网络文学走向世界的机会，吊诡的是，中国的网络文学也正是发端于当年有条件使用互联网的年轻人，从那时起网络文学进入到他们的日常生活中。互联网的互联互通将中国与世界拉近，世界也被带到了每一个中国人的日常生活中来。网络文学以其植根民间的实践精神一路漂洋过海，引发数字文化生态的悄然位移。

王岳川认为："文化输出与国家的经济实力之间是有联系的，但后者并不是文化输出的决定性因素，事实上甚至在西方国家的经济实力赶超中国之前，他们的文化输出就开始了。在历史上，已经有很多重要人物从事文化输出的伟大事

---

① 庹继光：《我国"文化走出去"中网络文学担当与路径探析》，载《广州大学学报（社会科学版）》，2017年第9期。
② 吉云飞、李强：《中国网络文学"走出去"的启示》，载《红旗文稿》，2017年第10期。

业。16 世纪中后期明代的经济实力和综合国力居于世界领先地位，然而沙勿略、利玛窦等耶稣会士却长途跋涉不远万里来华传教，掀起了基督教传入中国的第三次热潮，这说明：文化输出不以经济强大为前提，而是包含了更多文化主体的主观能动意识。"[1] 网络文学的海外传播体现出文化输出，一方面是主观层面的主动性推介，这是资本的本能动力；另一方面是异质文化的独特性，它的内在魅力需要通过现代传播手段获得来自异域的文化认同。媒介的推力与资本力量的合力，以及内容的吸引力，共同构成了网络文学对外传播的主力。

网络文学相对于传统精英文学而言，其异质性能够受到中国大陆之外的关注，这其中不是对中国传统文学的颠覆与否定，也不是以一种样式取代另一种样式，更不是对传统通俗文学的补课，而是数字文化环境下的一种特殊文化形态。目前，包括短剧改编在内的网络文学走向海外的意义和价值已经显现出来。

毋庸置疑，网络文学版权输出已经成为带动网络文学外驱动的重要方式，有资料显示：1990—2000 年，版权贸易都是以引进为主，输出与引进的比例约为 1∶10。此后，虽然版权输出的绝对数有所增加，但是引进版权增加得很快，1∶10 的比例被进一步拉开。2003 年，输出与输入比为 1∶15；2004 年为1∶8；2005 年这一数字虽有缩小，但仍高达 1∶7。2006 年和 2007 年情况有所好转，输出和引进数量由"双增长"发展为"一增一减"，引进输出比已经降低到 3.9∶1，虽然版权贸易引进大于输出的总体格局还没有发生变化，但"走出去"战略取得了一定成效。这其中网络文学功不可没。[2] 另外，原国家新闻出版广电总局数字出版司副司长宋建新在接受《中国新闻出版广电报》记者采访时也介绍了相关信息："在数字出版产业中，网络游戏走出去成绩较为突出，2014 年，东南亚、美洲和欧洲地区已成为我国重点出口区域。传统图书等出版物向海外国家推广中国文化时，多以烹饪、武术、中医等为主，现在网络文学也迎来了弘扬

---

① 王岳川：《文化输出：重返世界的中国话语》，王岳川新浪博客，http://blog.sina.com. cn/s/blog_5a963ebc01017lmo.html。

② 匡文波、王湘宁：《网络文学版权走向世界》，载《对外传播》，2009 年第 7 期。

中华优秀传统文化、展现国家文化软实力的契机。目前，我国已有一些网络文学网站每年以上百部原创网络文学版权输出规模与国外出版社展开合作，输出网络文学作品，其中，被译为越、泰、韩、日等文字的作品越来越多。随着合作方式、服务形式、经营模式的多样化、本土化，新兴中国原创网络文学出版走出去的成果会越来越多，影响也会越来越大。"①

　　中国网络文学的海外版权交易已经成为文化输出的重要内容之一。面对这样的良好态势我们怎么办？对于国家"一路一带"倡议能提供哪些有效的借鉴作用呢？

　　一是建构区域文化接近者的认同性。比如日韩、越南等地，因为文化的双向互动频繁，所以文化接近的认同性也是相互之间促进了解、增进互信的前提和策略。这对国家文化安全也是一种积极的保障措施。中国网络文学在越南的翻译与出版已经有了相当大的规模，此一成功的案例再次说明，区域认同的可能性是能够实现的。目前中国当红的网络作品在越南都有翻译与出版，"据统计，从2009年到2013年的5年间，越南翻译出版中国图书841种，其中翻译自中国网络文学的品种占73%。对于中国文学在越南受欢迎的原因，有分析人士认为，首先，中越两国在历史上同气连枝。其次，两国青年拥有相近的文化传承，类似的传统价值观念表现在网络文学里，肯定能引起共鸣。比如，类似盗墓、宫斗和穿越题材网络小说，如果源自美欧，就很难对越南读者形成吸引力。此外，两国在近现代走过了类似的历程。对于年轻人来说，两国年轻人的祖辈和父辈有着相近的话语体系，诸如'统购统销''家庭联产承包'和'新农村建设'等都是两国百姓不陌生的词汇。"② 因此，两国出版机构和文化生产机构都可以共享网络文学界提供的原创文学资源，同时，可以合力塑造亚洲命运共同体的发展理念，主导亚洲舆论话语权建设，"强化丝绸之路周边国家形成'利益共同体'和'命运共同体'

---

① 宋建新:《网络文学迎快速发展机遇期　总局多项政策推动发展》，载《中国新闻出版广电报》，2015年11月13日。

② 《中国网络小说走红越南》，载《今日早报》，2015年3月16日。

的发展理念，是未来对外文化工作领域涉及中华文化话语权建设的主要工作之一"①。

二是中国文化助力中国形象的推介，为"一路一带"塑造完美的中国形象。众所周知，西方少数国家操持话语霸权，以"中国威胁论"百般阻挠中国的和平发展之路。这让中国在国际关系中步步受制于人，缺乏话语表达主动权。网络文学中有大量遏制战争、反抗暴力、主张和平理念的作品，可以让这些充满和平发展理念的优秀作品传播到海外。通过民间方式保持与异域族群的沟通，交流机制符合民众的接受心理，可以消除因意识形态差异带来的各种观念上的障碍和误解。

各国的大众文化之间有差异，但是人类的文化心理有共通的地方，挖掘这些共同的元素，创造世界人民喜闻乐见的网络文学产品是完全有可能的。约翰·菲斯克认为："大众文本本身并不充分——它们从来不是自足的意义结构（就像有人会认为高雅趣味的标准是自足的），它们是意义和快乐的唤起者，它们只有在被人们接纳并进入他们的日常文化后才能完成。人们在日常生活和文化工业产品消费的交接部创造了大众文化。"② 这也意味着，大众文化是有世界性的。好莱坞电影、日韩的漫画等二次元文化产品占据中国巨大的市场，再度证明了这样的可能性。所以，需要增强文化自信，也要用好载体，让美好的中国形象通过文化传播到世界各地。

三是坚持文化创新，提升网络文学吸引力。文化创新力是时代的主题，网络文学需要走出个人局限的思维，建构起具有一定历史维度的宏观视野。实践证明，大凡受欢迎的作品绝不是靠满足人们一时的心理猎奇和瞬间的眼球"爆点"，而是有着深厚的中国文化元素，勤劳的中国人民所积淀起来的文化智慧力具有穿透历史时空的能力，所以，需要有一种高远的历史视野与全局观来整体推进网络

---

① 何明星、王丹妮《文化接近性下的传播典型——中国网络文学在越南的翻译与传播》，载《中国出版》，2015 年第 12 期。

② 约翰·菲斯克：《解读大众文化》，南京：南京大学出版社，2006 年，第 5 页。

文学的世界性传播进程。

四是千方百计加强对外交流与合作，改被动为主动。相对于大国经济和大国文化而言，纵比我们目前的网络文学总量有了一定的增幅，但是横比，我们目前仍处于劣势，与大国形象很不相称。各大文学网站之间也不均衡，目前主要集中在一些大型文学网站企业，内部需要加大整合的力度，外部需要建立国家层面的专业采购团队进行集中输出，改变游兵散勇、单打独斗的现状。要组建文化航空母舰，整体列队向海外输出。

诚然，在发展中仍有不尽如人意的地方，但是不能抹杀网络文学三十年的民间实践的开创性和活跃性，更不能因为它们的草根出身而戴上有色眼镜，主流文学界需要包容和开放的胸怀接纳网络文学。可喜的是国家已经在政治和文化政策上将网络文学纳入到国家话语之列，这也激发、拓展了网络文学界和评论界的原创力和智慧度。植根于民间的网络文学具有强大的大众化和人民性，这是网络文学繁荣的根本所在。同样，在艺术的道路上网络文学一样需要坚持大众化和人民性，以改革创新的姿态投入到建设文化中国的行列中去。

第三节　国际接受及数字文化体系的建构

所有的文化活动都是围绕"人"展开的，网络文学同样也是，网络文学无论技术多么完备，传播多么便捷，没有"人"的认同和接受，其结果就是一厢情愿的美好愿景。

几年前，大陆文学网站签约作家霆钧（编者注：中国台湾人，在美国从事软件业）以华裔网络作家的身份观察北美中文翻译网站的现状颇具代表性。他说："这里的媒体，不论华文或英文的，从来不曾报道过（Wuxiaworld），我也从未听朋友提过（Wuxiaworld）。"他的观点佐证了有个别学者曾经提出的质疑："那些对东方文化缺乏一定认知和兴趣的人，并不会关注中国网络文学，毕竟他们置身于相当健全的以类型化小说为主导的畅销书出版发行机制下，享有着非常丰富的本土阅读物。就当下的发展情况而言，这些线上的网络小说翻译作品还是主要靠口碑和粉丝渠道进行传播的，尚属于'小众市场'，如何才能规模化地扩充海外受众还需要进一步探索。玄幻、奇幻等种类的网络文学作品，因为一定程度上超越了意识形态差异带来的限制，在西方还是能够引起一定的反响的；其他题材作品除非对国外读者充满新鲜感，否则很难引起受众的关注和共鸣。"[①] 这个观点从另一个侧面指出了中国网络文学海外传播中的难点所在，即在粉丝传播之外，中国网络类型文学的传播还有很长的路要走。

一、中国网络文学海外接受的途径

目前，中国网络文学首先需要的是内部认同和接受。从传统"纯文学"的视角去审视网络文学，网络文学首先无法摆脱它在传统学科中的尴尬。

李敬泽曾经这样形象地论断网络文学，他说："有一度一谈到网络文学就含糊其词，因为没有一个历史的参照系，被网络二字吓住了，莫名惊诧，不知道该把这个文学往哪儿摆。其实位置很清楚，就是通俗文学。当然通俗文学不限于网上，网下也有，但现在中国通俗文学的主体在网上。"[②]

中国文学史中通俗文学的历史身份一直存疑。著名学者、通俗文学研究专家范伯群先生生前一直呼吁给通俗文学以合法身份，并且主张将通俗文学写入中国文学史。范伯群指出："应该知道，对待通俗文学要以'因势利导'的'禹'的治水方法，使其走上'良性循环'的健康发展的道路。专门想以一元化的文学作品去满足全民的多元需求，这种想法本身就是不现实的。过去想将市民大众文学扫出文艺界，这是一种永远也不能成功的'无效劳动'。真正的出路是在于利用我们今天的理论优势，去总结出一套通俗小说创作的规律，从《三国演义》《水浒传》《西游记》等'民间积累型'的通俗作品中，从后继的'文人独创型'的通俗作品中，包括近代韩邦庆们的作品中，现代张恨水、刘云若们的作品中，总

---

① 曾照智：《文化共生与中国"网文出海"的困境》，载《广西师范学院学报（哲学社会科学版）》，2018 年第 7 期。

② 李敬泽：《网络文学：文学自觉与文化自觉》，载《网络文学评价系统虚实谈——全国网络文学理论研讨会论文集》，北京：作家出版社，2014 年。

结出他们成功的经验，也包括某些不足的教训中，建立我们中国特色的通俗文学理论体系，使通俗文学得以健康的发展。"[①]

网络文学诞生之后，一度遭到传统精英文学的围攻，两方曾经形成势不两立的对峙局面。针对这样的局面，李敬泽态度鲜明地批评了这样一种格局。他说："我们要放下两者傲慢与偏见，传统文学依靠思想和艺术品质对网络文学抱有傲慢与偏见，网络文学背靠市场面对传统文学抱有傲慢与偏见。实际上，它们应该是并行不悖的，它们都能从对方得到重要的支持和营养，共同构成一个完整、健全的文学生态。"[②]

不言而喻，李敬泽的观点与范伯群教授的设想如出一辙。党的十八大以来，中央提出大力发展网络文艺，这在政治上首先为网络文学的合法性问题解绑松套。在实践上需要我们不断拓宽文化思维，探索文化发展路径。

毫不讳言，需要学习欧美在世界文化普及和传播中的先进经验。相比美国通俗文学，我国通俗文学并没有获得相应的待遇，这是匪夷所思的事。研究者认为："在我国现行的大学英语教材中，有大量的课文节选自美国通俗小说、杂志、报纸等文学作品。在传统的纸质教材已经不能满足教学需求的背景下，与大学英语教学改革相配套的各种立体化教材不断地呈现在我们的面前，如高等教育出版社出版的《大学体验英语》、上海外语教育出版社出版的《全新版大学英语》、外语教学与研究出版社出版的《新视野大学英语》等。因此，除纸质教材外，由光盘、网络、自主学习平台等共同构建的立体化教材中都大量引用或借鉴了美国通俗文学的作品，这更体现了美国通俗文学作品与大学英语教学是密不可分的整体。"[③]

① 范伯群：《我心目中的中国现代文学史框架》，载《深圳大学学报（人文社会科学版）》，2004 年第 1 期。

② 李敬泽：《网络文学：文学自觉与文化自觉》，载《网络文学评价系统虚实谈——全国网络文学理论研讨会论文集》，北京：作家出版社，2014 年。

③ 刘英昕：《美国通俗文学作品在大学英语教学中的作用》，载《文学教育（下）》，2014 年第 3 期。

目前，中国大陆已经有不少高校开办了网络文学教育，教育部的课程目录也将兼容网络文学的"创意写作"列入"中国文学"的二级学科。某种意义上，这与中国网络文学的海外传播的诉求是相适应的。但是我们也应该看到一些不足的地方，"虽然国内网文公司在观望中看到了潜在的市场需求和发展前景，但由于盈利规模的悬殊，他们还在等待进入市场的最佳时机，短期内并不会为此而集中发力；即使商业力量的介入能够使我国网络文学的对外传播更为活跃，但单纯依靠商业逻辑驱动下的市场行为，还不足以迅速有效提升我国网络文学对外译介的规模和社会效益。"[1] 因此，需要整体性地提升中国网络文学在国内外教育、文化层面的影响力。

二、数字文化体系的建构

回顾中国文学的海外传播，其历程也是一波三折，网络文学尽管有着现代科技的快车道，但是文化毕竟不同于一般商品，接受的过程有很多条件限制。但是中国文学的海外传播经验值得网络文学借鉴。

中国文学的海外传播经验告诉我们，文化的对外传播绝不是单纯的商业行为可以解决的，特别是在中美贸易摩擦的历史大背景下，而是需要一套完整的"文化组合"，更需要完善的理论体系的支撑。在中国文化海外传播与接收中建构其自身的话语体系，即"在这过程中需要对两种观念思维进行厘清，不可把外在的发展问题与内在的水平问题搅和在一起，遮蔽了现代中国文化海外传播与接受过程中的正面影响力。需要将两者统筹起来综合分析和评价，把量与质，把观念与事实，把'走出去'与'中国学'综合起来考虑。才能避免在构建与世界文学关系时有可能出现的狭隘的民族主义倾向。又避免过度政治化的误读。"[2] 这也意味着，中国网络文学可以从中获得许多有益的借鉴，而不单纯是网络文学企业的

---

[1] 董子铭、刘肖：《对外传播中国文化的新途径——我国网络文学海外输出现状与思考》，载《编辑之友》，2017 年第 8 期。

[2] 吴长青：《如何海外，如何建构：现代中国文学海外再出发——读杨四平的〈跨文化的对话与想象：现代中国文学海外传播与接受〉》，载《中国社会科学报》，2015 年 3 月 23 日。

商业行为，需要一整套包括影视、出版、动漫、游戏等综合文化联动机制的保障，也需要建立一套完善的数字文化体系，并能保证这套文化体制能够真正运行起来。

众所周知，数字文化作为一种新的文化生态，不仅包含着对数字社会的整体概括，也隐含着人类需对未来数字化生存的积极应对，并能够提出行之有效的策略。某种意义上，数字文化预设并囊括了整个数字真实情境的价值判断和文化体系的构建，放置在整个教育领域中，其行动策略也是整个生态的一部分。所谓文化体系，不是单一性的，而是综合性的、全民性的接受与传播。事实上，目前，我们的网络文学海外传播依然是一种单打独斗式的个体行为。有人曾一针见血指出："我国网络文学'出海'一直受国内媒体和资本界的广泛关注。不过，我国网络文学输出仍处于小作坊式的运营现状，规模小、质量差、传播窄，导致英语主流社会对我国网络文学关注少、反响小。"① 要改变这种现状，须从"翻译层面、译介学层面、国家与社会支援层面以及中国学学科建设层面规划现代中国文学海外传播与接受的战略方案"②。

网络文学是中国文学的一部分，须将网络文学纳入数字文化的整体体系。同时充分发挥网络文学的独有的特点，在共性中实现个性的最大化飞跃。

一是充分利用中国本土的教育资源，积极在留学生中培育新生力量，通过庞大的留学生培养将中国通俗文化传导给留学生，同时，培养有能力的留学生开展网络文学的普及教育工作。邵燕君曾深有感触地说："北大中文系韩国留学生崔宰溶的博士论文《网络文学研究的困境与突破——网络文学的土著理论与网络性》（编者注：崔宰溶于 2011 年 6 月通过北京大学博士学位答辩）中提到，传统学者要研究网络文学，先要把自己当成一个外地人，要听懂'土著'们的话，才有资格讲话。我深以为然，更加端正了学习态度。以后的几年，我天天在向学生

---

① 席志武、付自强：《我国网络文学海外传播现状、困境与出路》，载《中国编辑》，2018 年第 4 期。

② 杨四平：《跨文化的对话与想象——现代中国文学海外传播与接受》，北京：东方出版中心，2014 年。

们学说话。刚开始，只能大概听懂，但不敢插话，因为把握不好分寸尺度。有时在微信群里聊天，一句话要查几次百度。不懂的黑话还好说，最怕的是你以为你知道的词，其实词义已经发生了变化。"① 诚然，中国学者需要有这种虚怀若谷的胸怀，更要有一种全球文化融合的视野。

二是扩大中国网络文学的海外传播渠道，可以在对外汉语教学中融入中国网络文学，将中国优秀网络文学的精彩片段做成教学资源，在对外汉语教学中将这部分内容推介给异域对中国文化感兴趣的国外汉语学习者。改变单一的通过商业途径的传播形式，拓展传播渠道。通常认为，"我国网络文学对外传播的目的，不仅在于作品的输出，而且还在于作品中蕴含承载的中国文化价值的传播，在阅读过程中激发国外受众对中国历史文化社会生活的兴趣，并在此基础上，增强他们对中国的认知和了解。"② 因此，网络文学是最好的教科书之一，理应能够成为我们对外汉语专业的重要内容。

三是继续扩大以版权交易为核心的高等教育和中等教育对外汉语交流，在对外汉语交流中增加网络文学内容。在有条件的海外高校或研究机构增设网络文学研究基地，吸收借鉴国外的研究通俗文学的方法，培养一批海内外研究中国网络文学的学者。并通过这些平台，做好中国网络文学的普及与通俗文学的跨文化研究。增进海外对中国通俗文学的了解，同时对出版、影视、动漫、游戏等泛娱乐产品版权进行整体推广。"当下海外版权运营模式单一，内容源头应该成为改变这种现状的发力点。注重高品质原创内容的海外推广，以此培育海外网络文学阅读市场，尤其是要吸引和培养精英阅读群体，以改变现有的阅读群体结构，使正版付费阅读逐渐步入商业化运作轨道。"③ 因此，需要整体性建构一体化的"数字文化"思维，在更宽厚的文化土壤里培育中国网络文学。

---

① 邵燕君：《"破壁者"书"次元国语"——关于〈破壁书——网络文化关键词〉》，载《南方文坛》，2017 年第 4 期。

② 董子铭、刘肖：《对外传播中国文化的新途径——我国网络文学海外输出现状与思考》，载《编辑之友》，2017 年第 8 期。

③ 鲍娟：《当下网络文学出海中的问题及对策》，载《中国出版》，2018 年第 10 期。

中国网络文学不仅仅是作为一种商业实践存在，而是作为全球性的数字文化的新样式，具有一定的样本意义。因此，我们不能将网络文学作为一种孤立的存在去理解，甚至仅仅作为一种单纯的商业行为去营销，理应将之放置在21世纪全球数字文化的崛起这样的高度去审视。也就是说，中国网络文学是信息时代新兴文化鼎盛的全球经验之一。需要在整体上形成一套理论体系，并将之纳入汉学研究的跨文化交流中去。在鼓励网络文学企业走出去的同时，更需要提高全民族的通俗文学创作水准以及提升网络文学海外传播与接受的文化自觉意识。

思考与练习

1. 早期中国网络文学海外传播的特点有哪些？

2. 中国网络文学海外传播有哪些可借鉴的历史经验？

3. 在全球性的数字文化体系的建构中中国网络文学有哪些路径可走？

第四章

数字文明视野中的中国网络类型文学的世界性

以数字文化为代表的中国网络文学从诞生开始就以一种反叛与解构的面孔出现，由于它具有先验的媒介性和交互性，同时在文本的形成与类型的背后潜藏着具体的社会指涉。因此，在文学功能上也突破了传统严肃文学的道德教化和思想提升的功能，在网络文学（艺）中最大化地实现了娱乐消遣的功能，因而它也不免走向了媚俗。即仅仅止于娱乐消遣的层面，它带来数字文学通俗化的同时也会出现庸俗化倾向，因此，坚持马克思主义文艺理论指导方向依然是数字文明时代文学（艺）发展的重要参照与批评标准，并在此基础上探索一种走向实践哲学意义上的公共性的可能。

顾名思义，电（数）子文学概念直接来源于互联网技术生成的所谓赛博空间、超文本、超链接等概要性描述。1994年，中国获准加入世界互联网并在同年5月完成全部联网工作。在文学领域西方早于中国出现"电脑文学"的"超文本"[1]这一概念，国内的黄鸣奋和欧阳友权等人继续沿用了这一概念[2]，不过他们更加注重于突出"超文本"的复杂性以及非线性特征[3]，强调其"是一个文本从单一文本走向复杂文本、从静态文本走向动态文本的新形态"[4]。后来，"超文本"也就成为早期中国网络文学研究的重要概念。[5] 随着

---

① 钟志清：《新兴的"电脑小说"》，载《外国文学动态》，1994年第2期。
② 早期使用"超文本"概念的研究成果主要有黄鸣奋的《超文本诗学》（厦门大学出版社，2002年）、欧阳友权的《网络文学论纲》（人民文学出版社，2003年）、姜英的《网络文学的价值》（四川大学博士学位论文，2003年）等。
③ "非线性"指"非顺序地访问信息的方法"。参见黄鸣奋：《超文本诗学》，厦门：厦门大学出版社，2002年，第13—14页。
④ 欧阳友权：《网络文学本体研究》，四川大学博士学位论文，2004年。
⑤ 钟志清：《新兴的"电脑小说"》，载《外国文学动态》，1994年第2期。

网络文学研究论文的大量生产，"超文本"这个概念则成为早期网络文学研究的核心关键词。

随着中国互联网技术的发展，特别是以数字为代表的网络文学（艺）走出了一条独特的路径。它既不是西方传统的数码文学，也不是仅仅传统意义上的印刷文字的网络化，而是寄居在网络页面上的原生的文学世界。

第一节　网络媒介的四种分化

20 世纪 80 年代以来自由开放的社会环境一方面解放了被压抑的个人情感，同时也历练成为一种情感娱乐的生产力。文化产业在 20 世纪 90 年代开始向基层大众敞开了怀抱，尤其是媒介主动走向人民大众，推动了群体性的个性张扬，文学功能由 80 年代的苦难倾诉向探寻个体化价值转向，随着文学功能的不断拓展，其实用性和功利化趋强，媒介的工具化倾向也越来越明显。

一、媒介变革推动了发表渠道的分化

由于独特的出版制度，早期的互联网上的文学创作手法主要以反叛与解构为主。尽管很多写作者明知发在互联网的文字比起铅字影响力要逊色得多，但至少能满足发表的欲望。后来，随着互联网的影响力越来越大，文学期刊和出版社编辑会到网络上选稿。2000 年，《当代》杂志首先开设网络选稿专栏，类似这样的期刊还有很多。其中畅销书出版模式同样适合文学类出版，因此也催生了早期网络上的文学作品与出版社合作的商业模式，网络上所发表的优秀作品自然也就成为纸媒出版的一种延伸渠道。当然，出版社在选题上首先考虑的还是发行码洋，本质上仍旧是传统的编辑选稿制。

据笔者不完全统计，目前国内尚有包括左岸文化、榕树下、起点中文网、天涯社区、小说网等中文原创网站 70 多家，其中还不包括各级作协文联及各大期刊杂志社的读者互动社区和个人博客创作。在这当中《钟山》杂志社于 2006 年初开设了网上社区，作为遴选稿件的第二载体，2007 年包括《红豆》《黄河文学》

《西湖》等文学期刊纷纷与左岸文化网站联手协作，作为遴选稿件的平台。武汉市文联从 2005 年初将《芳草》改版为网络文学选刊，成为大陆第一本经新闻出版部门批准的纸质化下网文学。①

显而易见，传统期刊向网络抛出橄榄枝主要出于自身的拓展需要，网络上的选稿并不能改变期刊围绕作家转的卖方市场的根本格局，即使像《芳草》（网络文学选刊）也没有真正实现能够重振纸媒的可能。但不可否认的是，一批坚持在网络上写稿的年轻写手通过网络渠道，成功地将网上作品反向进入纸媒文学。

2005 年 3 月，上海盛大网络发展有限公司向旗下全资子公司上海玄霆娱乐信息科技有限公司（玄霆主要运营起点中文网网站）增加 1 亿元注册资本。这是继 2004 年 10 月，盛大网络全资收购起点网以来第三次向其增加投资，同时也是规模最大的一次。这意味着起点中文网已经完全作为商业网站，而且早在 2003 年就完成了 VIP 付费阅读，形成了完整的商业闭环。至此，批量作品生产已经成为一种现象级的景观，它们开始与传统期刊渐行渐远。

二、网络写手与传统作家身份的分化

在网站未实现付费阅读前，作者发在互联网上的稿件只解决了稿件的发表问题，而其他诸如稿酬以及身份焦虑等问题都无法解决。这一类作者主要以受过良好文学训练的文学爱好者为主，其作品大多以中短篇作品为主。其中，以"榕树下"为代表的早期网站曾聚集了不少这样的作者。作品类型主要以传统武侠、言情为主。由于大众版权意识相对淡漠，大多数写作者并不担心发表在网络上的作品被人对号入座，同时也会出现大量拼贴的文字（尤其以论坛最为明显）。因此，网络迅速成为不少作品既上不了期刊，也进不了出版社的文字集散地。

即使像当年"左岸文化"这样背靠知名大刊稿源地的文学网站，满足的也只能是一部分有可能被推荐上位或被期刊编辑选中的极少一部分文学作品。久而久

---

① 参见吴长青：《网络文学佳作产生的机制性转变》，载《滁州职业技术学院学报》，2007 年第 4 期。

之，随着作者写作热情的下降，这些网站更新速度也就明显慢了下来。这也是早期纯文学网站无法生存下来的根本原因。

起点文学网站的商业突围使得为数不少的网络写手迅速成为写作暴发户，但是这并没有消除他们被传统文学界歧视和被误读的处境。很多网络写手都不敢告诉家人自己真实从事的写作职业。因为那时候根本没有人会相信网络文学是一种可以赖以维持生计的正当职业。

"北京文联研究部曾经于 2001 年 6 月在天津举办了'网络批评、媒体批评与主流批评'研讨会。此次会议上把网络批评从媒体批评中剥离出来，正式提出了所谓的'三种批评三分天下'（即'网络批评''媒体批评'和'主流批评'）的命题。"① 在今天看来，此举一方面尊重"网络批评"作为一种客观存在；另一面强化了"网络批评"的非主流化色彩，自然也会指涉到网络写作者身份的非主流化。这也意味着网络写手的身份焦虑曾一度伴随着网络文学早期发展的整个过程之中。

三、促进文体的分化

早期的网络文学文体主要有三种类型，期刊作者的严肃文学、模仿港台作者的通俗文学以及网络幻想类文学。期刊作者的严肃文学除一部分作品下网上刊，另外一部分则通过各种方式转行到其他文化娱乐产业，加之一部分文学网站经营上的难以为继，这类私人网站规模越来越小，渐渐成为文学爱好者自娱自乐的文化空间；模仿港台作者的通俗文学以论坛为主，盗版居多，随着网络类型文学的最终成形，最后会合到幻想类文学那里，同时分化出男频文和女频文。

一般认为，网络幻想类文学的发展过程中，其起源、创作内容主要受到以下三个方面的影响。一是日本幻想类作品，包括轻小说、漫画、动漫、游戏、电影等。二是本土武侠，幻想类作品，包括台湾的小说、动漫、游戏等，香港的小说、漫画、电影等，大陆的科幻小说、郑渊洁童话等。三是西方幻想类作品，包

---

① 吴长青：《网络文学佳作产生的机制性转变》，载《滁州职业技术学院学报》，2007 年第 4 期。

括魔幻和科幻小说，好莱坞大片，以及部分美剧等。

从小说内容来看，在早期的前十年，以黄易之作为模仿源头的玄幻类作品成为主流，广泛吸收各类娱乐作品的娱乐元素，从日漫到好莱坞电影，都成为网络小说的营养来源，融合本土特色，小说形式高度类型化，创作门槛低龄化，小说内容千变万化。幻想类小说逐渐成为网络小说的绝对主角，由此带来读者数量剧增，小白文横行，得小白者得天下成为共识，升级、升级再升级成为主流幻想类小说的黄金法则。虽然非幻想类时不时也会诞生一些经典作品，但从规模上来说已经没法和幻想类作品相抗衡了，同时，幻想类作品的写作类型和写作方式都发生了重大改变，网络幻想文学高度类型化，以升级作为小说黄金法则，小说的长度从几十万字变成几百万字。李强认为："从文类特征看，玄幻小说有极强的包容性，与其说它是一种类型，不如说是一个'孵化器'。进入网络时代，玄幻小说这种吸纳、转化各种元素的能力被放大。文学网站的编辑往往把具有新特征的、不好分类的小说都划归到'玄幻'门类，玄幻小说的类型边界不断拓展，已经超出了黄易最初的设想。"[1]

四、男频文和女频文的分化

这是一个值得讨论的现象，中国网络文学在发展过程中分化出两种不同的创作主体和阅读主体。毫无疑问的是，男频文、女频文在类型、风格以及精神气质上形成了各自的独立性，俨然分化成为网络文学界两大阵营。同时诞生出各自的代表作家和代表作。当然，这种分化是相对的，不是绝对的，意味着女频不一定是女性创作者的专利，也不意味着男频就是男性阅读的专利，有时相互交叉。

总之，以上四种分化都是在媒介场域中出现的现象，因此，媒介场域成为这种分化的始作俑者。当然这样理解，是否过度强化了媒介的分化作用？另外，这种分化的表象之外，显现出怎样的社会或文化指涉？

---

[1] 李强：《为什么网文界认为黄易是网络小说的鼻祖》，载《文艺报》，2020 年 11 月 30 日。

第二节 网络文学文本与类型的文化指涉

互联网的出现不仅是作为一种技术形态，同时它还理解为一种劳动工具，正是在这双重意义上，前者是作为一种生产力的解放，势必需要一种匹配的生产关系。作为大工业生产的代表——机器，带来的不仅是生产效率的提高，而且是一种新的生产关系的建立。

一、网络文学生产体现一种工业文化行为

网络文学作为商品生产行为，遵循商品生产规律。互联网写作作为脱胎于娱乐生产力背景下的消遣文学，其生产模式建立在工业化大生产基础上，既不同于个体作坊，也不同于行会工场。它是一种成熟的机器（电脑码字）生产。

马克思在《哲学的贫困答蒲鲁东先生的〈贫困的哲学〉》中指出："工具积聚发展了，分工也随之发展，并且反过来也一样。正因为这样，机械方面的每一次重大发展都使分工加剧，而每一次分工的加剧也同样引起机械方面的新发明。"[①]这同样适合网络文学和网络文学的生产，互联网产业作为一种文化娱乐工业齐备了马克思的判断。这也为网络文学作为一种新的职业铺平了道路。

作为文化娱乐工业，网络文学主要是内容的消费、交换、生产和流通，体现了马克思劳动价值论意义上商品经济中的具体劳动。因此，它同样也是创造剩余价值的一般商品。后来本雅明在《作为生产者的作家》[②]直接将其归纳为艺术"生产关系"，艺术家成为"生产者"，艺术品就是"商品"，艺术创作技巧就是"艺术生命力"，网络文学是文学网站作为生产组织单位，与网络作者以合约的方式签订的一种劳动雇佣关系。对于资方的文学网站希望在大工业背景下源源不断生产出文化产品——网络类型小说，以满足市场（读者阅读欲）的需求，从而形成生产、交换、消费、流通的闭环链条。

---

① 〔德〕马克思、恩格斯：《政治经济学的形而上学》，载中共中央马克思恩格斯列宁斯大林著作编译局编《马克思恩格斯文集》（第1卷），北京：人民出版社，2009年，第626—627页。
② Walter Benjamin, *Versuch über Brecht*, Frankfurt a.M., 1966.

二、文学类型是文化思潮的缩影

在勒内·韦勒克和奥斯汀·沃伦合著的《文学理论》中专门提到文学类型，"我们认为文学类型应视为一种对文学作品的分类编组，在理论上，这种编组是建立在两个根据之上的：一个是外在形式（如特殊的格律或结构等），一个是内在形式（如态度、情调、目的以及较为粗糙的题材和读者观众范围等）。外表上根据可以是这一个也可以是另外一个（比如内在形式是'田园诗的'和'讽刺的'，外在形式是二音步的和品达体颂歌式的）；但关键性的问题是接着去找寻'另外一个'根据，以便从外在与内在两个方面确定文学类型"①。这是对于整体性的文学而言，并没有像卢卡奇和钱穆那样将消遣文学排除在外。但有一点是共通的，就是卢卡奇后期对自己《小说理论》的全面批判和反思，钱穆在纯文学之外将消遣文学也按照金圣叹的"六才子之书"找到了经典作品的评判的规律。基本上也是一个历史的过程。亦即马克思思想中的"历史合力"②的结果。马克思把这种合力归结为"使广大群众、使整个的民族，并且在每一民族中间又是使整个阶级行动起来的动机；而且也不是短暂的爆发和转瞬即逝的火光，而是持久的、引起重大历史变迁的行动"③。这意味着历史同样建立在每一个人的历史基础上又不是孤立的、抽象的历史。文学作为一种意识形态，势必是这样的整体的反映。

---

① 〔美〕勒内·韦勒克、〔美〕奥斯汀·沃伦：《文学理论》，刘象愚、邢培明等译，杭州：浙江人民出版社，2017年，第228—229页。

② 马克思认为："历史事件似乎总的说来同样是由偶然性支配着的。但是，在表面上是偶然性在起作用的地方，这种偶然性始终是受内部的隐蔽着的规律支配的，而问题只是在于发现这些规律。无论历史的结局如何，人们总是通过每一个人追求他自己的、自觉预期的目的来创造他们的历史，而这许多按不同方向活动的愿望及其对外部世界的各种各样作用的合力，就是历史。"引自〔德〕马克思、恩格斯：《路德维希·费尔巴哈和德国古典哲学的终结》，载中共中央马克思恩格斯列宁斯大林著作编译局编《马克思恩格斯文集》（第4卷），北京：人民出版社，2009年，第302—303页。

③ 〔德〕马克思、恩格斯：《路德维希·费尔巴哈和德国古典哲学的终结》，载中共中央马克思恩格斯列宁斯大林著作编译局编《马克思恩格斯文集》（第4卷），北京：人民出版社，2009年，第304页。

近代文体家张世禄认为近代以来文艺研究中有两个弊端，他说："其一，每个重于文艺之体制形式，所谓定言不定言，骈体与散体等言之甚详；而于其内容之变迁如何，其受于时代思潮之影响者如何，其关于文艺本身外之事实如何，则罕有论及。此则不为统体观察之过也。其二，诸述文艺史者，大都仅罗列文学家作品与身世，以贯各代史料而已；至于相互间更嬗交替之关系，与受于时代变化之原因等等，则略而不讲，此则缺乏历史方法之过也。"①第一点指出内容变迁受社会思潮的影响不足，对社会缺乏研究；第二点不足则是指出相互更迭与时代的关系。亦即马克思在回答"历史合力"时的追问："因此，问题也在于，这许多单个的人所预期的是什么。愿望是由激情或思虑来决定的。而直接决定激情或思虑的杠杆是各式各样的。有的可能是外界的事物，有的可能是精神方面的动机，如功名心、'对真理和正义的热忱'、个人的憎恶，或者甚至是各种纯粹个人的怪想。但是，一方面，我们已经看到，在历史上活动的许多单个愿望在大多数场合下所得到的完全不是预期的结果，往往是恰恰相反的结果，因而它们的动机对全部结果来说同样地只有从属的意义。另一方面，又产生了一个新的问题：在这些动机背后隐藏着的又是什么样的动力？在行动者的头脑中以这些动机的形式出现的历史原因又是什么？"②从马克思这里我们仿佛找到了一种路径如何从个人的历史层面抵达更为宏大的层面，而文艺史恰恰可以提供这样的视角。

三、类型的形成是人的行为与社会互塑的反映

无论是消遣文学还是严肃文学，文学类型本身就是一个带"量"的范畴，根据勒内·韦勒克和奥斯汀·沃伦在他们合著的《文学理论》中考证，19 世纪文学类型出现了较大的转型，那时候讨论文学类型的著作也很少。但是有一个现象

---

① 张世禄：《中国文艺变迁论自序》，载许嘉璐主编《中国文艺变迁论》，太原：山西人民出版社，2014 年，第 1 页。
② 〔德〕马克思、恩格斯：《路德维希·费尔巴哈和德国古典哲学的终结》，载中共中央马克思恩格斯列宁斯大林著作编译局编《马克思恩格斯文集》（第 4 卷），北京：人民出版社，2009 年，第 302—303 页。

特别显著，就是文学作品的读者人数激增，也产生了更多的文学类型；这些类型通过廉价出版物迅速传播，往往也比较短命，或者更为迅速地转变为另外的类型。同时都遇到了分期的困难，文学流行样式也迅速变换，每十年就出现一个新的文学时期，而不是五十年。类型更迭的速度与廉价出版物的传播之间的关系恰好证明了我们今天网络文学内部类型变换的一种动力。

对于 19 世纪和 19 世纪之前的变换速度的差异，直接来自现代性的产物，现代印刷业的推动，提升了单位阅读量的频率，以及大众对于新兴事物的接受，共同塑造了类型的内在形式，反过来影响外在形式。甚至这个原理也可以解释金圣叹"六才子书"中为什么会出现《水浒传》和《西厢记》，钱穆的解释是从实用性来说的，其实与现代性有着极大的关系，与宋明以来的"市民文化"的兴起有着千丝万缕的关系。

网络文学类型的更迭与互联网生产体系的关系也是同纬度的。（一）通俗消遣作品始终与读者属于"情感共同体"，读者的需求是至高无上的，审美疲劳是人性的一种常态，读者的口味就是风向，因此决定网站平台的推荐位置，这反过来又促使一种趋向的生成，模仿和盗版几乎无一例外都是按照这样的模板进行复制。（二）文学网站作为网络文学生产的组织单位，类似我们今天的现代化的工厂模式，每一个类型就是一个个车间，从生产到销售都按照固定的流水线生产，为了便于读者阅读，除了设置上面说到的推荐位之外，还有搜索引擎（综合、书名、作者名），以及各类标签、榜单（字数榜、排行榜、更新榜）等，这些都将各种类型按照数字逻辑进行归类。（三）合理利用人的激励心理，将各类数据名榜标注，激发效仿和争利的驱动力，这样使得更多的数据的累积，在同等单位时间里，同类型的数据量迅速上升，反过来又带动了读者的阅读趣味，粉丝经济的规模效应以及对网站和大神的依赖度增强，使得网站与流量的黏合度不断提高。（四）网络文学衍生品，即所谓 IP 改编扩大了上游网络文学的影响力，客观上造成了聚合效应。比如晋江文学作为女频专业网站，由于女性向的影视改编的传播力，形成了晋江文学特殊的文化征候，而这种文化聚合一旦形成就很难打破，所谓的"圈层文化"就是在这样的语境中生成的，最终成为一种文化现象。那么它的下游改编势必也会形成相应的类型。它所生成的影视类型，同样有着以上形成的几个特点，其中的叙事范式，以及与观众互动中有可能生成的审美形态反过来促进上游类型形成。

简而言之，在这样的互动机制中，"在网站、作者、读者和批评家等多方协同作用下，网络文学类型化在文学生产、流通、接受各要素环节持续渗透。这一类型化现象的背后，由文学生产机制的商业化运作主导，指向大众审美趣味和文化价值的变迁，同时暗含与数字时代相适配的思维方式和认知结构的转换。从这一意义上而言，网络文学类型化也是知识秩序重建进程的组成部分"①。某种意义上，网络文学类型的迭代速度要远远超过严肃文学，这是由阅读速度和生产速度共同作用的结果。在这样新生成的空间里需要一种正向文化的引领也就显得自然而然了。

第三节　网络文学的正向驱动的三重维度

一、从私域空间走向公共领域的正向引领

本雅明在论及艺术家的工作时说："决不仅仅是生产产品，同时也在于生产的手段。换言之，他的产品在产品性质之外和之上必须具备组织化的功能——重要的是生产的示范作用，即首先能够把其他生产者引入生产，其次给他们提供一部改进了的机器。这部机器越是把更多的人转变为生产者——即把读者和观众转变为共同行动的人，这部机器就越精良。"②在界定网络文学与传统文学的区别时，最为直观的是前者与读者的互动机制，也就是所谓的"网络性"，当我们要求网络作者提高创作质量，通常指的是"文学性""现实性"。孤立地看网络文

---

① 常方舟：《网络文学类型化问题研究》，载《上海文化》，2018 年第 6 期。
② 〔德〕本雅明：《文艺学与新历史主义》，北京：中国社会科学出版社，1993 年，第 57 页。转引自马驰：《论艺术生产与艺术消费》，载《社会科学》，1998 年第 10 期。

学的"文学性"或"网络性"是抽象的，也会陷入绝对化。因为网络文学与传统文学的创作机制是不一样的，两者不是一种紧张的对立关系，而是相互参照的融合关系。"网络性"加持了网络文学在公共文化空间中的传播权重，而传统文学所秉持的社会责任为网络文学提供更多社会和人性参照。在一定意义上，由互联网技术支撑起来的网络文学在传播领域的优势与传统文学的相互转换应当是当代中国文学发展的一种趋势。

诚然，21 世纪以来，网络文学在社会文化制度的宽松环境中获得了前所未有的生机，特别是随着市场经济的全面深入，以及网络作家福利制度和数字作品付费阅读机制的相继形成，网络文学出现了疯长的态势，各种类型的网络作品以成百上千倍的增长速度充斥在各类文学网站上。之后，网络文学 IP 化则带动了整个大众文化消费市场的繁荣。在繁荣的背后同样潜藏着另外一种新的文化危机——精神价值的失范。

具体表现在文学接受上，金赫楠这样感慨："类型小说这种代入感强大的白日梦创作和消费过程当中，不仅仅包含既有价值观的释放和贯穿，同时又在继续强化和重塑受众的认知、意识和深层社会文化观念。"[①] 金赫楠一方面指出了网络文学作为通俗文艺所夹带的"亚文化"具有便捷性和有效性，这是传统文学明显弱于网络文学的地方。另一方面，一些"亚文化"会模糊另类文化观念内在诉求的边界与主次关系，甚至会削弱个体受众的主体性。

而对于创作主体而言，邵燕君客观地总结道："一本引爆潮流的书，就是把一个时期一个人群的欲望（甚至是潜在欲望）赋予了文学的形状——这本身就是一种发明，如果再能发明一种特殊的设定（如穿越、重生）就能把这种欲望放置在一个叙述模式里，放大其尺度，以便全方位地开掘、拓展，有层次有节奏地满足——这就发明了一个类型。在类型文发展的过程中，就会形成'类型套路'。"[②]

---

① 　金赫楠：《在作者、读者和编辑的合力中生长——网络言情小说漫谈》，载《博览群书》，2015 年第 11 期。
② 　邵燕君、薛静：《网络文学：中国网络文学二十年·典文集》，桂林：漓江出版社，2019 年，第 12 页。

就是说，从创作的主体与文学接受的双方而言在互联网的对话平台上形成了一种正向的呼应，它们在互为塑造，互为建构中形成一套区别于传统文学"单向性"的话语场域。甚至这种"话语场"呈现出的就是"网络新阶层"们的所谓"小时代"。因此将这种网络"小时代"融入"大时代"是转型的应有之义。

如果从以上创作与接受的角度将"网络新阶层"作为主流文化融合的第一层面，那么第二个层面则是国家主流文化与大众消费文化的正向呼应。

二、从民间大众亚文化走向社会主流文化的正向引导

众所周知，20世纪90年代以来，中国社会结构发生了重大变化，这主要是由政府力量和市场力量的双重力量推动形成的。这种结构客观造成了社会各阶层结构的重大分化和不同差异的出现。而相对宽松的文化环境诞生了各类媒介场域，这些媒介场域中也孕育了新型民间大众消费文化，它们虽以传媒话语形态活跃在国家主流文化之外，甚至有些仅作为国家主流文化形态的一种异质而存在，因此也获得了成长空间。事实上，国家主流文化形态在强大的传媒话语面前并没有完全退场，只是以另外一种新形态出现。"在20世纪90年代的新意识形态'家族'中，旧政治意识形态（即国家/民族/执政党意识形态）虽然经过改造与演绎，变得亲切可人，可是在到处弥漫的实用主义、消费主义意识形态浪潮里，已经在显性状态上滑落到大众日常生活的边缘，然而在隐性状态依然处于主导的地位。只不过发挥作用的途径和方式转向隐蔽。"[①] 网络文学有着传媒话语的属性，为数不少的网络文学作品基于传媒话语的指引或与传媒话语互为印证，有些还直接成为一种新的传媒话语。当下所谓"粉丝经济""流量经济"中的"流量"和"用户"往往就是指代消费这类话语的群体。在以"流量"与"用户"至上的大数据指标的引导下，基于网络文学创作主体与受众之间互动——"粉丝"参与的目的性也更为直接，这样的商业逻辑自然会成为网络文学生产的首选形态。表象

[①] 刘文辉：《20世纪90年代传媒建构的"新意识形态"文学语境》，载《上海交通大学学报（哲学社会科学版）》，2010年第4期。

上看是"经济""流量"，潜在的却是"文化"的位移与置换，这也是互联网经济中，文学（化）的变异与流动形式的主要形态。

此外，从整体上看来，网络文学及其传媒话语所建构起的一套"亚文化"意识形态具有异质于国家意识形态的特性。这样的"亚文化"意识形态在一定条件下也有可能上升为一种社会意识形态。所谓的社会意识形态"是指在社会群体层面所表现出来的思想观念或价值观念，它反映的是不同社会阶层或利益群体的价值取向和利益诉求"①。这也是国家主流文化关注的地方。在一定时期内，这两种意识形态还可能存在着一种柔性对抗，甚至通过形式的转化以躲避融合的可能。

毫不讳言，不同价值观念之间的角力构成了当代中国意识形态的现实图景。网络文学大神们与他们的"粉丝"矢志不渝构造所谓他们自己的"世界观"，其实与戈德曼提出的世界观有着某种一致性。"所谓世界观，乃是指一种联系紧密、不可分割的、关于人与人以及人与宇宙之间的联系的观点。"②同时，戈德曼还认为，一部作品的各个组成部分既作为独立功能出现在作品范围之内，也同时统一在一个共同的"世界观"之下，这种共同的"世界观"，就是意识形态。即"人为了能生活下去和有所指向，他总是被迫将一种或多或少是有意识的秩序引入他们对世界总体的表象中；任何集团都企图创造出一种我们提到过的同样的表象，构成文化创造主体的特别集团则企图创造出一种世界观"③。本质上，这里的"世界观"与建立在消费文化基础的大众意识形态是一种同构关系，也是大众传媒话语的核心部分。在一定意义上也是异质于国家主流意识形态的。邵燕君将之归纳为一种巧妙的策略，她说："网络文学不是通过粉饰现实，而是通过生产幻象来建构现实，通过锁定欲望并引导人们如何去欲望，来替代已经失效的精英文学实现其意识形态功能。"④或许网络文学"新阶层"对于这样的论调是不接受的，甚

---

① 杨江华：《中国意识形态转型的社会学分析》，载《中州学刊》，2010年第5期。
② 〔法〕吕西安·戈德曼：《文学社会学方法论》，北京：工人出版社，1989年，第124页。
③ 〔法〕吕西安·戈德曼：《文学社会学方法论》，北京：工人出版社，1989年，第51页。
④ 邵燕君：《在"异托邦"里建构"个人另类选择"幻象空间——网络文学的意识形态功能之一种》，载《文艺研究》，2012年第4期。

至表现出某种排斥。这里不能不提到网络文学文本中的"梗","梗"可理解为网络类型小说的数据库,"梗"也是作者架构世界观的一种"关键词",其实每一个"梗"都有着深厚的"亚文化"意识形态的基础,它是人们对于现实的一种高度幻象或是对待不确定性的一种高度凝练,是反映当代"趣缘"人群文化心理的文化系统。"梗"的数据库也可看作是"亚文化"意识形态的文化符号。所谓"文化这一符号体系是联系社会现实和人的心理的模板,它把人的心理与社会现实相结合起来,并赋予社会、心理以方向和意义。因此,符号系统作为意识形态,既不简单描述社会现实,也不简单表达人的心理,而是人建立起来的意义系统,它可以引导人们对于社会现实和人的心理的理解,它给人们提供了一种理解社会和人的心理的符号模型"①。创造新颖、噱头的"梗"成为不少网络作家的追求,我们从这些"梗"里可以读到代表各个代际的文化符号,而这些符号的背后就是一种青年"亚文化"意识形态的集中显现。其独特的特征"具体表现为生成的技术性、成长的互动性、信息的符号化、内容的融渗性和效果的累积性"②。当代国家主流文化意识形态在引导网络文学现实题材类型文学方向时,很多网络作家感到有所不适,这其中固然有创作手法上的不适应,当然最主要的还是长期累积起来的民间"亚文化"意识形态与主流文化意识形态之间有较为长时间的隔膜。

三、优秀的当代文化对新兴网络文化的正向塑造与引范

毋庸讳言,随着大众话语的累积与沉淀,民间社会意识形态也会不同程度地反噬主流文化,说到底,这种带有博弈色彩的民间基调预示着一方面需要积极引导网络文学向主流文化方向转变,另外一方面要营造积极向上的创作氛围,以高尚的艺术创作观以及具有一定艺术品位的优秀作品作为示范。同时还要防止腐朽、庸俗的创作观对新兴文艺领域的腐蚀。一些研究者甚至认为:"在当前中国

---

① 吕敬美:《权力、话语与意识形态有效性的内在关联》,载《社会科学论坛》,2013 年第 10 期。
② 黄冬霞、吴满意:《网络意识形态内涵的新界定》,载《社会科学研究》,2016 年第 5 期。

社会，大众传媒话语经常通过消费主义、市场逻辑以及虚无主义等倾向的叙事方式来获取自身的生存空间，并实现对其他意识形态话语结构的瓦解和话语秩序的破坏。"[1] 当然这是需要高度警惕的，同时也启示我们要通过各种形式不断进行包括对网络文学在内的一些重点领域进行必要的引导。正是通过以上各种综合手段，将枝蔓在网络上的"亚文化"特征的网络文学引向到反映主流文化价值上来。

第四节　走向公共文化的数字文学

从 20 世纪 80 年代以来的 40 多年改革开放的中国社会实践，为中国网络文学的孕育和独立性生长提供了历史动力。当然，在这滚滚东行的历史车轮的辙痕中我们依然可以窥见它经受的挫折和压抑。在不同历史时期，甚至它的面孔都是模糊不清晰的。这当中有来自政治生活的亵渎，也有市场经济的挤压，更有文化转型的裹挟与推动……

在众声喧哗中，既要廓清历史尘埃的感性遮蔽，也要拂去发达工业时代的理性面纱，还中国网络文学一个真实的面孔。在这过程中，中国网络文学一方面承受着传统严肃文学的质疑与排挤，同时还要与市场经济时代商业同台竞技，在中国崛起的世界舞台上留存善良的人们对于未来的美好想象和文化的期许。

所以，在去弊消魅的路上，中国网络文学真正的独立与崛起，首先在于我们对消遣娱乐能够理直气壮地表示一种客观的尊重，而不是带着有色的眼镜，以异样的目光打量这个光怪陆离的存在。

当马尔库塞说出"戏剧则是也应当是一种消遣和娱乐。消遣和获知并不是对立的：消遣可以是最有效的获知方式。要使人认识到当代世界隐藏在意识形态和物质面纱背后的真面目，认识到它是怎样发生变化的，戏剧就必须打破观众与舞

---

[1] 陈国栋、袁三标：《社会阶层结构变动对意识形态话语权力格局的影响》，载《理论月刊》2016 年第 3 期。

台事件的同一。所需要的并不是移情作用和感受性，而是间距和反思"① 这样的话时，我们清醒地意识到，我们必须也要用"间距和反思"面对当下如此众多的阅读者和创作者的网络文学现场。这样的间距既有历史性的，也有当下性的。同样，基于这样的诚恳态度才能做到历史的反思和对当下的反思，一句话，也只有这样才能真正收获反思的成果。

我们不得不承认，中国网络文学所承受的这份文化之重正经受着历史的考验。一方面是市场经济本身的融合，另一方面则是来自意识形态的重组与重构。而作为本质的网络文学它依然是消遣的、娱乐的，如果当这些本质都将不存在时，它到底会是什么，这同样也将同疑问一道被带进反思的历史中去。

毫不讳言地说，作为诞生于特定历史情境中的网络文学能够从挤压的环境中破土而出，首先得益于日趋成熟的网络市民社会，如果没有这个前提，中国网络文学不可能从文化襁褓中独立生长起来；其次则是互联网技术和现代通信技术的发达，让它搭上了可以飞翔的外力。但是我们时刻清醒地认识到，任何事物都有它的两面性，当我们看到网络文学能够承载着一代青年梦想的时候，它的脆弱性同时也暴露出来。这是中国网络文学自身无法回避的事实：在通俗化的道路上是否一路狂奔下去？

"从升华的认知功能来衡量，蔓延于发达工业社会的俗化趋势便显露出它真正的顺从功能。性欲（和攻击本能）的解放，使本能冲动摆脱了大部分不幸和不满意识，这种意识说明既定满足领域存在压抑性力量。无疑，不幸意识依然普遍存在；幸福意识还相当脆弱，它只是蒙在恐惧、挫折和厌恶之上的一层薄薄的表皮。"② 马尔库塞说出了其中的真相。这种顺从已经成为一种普遍的潜意识，有对市场的顺从，还有对政治生活的顺从……

之所以我们最终选择用马克思主义的实践哲学来寻求对于未来的突破之路，

---

① 〔美〕赫伯特·马尔库塞：《不幸意识的征服：压抑性的俗化趋势》，载《单向度的人——发达工业社会意识形态研究》，刘继译，上海：上海译文出版社，2008 年，第 54 页。

② 〔美〕赫伯特·马尔库塞：《不幸意识的征服：压抑性的俗化趋势》，载《单向度的人——发达工业社会意识形态研究》，刘继译，上海：上海译文出版社，2008 年，第 62 页。

这本身也是一种历史文化选择。我们既不能单纯地以亚里士多德的古希腊的道德良方作为一种幼稚病的解决方案，同时我们更不能无原则地倒向技术的怀抱，这同样是一种盲目的温柔一刀。马克思主义哲学解决之策一方面尊重娱乐消遣作为一种建立在劳动基础的生产力与生产关系的协同发展，既有对传统的反思与批判，也有对未来的积极建构。这是我们必将遇到的不二的选择。

阿多诺同样也指出了在发达工业社会中，艺术所面临的肢解以及人们所经受的威胁。他说："艺术庸俗性的社会意味，在于主观认同客观复制的贬值状态。群众绝无真正享乐，故此出于不满或怨恨，就从其所能得到的替代品中寻求乐趣。在社会意义上，低级艺术与娱乐活动是正当合理的主张，是证明压抑现象普遍存在的意识形态。"[①] 因此，我们同样会遇到很多假象，同时也不断制造出大量幻象，我们不仅承认娱乐的必要性，还承受着来自低俗艺术本身的不断变换的面孔。这成了世界的另一幅真相。

众所周知，在世界性的娱乐版图中，中国的娱乐消遣的环境在不同的历史时期也是曲折多变的。中国网络文学是个特例，在从录像厅到网吧的底层娱乐文化变迁中，吸收了世界的娱乐精神，并且能够在版权经济和粉丝文化的助推下，形成一枝独秀，其来路充满艰辛和坎坷。

从这点上来看，我们不能否认娱乐有着一股顽强的生命力，同时不乏带有一种原始力量的革命精神。这种精神也验证了鲁迅对纯粹的"享乐"精神的高度推崇，在这种力量的背后其实就潜藏着变革社会的强大力量。

臧娜在总结当代娱乐化问题时认为："'娱乐'是一套由人类心理结构与社会结构相互交织而组成的复杂机制，它既涵盖了人类内在心理层次的各个层面，又受到多重外在社会结构的形塑与影响，并由此形成了多层次的艺术功能维度。这就注定了当代中国的'娱乐新世纪'必定是一个多层次并存的文化语域，并与不同层次的娱乐需求相契合，而精英与大众、传统与当代、主流与非主流之间的娱

---

① 〔德〕阿多诺：《净化观批判；艳俗与庸俗》，载《美学理论》，上海：上海人民出版社，2020 年，第 352—353 页。

乐博弈在其中渐次展开，共同营造了一个众声喧哗的'新感性时代'。"① 中国网络文学当然一马当先地融入这个"新感性时代"，并且还承当着自己的一份使命与责任。

毋庸讳言，我们在对中国网络文学的历史考察中，也是对 40 多年改革开放历史历程的一次回溯，我们既对中国社会的进步给予充分的肯定，同时更看到了勤劳的人民身上所具有的无限的创造力，这种创造力在一定历史条件下则转化为创新的力量。这是需要珍惜和不断发扬的精神。

我们的任务是面对这样火热的生活世界保持一份理性的精神，并以一种马克思主义的历史唯物主义精神审慎地辨别历史复杂的多面性，同时能够在这种复杂性面前进行理论的总结。

王德峰说："因此，我们的任务不是用现成的社会科学概念去描述当下中国的社会事实，并从理性自身出发去构想解决问题的方案，而是深入到那建构起这些社会事实的、作为真实的人民生活的感性实践中去，准确地描述这个实践本身，以从中发现解决问题的实际条件以及基于这些条件的方法。"② 中国网络文学为我们提供了这样的历史的和世界的视野，我们有理由相信，在中国文化走向世界的现实面前，中国网络文学必将融入到世界文学体系中去。

思考与练习

1. 如何评价网络媒介的分化？

2. 如何理解中国网络类型文学中的"类型性"与世界性的关联度？

3. 中国网络类型文学的正向驱动与它的公共性之间是怎样的关系？

---

① 臧娜：《当代文艺娱乐化问题研究》，辽宁大学博士学位论文，2012 年。
② 王德峰：《〈哲学的贫困〉对于我们时代的意义》，载《云南大学学报（社会科学版）》2017 年第 6 期。

第五章

数字文化工业视阈中中华文化的世界认同与接受

以中国网络类型文学国际传播实际为代表的中国数字文化工业已经初具规模，这其中是以中国网络文学企业的发展作为基础的。在中国网络文学出海工程中，中华传统文化成功着陆并不断被世界认同与接受。这其中不仅与类型故事在数字传播技术加持下获得即时性共享模式，为中华文化国际传播提供了质量保证；在地性与民族志叙事模式的有效融合，一方面数字民族志挖掘并体现在地性中强烈的现代文明意识，另一方面在地性与世界性的融合形成新的数字民族志以及在网络类型文学批评中融合在地性和网络民族志，增强网络类型文学的世界影响力。

不言而喻，以中国网络类型文学为代表的中华文化的世界认同与接受是当下依然热门的论题。据笔者溯源，2017 年是中国网络类型文学真正意义上以成熟的数字文化工业形态挺进海外市场的元年。七年多来，中国网络类型文学由过去单一的数字阅读和短剧改编相融合的数字工业业态被海外市场接受。因此，笔者认为，以中国网络类型文学为典型代表的中华文化国际传播需要数字文化工业的加持，其中以互联网数字为载体的跨文化传播和以类型故事为模态的即时性共享传播范式较好地破除了物理空间上的区隔和不同族群之间文化认同上的障碍，此外，"在地性"与数字民族志相融合的叙事模式开辟了新的中华文化叙事话语空间。

第一节　数字文化工业中的中国网络类型文学基建的构成

法兰克福学派将文化工业定义为"我们社会中的这样一些机构（institutions）：它们采用典型的工业企业的生产模式和组织方式，以文化产品和文化服务的形式来生产和传播符号，这些文化产品和服务通常是以商品（但不仅限于商品）的形式流通"①。早期的"文化工业"批判理论者试图将马克思的剩余价值理论和弗洛伊德的精神分析集合起来，并以 20 世纪 70 年代美国好莱坞作为"电影装置论"的重要"装置"（apparatus），认为资本主义在政治经济上控制了文化生产，从而产生了一个高度商品化（commodified）的现代"大众文化"。理所当然，电影观众则被看作一大群消费者。后来的鲍德利亚同样也持这样的观点。新晋被发现的法兰克福学派的一个边缘人物恩斯特·布洛赫则将"片厂制"下生产出的电影称为文化工业的消费商品。中国网络类型文学发端于 20 世纪晚期，发育于 21 世纪初期，经过近三十年的发展，目前已经有了相对成熟的发展机制。

一、有严格的版权签约制度

网络文学大神作者或他们的作品集中签约在个别重点文学企业，即几大重点文学网站垄断了头部作者的创作。有数据显示，截至 2020 年，全国有重点文学网站 40 多家，其中包括阅文集团旗下的起点中文网、小说阅读网、QQ 阅读、红袖添香网等，重点网络作家 1500 多名。② 其中，以 2020 年部分作者发起的"55断更节"为代表的网络作者抗议阅文集团的不合理合同事件，首次掀开了网络文学企业劳资关系的真实面纱。此次事件中网络文学大神级作者姬叉、明巧、梦入神机、天蚕土豆、我吃西红柿等对事件相继发声，《铁齿铜牙纪晓岚》编剧汪海林、知名编剧高璇声援作者维权。资本市场也做出反应，4 月 29 日、5 月 4 日，阅文股价遭遇两连跌，分别下跌 4.65% 和 8.18%。为了平息事件，阅文集团做了积极的回应，新管理团队与多位作家召开首场作家恳谈会，就"作家合同争议"等商业规则领域的问题展开讨论，并表示外界盛传的合同条款是一种误读，对于不合理的条款会做出相应修改。网络写手袁大少在知乎上对事件的影响评价说：

---

①　〔英〕吉尔·布兰斯顿（Gill Branston）：《电影于文化的现代性》，闻钧、韩金鹏译，北京：北京大学出版社，2012 年。

②　周志雄：《网络文学教程》，北京：高等教育出版社，2020 年。

"它的存在打响了全体创作者反抗霸权主义和强权压迫的第一枪,具备巨大的鼓舞力量。"[1] 这从一个侧面说明了创作者队伍的壮大尤其是版权意识的觉醒,这是数字产业中最活跃的基础,也是数字工业文化的生产力。

二、有垂直一体化的完整生产经营体系

即同一家网络文学企业同时具备签约创作者、编辑审核作品、宣发作品、多版权运营作品及海外市场的拓展。毋庸置疑,网络文学生产企业建立起完善的生产经营体系离不开国家相关政策的支持,尤其是对作者版权的保护,对侵权盗版的打击力度持续深入,这为完整的产业体系的构建起到了保驾护航的作用,也就是说如果没有一个可持续的消费市场作为前驱,根本谈不上后驱的生产。其次是作为生产经营主体,建立现代文化产业体系的核心是能够提供源源不断的消费品。网络文学搭载在互联网上,由于互联网的大容量承载、即时性互动以及超链接检索等数字技术的支撑,这些无疑都是引领数字文化工业的基础设施。另外,产品的规模化和企业的规模化是保证生产经营向良性发展的基础。所谓需求面和供给面的匹配,其中供给面中有资本市场的积极参与,这也为网络文学企业的规模化、集团化发展蓄积了资本的力量。2024 年 4 月,在云南昆明举办的第三届全民阅读大会上,中国音像与数字出版协会发布《2023 年度中国数字阅读报告》。报告显示,2023 年我国数字阅读用户规模 5.70 亿,同比增长 7.53%;数字阅读市场总体营收规模达 567.02 亿元,同比增长 22.33%。[2]

三、有工厂制的完善的现代管理体系

早期的网络文学作者都是相互独立的,虽然掌握不同的生产资料,但是这种分散的文化商品在市场交易中其弊端越来越明显,特别是很难形成统一的议价

---

① 《五五断更节失败了吗?》,知乎,2020 年 5 月 5 日,https://www.zhihu.com/question/392702386,访问日期 2024 年 5 月 7 日。

② 《总体营收规模超 567 亿元,最新的数字阅读报告透露了哪些新趋势?》,出版商务周报网易号,2024 年 4 月 24 日,https://www.163.com/dy/article/JOI8QKFLO512DFEN.html,访问日期 2024 年 5 月 7 日。

权。网络文学工厂制、企业化之后，这种现象得到了彻底的改观。"文化企业的出现替代了部分市场环节，把独立分散的要素所有者集合在一起，作为一个整体单位参与市场交换，降低了市场上从事交易的当事人的数目和交易程序，减轻了交易摩擦，提高了交易效率，减少了交易成本。在企业内部，有组织的生产和管理替代了原来市场上无数个体的无序生产，增加了资源配置的目的性、合理性，提高了资源使用的效率。"① 如今，大型网络文学网站和互联网数字企业被人们统称为"大厂"也是再通俗不过的提法。

显然，严格的版权签约制度垄断了头部作者的产品，同一家公司控制了多条产业链以及科层化的企业管理机制这三大要素构建了中国网络文学产业的核心基础，也成为数字文化工业的基础设施。

第二节　以类型故事为模态的即时性共享传播范式

所谓文学类型，在韦勒克和沃伦看来，"文学类型应视为一种对文学作品的分类编组，在理论上，这种编组是要建立在两个根据之上的：一个是外在形式（如特殊的格律或结构等），一个是在内在形式（如态度、情调、目的以及较为粗糙的题材和读者观众范围等）。……但关键的问题是要接着去找寻"另外一个"根据，以便从外在与内在两个方面确定文学类型。"② 很显然，这是针对传统印刷文学而言的所谓"语法"参数，电子媒介和数字媒介则完全改变了这样的规则。前者注重内容，而后者在于关系。数字媒介的社会计算不仅超越了电子媒介时代的"副社会交往"③，而且还生成了新的数字空间。"简而言之，Web2.0的重要特

---

① 张宏伟：《文化产业何以形成的理论探讨》，载《经济经纬》，2009年第3期。
② 〔美〕勒内·韦勒克、奥斯汀·沃伦：《文学理论》，刘象愚、邢培明、陈圣生、李哲明译，杭州：浙江人民出版社，2017年。
③ 霍顿和沃尔指出，新媒介引发了新型关系，他们称之为"副社会交往"。他们认为，虽然这种关系是有中介的，但是它在心理上类似于面对面交往。观众开始感到他们"认识"在电视上"遇到"的人，这与认识朋友和同事的方式是相同的。实际上，许多观众开始相信自己对某位表演者的认识和了解超过其他所有的观众。有趣的是，这种副社会交往能够与"数百万人建立亲密关系"。参见〔美〕约书亚·梅罗维茨：《消失的地域：电子媒介对社会行为的影响》，肖志军译，北京：清华大学出版社，2002年。

征是社会体验介入了网络——无论是出于认同，游戏还是工作目的。按照现在的标准口号，Web2.0是'众包'、'多数派的规则'、'群体的智慧'、'蜂群思维'等，是多对多合作新霸权之下的一对多及多对一传播方式的重组，这种多对多的新形势集中体现在人们日常生活中越来越多地将精力用于更新博客、脸书页面等方面。毕竟，当人们能够在人行道上掏出智能手机发表言论的时候，为什么还要在银行或剧院傻傻地排队呢，比如排队看《盗梦空间》——就这样，20世纪的失范行为转变成了21世纪的社会性？"① 中国网络类型文学正是在这样的环境下参与到世界性的数字媒介中。如何将中国文化作为新空间里的媒介手段则是重要的策略之一。

一、由"跨"文化向"转"文化转型

传统意义上的跨文化传播强调主体对客体的影响进而形成一种间接的亲和关系，而转文化传播则由主体性向主体间性转换，将客体转化为主体间性。两者不是主客关系，而是主体性和主体间性，再由角色的转变进而走向一种对话关系——共享文化才能成为可能。"共享文化的即时性不再被当作故事娓娓道来，而是被当作一种'实时'的媒介。特别来讲，过去储存与发送的即时性现象转变成了新的理想化的瞬间或即时性——这种突飞猛进的社会波面现在以一种单一的共享的方式将人与人相互连接起来。"② 因此，在数字媒介里，一次"典型事件"的影响力要远远大于欣赏一部电影或者一本书所带来的即时快感。

因而，在转文化传播中，中国网络类型文学无疑就是极好的素材。中国传统文化在网络类型文学中的"奇观化"堪为一绝。以晋江文学城800多部签约东南亚的作品为例，《仙侠奇缘之花千骨》《落花时节又逢君》《飘洋过海中国船》《知否？知否？应是绿肥红瘦》《若你爱我如初》《春风十里，不如你》《花重锦官城》

---

① 〔美〕芮塔·菲尔斯基（Rita Felski）：《新文学史（第2辑）》，史晓洁等译，杭州：浙江大学出版社，2015年。
② Alan Liu, "Priending the Past: The Sense of History and Social Computing", *New Literary History*, Vol.42, No.1, Winter 2011, pp.1-30.

《原路看斜阳》《他站在时光深处》《我的世界坠入爱河》《教我如何不想他》《曾是年少时》，等等，在这些充满想象的名字背后，其实都是千百年来中国诗文传统的折射。因为这些作品，晋江文学城也形成了自身独特的类型。最后，其作品和平台自身都融进整个数字媒介，成为媒介中的另一个媒介。

二、由"展示"文化向"读懂"文化转型

在早期的数字媒介中，跨文化传播类似于 Web1.0 时期，"所谓 Web1.0 作者将一个网页作为组件（超文本标记语言 [HTML]、图片及其他多媒体文件）上传至服务器。接着，当用户点击链接时，服务器程序就会从数据库里找到这些组件，将其通过因特网传输过来。最后，最终用户的浏览器会以原始内容与结构副本（修改到适合本地硬件与用户偏好）的形式将内容组装为'现在的样子'。在这种模式当中，最终用户对'超文本'导航有了更多的控制，但他们仍然主要是信息的消费者。"[1] 某种意义上，这个时期的文化传播主要以"展示"给对方"看""听"为主，类似于印刷文本的抽象意义的还原，以及电子媒介中的镜头。无法做到今天 Web2.0 时代的社会计算算法所决定的"网络社群"。要想真正读懂需要心领神会，也需要能够独自讲述。

所谓建立一种"共情"体系，即"'读者为中心'除了'聚量'结构，还有接受的'心理'结构，它们都是类型文学的本体特征，两者不是主客体关系，而是同体关系，互为存在"[2]。同样，刘慈欣的《三体》之所以能够引起海外读者的共鸣，正是以一种"共情"的模式超越了传统的科幻类型，成为"反类型"的类型。这才是让外籍受众真正能够"读懂"的关键所在。

荣膺"2019 年度十佳数字阅读作品"的《网络英雄传之黑客诀》聚焦网络信息安全，致敬特殊战线上的英雄，此种类型一上市，即刻受到海内外的关注。

① 〔美〕芮塔·菲尔斯基（Rita Felski）：《新文学史（第 2 辑）》，史晓洁等译，杭州：浙江大学出版社，2015 年。
② 吴长青：《纸数融合出版视阈中网络新类型文学的流变——以〈漓江年选〉（1999—2005）的样本分析为例》，载《数字出版研究》，2024 年第 1 期。

由台湾华品文创出品的繁体版亮相台北各大书店。

三、由"内容"向"技术""市场"转型

数字文化工业不是不强调内容，而是通过反向的技术要素把市场所需要的产品呈现出来。中国网络类型小说每一次类型迭代基本都与此有关。所谓"网络文学的媒介性是其与生俱来的一种技术手段，而不是网络文学本身，网络文学的本质不是媒介，充其量说，媒介使得网络文学的本质得以显现，没有媒介的技术手段就无所谓网络文学的存在，但是技术手段绝不能等同于本质。同理，市场化也不是网络文学的本质，而是作者和读者在互动机制加持下的市场性需求功能，也就是说，技术手段和市场功能是网络文学的本质"[①]。正是这样的互动生产关系，反向推进了类型迭代的速度，也提高了类型的质量。

早期的《盗墓笔记》和《鬼吹灯》开辟了悬疑盗墓类型。到了如今网络作家唐四方的作品《戏法罗》《相声大师》《中医高源》则是积极回应特殊职业类型的高阶需求，类似《网络英雄传之黑客诀》，只不过前者是"向后看"，而后者是"向前看"，无论是哪一种方向，核心都指向了特殊的职业。当然，如果没有前人所新辟的类型，可能后者的类型要晚起得多。正如前文韦勒克和沃伦所说裁定类型文学必须在"这一个"之外找寻"另外一个"的依据。只不过，唐四方的《戏法罗》是前工业时代的所谓手工"技艺"，而《网络英雄传之黑客诀》则是数字文化工业中的技术。当这些作品放置在一起作为一种"装置"即刻可引起一种积极的"对话"关系，并且可以构建起一种讨论的公共空间。

反之，如果不能以类型或反类型的形态出现，就很难建构起共享文化空间。当然它的前提不外乎存在超大规模的网络文学企业以及海量的作品，如果离开这样的基本条件，就很难形成类型的呼应。以国内传统文学界对网络类型文学接受的经验来看，这种情况也是符合发展实际的，这种经验同样适合数字文化工业参

[①]　吴长青：《网络文学的文学范畴与类型化特征——兼谈网络文学的"终结"之思》，载《出版广角》，2023 年第 12 期。

与全球竞争。这样的例子在世界也不少，卡萨诺瓦认为："在某些民族文学世界，文学机构的相对自主或许会同时存在于两个中心（和它们之间的斗争中）；其中一个往往以最古老著称，那儿集中了所有的权力以及政治功能和资源，造就了保守的和传统的，与政治、民族模式及其依附性紧密相连的文学；另外一个则是更加新的，通常是港口城市，更加现代化，对外开放的或大学多的城市，追求现代文学和外国模式，丢弃格林尼治子午线上陈旧的文学模式，宣扬加入文学竞争。"[1] 因而，按照这样的逻辑，目前，我国已经建立起完整的网络类型文学的文化产业体系，与百年现代中国文学形成了遥相呼应之势。海外传播也呈现出向着更完善的发展态势行进。在第三届全民阅读大会上，中国音像与数字出版协会发布的《2023 年度中国数字阅读报告》显示，2023 年我国数字阅读出海作品总量为 76.24 万部（种），同比增长 23.35%，保持强劲发展势头。在北美、日韩以及东南亚等传统出海地区市场地位继续得以巩固的情形下，拉美、非洲也纳入数字阅读作品出海重点方向。

第三节　"在地性"与数字民族志相融合的叙事模式

近年来，随着全球化的进一步萎缩，"在地"概念再度被提起。"在地"是与"全球化"相对，强调"差异化""非同一性"的概念。亦即"在地化"是相对于全球化而产生的另一种趋势和潮流，与追求一致的全球化不同，它更加重视不同地区的差异性，强调立足本地和保有个性。[2]

中华文化作为一种独特的文化类型，如何能够发挥出在地性则是中国网络类型文学国家传播过程中必然面对的现实。

---

① 〔法〕帕斯卡尔·卡萨诺瓦：《文学世界共和国》，罗国祥、陈新丽、赵妮译，北京：北京大学出版社，2015 年。
② 郑亮、夏晴：《国际媒体海外在地化建设与传播力提升研究》，载《中国出版》，2021年第 16 期。

一、数字民族志挖掘并体现在地性中强烈的现代文明意识

传统跨文化传播由于物理空间的区隔，单向的影响力传播，显得势单力薄。因而惯性的意识形态和不同族裔之间的文化差异很难破壁。要打破这样的死局，想出了很多方法，但是效果并不明显。

世界文化工业中，好莱坞电影是极好的范例。流行的电影理论通常认为好莱坞试图把观众引入一个具有欺骗性的、在意识形态上非常有害的"现实幻象"之中。在布兰斯顿卡看来，至少在早期，好莱坞电影构成了某种"公共领域"（或是"公共性"），德国理论家克拉考尔则认为："流行电影反映了好莱坞（因此也包括它的出口市场）核心的那种现代性的历史经验。""观众对这种流行——反思性电影（而不是艺术电影）的接受，可以被认为是构成一个扩大了的公共领域（pubilc sphere）或者是建构公共性（publicness）的机会。"① 中国网络类型文学在这方面也在做探索。

早期的中国网络类型文学以强大的"幻想"元素征服了亿万年轻读者，在这些"幻想"类网络作品中，有着大量的中国传统"儒道释"文化，大家纷纷尝试着用这些传统元素回答现代问题，解决现代人的困境问题。因此，它需要参与现代文明的历史转换，只有这样才可能存在着这样一种可能，"网络文学的幻想机制同样也是一种原创力，即是具体的创作力的具体呈现，也是网络文学源源不断生产的内在动力和生产秘笈，它也是最活跃的生产力，如果从消遣走向实践，那必将会成为青年改变世界的力量。"②

浙江网络作家蒋离子是一位比较活跃的女频作家，在她的现实题材作品《热望之上》的故事背景中设计了一家民营服装公司——安灿集团与韩国某企业的合作，其中安灿集团的产品不符合市场需求，需要缩短生产线，引进韩国服装企业

---

① 〔英〕吉尔·布兰斯顿（Gill Branston）：《电影于文化的现代性》，闻钧、韩金鹏译，北京：北京大学出版社，2012 年。
② 吴长青：《现象学视域中的网络民族志文学批评——建构数字时代"大文化"语言情境的批评生态》，载《南京师范大学文学院学报》，2023 年第 1 期。

的先进理念提升品牌力量。像这样的故事设定不仅不会损害自身的形象，相反，这正是勤劳、智慧、虚怀若谷的中国人形象的极好诠释。同时，也体现了中国服装市场需要世界供应链的支持等基本理念。这些明显具有在地性的作品，不仅体现了独具特色的中国现代文明意识，也具有激发不同文化背景的网络社群的认同感。

二、在地性与世界性的融合形成新的数字民族志

港澳台地区不仅聚集着数量众多的华人，也有相当一部分国际人士，这些地区是传播中国文化的首善之区。因此将这些地区的写作资源融进数字叙事，形成新的数字民族志，这样的模式可以使传统叙事的刻板印象有较大的改观。

改编自澳门科技大学国际学院助理教授、澳门青年作家朱丛迁（笔名：麦然）所著同名网络类型小说科幻舞台剧《恐龙人之失控的未来》，从 2022 年以来一直在全国巡演。该剧为麦然恐龙人系列作品之一，后续作品仍在持续推进。该系列作品全部在澳门创作，受到莫言、贾平凹等一众文学巨擘联名推荐，并获腾讯授予最佳原创 IP 奖。由儿童文学读物改编的舞台剧《恐龙人之失控的未来》，融合了"恐龙"与"科技"这两大最受儿童欢迎的题材。澳门笔会会长李观鼎认为，澳门青年作家麦然的作品在全国最有活力、最具创造力的城市深圳拉开全国巡演序幕，是对澳门文艺界和大湾区文艺界所做的贡献。澳门儿童文学协会理事长杨颖虹认为，该剧展现了东方少年和龙发生的故事，非常适合儿童观看，能启发小朋友的想象力和探索欲，传播正义、善良等价值观。[①]

除此之外，朱丛迁的网络类型小说《冰川之子》和《妈阁的恐龙人》都以澳门的前世作为拟像存在，探索存在的可能性基础上进行反故事虚构，传统故事元素被嵌入科学机制，它在解构人类中心主义至上的同时，彰显了宇宙化众生平等的"寓言化"倾向，传统的文学抒情性在后工业文化叙事中得以复苏。构建整体

---

① 《朱丛迁舞台剧全国巡演》，载《澳门日报》，2022 年 6 月 14 日，https://appimg.modaily.cn/app/content/adv.html?direction=top。

性的哲学关注，重塑后工业文化的危机意识和抒情性的寓言化书写成为此类作品的一种尝试。这类作品极好地利用地域性和世界性的结合，为中国传统文化的海外传播和中华优秀文化数字民族志的融合发展做了成功的示范。

三、在网络类型文学批评中融合在地性和网络民族志

纵观世界文化工业发展，他们的思想理论和文化批评始终贯穿在其中，这些不仅促进了文化工业的整体性发展，也为世界文化工业的世界性文化消费起到了积极的推动作用。中国网络类型文学批评虽然起步不晚，参与的人数也由少数学者推及到一些高校，但是由于缺乏对世界性文化工业的了解，参与的人数远不及其他门类，甚至还不如掼蛋这样的娱乐研究。至于能产生世界影响的研究人士更是少之又少。显然，这与做大做强世界性的数字文化工业的愿景是不相匹配的。

作为大众文化的网络类型文学，同样需要有大众参与的文化批评。"需要根据网络文学自身发展生态，扩大线上正向批评的社会参与度，让更多从事线下批评的人和社会公众参与到线上批评。既要改变线上批评的单一性，又要融入线下批评的专业性，更要融入有更多人参与的公共批评，通过这样的融合使得线上批评具有广阔的大众性。也就是把传统的文学审美、积极、乐观向上的价值观融合到文学的通俗性中来，形成雅俗共赏、喜闻乐见的大众文化批评新格局。"[1]这里的线下批评就是在地性批评，我们不能仅看到线上批评，无视线下批评，或者过分强调线下批评，而对线上批评视而不见，失去数字民族志批评。理想的状态应该是将线下的批评引到线上，与线上批评一起汇聚到数字民族志的大家庭中去，不仅能够延续并弥补历史的相对性，同时又能完善线上批评的历史差异性。如此，才能更好地与网络类型文学的原创一道创造出能够被世界接受的新的历史话语空间。

在一个相对开放的历史空间里，网络类型文学不仅为中国数字文化工业建设了具有一定基础的物质空间，也为中国传统文化走向世界创设了新时间。其类型

---

① 吴长青：《构建网络文学批评融合发展机制》，载《中国文学批评》，2022 年第 3 期。

故事形式和在地性与数字民族志相融合的叙事模式，为中国数字文化工业积累了相对成熟的经验。尽管中国数字文化工业相比发达国家还很稚嫩，但是它们所做出的成效是明显的。

当然，在看到发展面向良好前景的同时，仍然要看到我们自身面临的不足，不仅没有做出像好莱坞、迪士尼那样庞大体量和全球的影响力，还面临产品线单一以及脆弱的产业结构，同时，系统性的人才培养以及技术创新都面临新的挑战，特别是新兴的人工智能技术又将成为下一轮竞争的核心。因此，需要更多的力量注入行业，行业也需要不断进行技术创新、升级，以期在数字文明时代留下中国人的足迹，共同推动新的文明进程。

思考与练习

1. 数字文化工业中的中国网络类型文学基建是由哪些条件构成的？

2. 请举例具体说明中国网络类型文学世界传播的优势。

3. 中国网络类型文学世界传播中的"数字民族志"是如何形成的？其特征有哪些？

中 编

网络文学海外传播中的多样态

　　从文本类型来看，网络文学恰恰以类型小说的方式实现了文体的自然演化。与类型小说"成规"不同的是，网络文学从来就不是凝固的，而是一种具有无限开放性的文本。究其原因，一般认为"20世纪80年代改革开放的社会环境，自上而下的思想文化解封，激活了民间大众的想象力，这股思潮渗透社会经济理念之中，历久演变，成为社会文化的一种另类生产力。它也是激发表达欲、参与欲的外部因素"。可见，时代背景也可以被看作网络文学前文本的历史动因。回到网络文学的历史中来，当这些历史动因减弱时，网络文学的进化速度也会受到一定程度的影响（这里排除了技术性进化因素），网络文学类型进化也随之递减。

　　中国网络类型小说改编的短剧在海外火爆的事实说明，中国网络类型文学的内在文化品质和文明观有其世界的共通性，具备了与世界共建、共享数字文明的新特质。

第六章

中国网络玄幻文学的海外传播

网络玄幻文不仅从日韩、欧美等外来文化的游戏、流行小说及影视剧等中汲取丰富的创作素材，还深深扎根于中国传统武侠小说、道教文化及神话传说的沃土之中寻找灵感。它以其肆意的想象力和独特的文化融通能力，成为在海外传播中极易引发世界青年群体共鸣的文学类型。因此，网络玄幻文也自然而然成了能够跨越亚洲文化圈，走向欧美世界的主要网络文学类型之一。

第一节　中国网络玄幻文学海外传播的优势

中国网络玄幻文学，作为当代文学领域的一股独特力量，正以其独特的魅力和无限的创新力，在全球范围内掀起了一股热潮，进入海外传播的不仅有偏西式、借鉴西方魔幻题材及克苏鲁风格的玄幻文学，如《诡秘之主》（爱潜水的乌贼）、《盘龙》（我吃西红柿），也有偏东方、以武侠仙侠、修真民俗为基础的玄幻文学，如《真武世界》（蚕茧里的牛）、《主宰之王》（快餐店）、《武动乾坤》（天蚕土豆）等。这种状况与网络玄幻文学属于高幻想文学，内容来源非常庞杂直接相关。

一、中国网络玄幻文学对外来文化的借鉴融合

在创作过程中，中国网络玄幻文学经常吸收和借鉴西方奇幻文学的元素，如错综复杂的魔法系统、丰富多彩的种族设定等，这些元素的融入，使得中国网络玄幻文学作品在各种元素的呈现上有一种文化融合特征。

以风靡一时的《斗破苍穹》为例，这部作品在构建其宏大的世界观时，巧妙地融入了西方的魔法元素。在小说中，读者可以看到各种绚烂的魔法技能、神秘

的魔法阵以及强大的魔法师角色，这些元素不仅为故事增添了奇幻色彩，也使得作品在视觉和想象力上更具冲击力。然而，《斗破苍穹》并未完全摒弃东方的修炼体系，相反，它巧妙地将东方的修炼哲学与西方的魔法元素相结合，创造出了一个既熟悉又新奇的奇幻世界。这种东西方文化的融合，不仅让作品在内容上更加丰富多元，也让读者在阅读过程中能够感受到不同文化的碰撞与交融。

值得注意的是，中国网络玄幻文学在借鉴外来文化的同时，也始终保持着对本土文化的尊重和传承。在《斗破苍穹》中，我们可以看到许多具有东方特色的元素，如武侠精神、道家思想以及传统的修炼方式等。这些元素的融入，不仅让作品在文化内涵上更加深厚，也让海外读者在欣赏奇幻故事的同时，能够感受到中国文化的独特魅力。

此外，中国网络玄幻文学在创作过程中还注重跨文化的交流与传播。通过对外来文化的借鉴和融合，中国网络玄幻文学能够更好地跨越文化障碍，使海外读者更容易接受和理解。这种文化融合不仅丰富了作品的内涵，也增强了其在国际上的竞争力。

二、中国网络玄幻文学对本土文化资源的承继创新

中国网络玄幻文学深入挖掘中国传统文化资源，如道教修仙、佛教轮回、志怪传奇等，将其与现代价值观相结合，创造出新的文学表现形式。例如，《仙逆》将中国传统的修仙文化与现代网络小说的叙事手法巧妙地交织在一起，绘制出一幅既古老又充满现代感的仙侠画卷。小说中的修仙世界，被构建得既宏大又精致。从云雾缭绕的仙山灵脉，到深邃莫测的幽冥鬼界；从璀璨夺目的法宝神器，到玄妙无比的修炼功法，每一个细节都被刻画得淋漓尽致。同时，《仙逆》在修仙文化的传承与创新上也做出了积极的尝试。小说中，作者巧妙地将道教、佛教等宗教元素与古代神话、传说相融合，创造出了一个既具有传统韵味又不失新意的修仙体系。在这个体系中，修仙者不仅要修炼肉身与灵力，更要领悟天道与人心，追求心灵的超脱与升华。这种对修仙文化的深刻理解和独特诠释，使得《仙逆》在同类作品中脱颖而出，成功传播到海外。而在现代网络小说的叙事手法方

面，《仙逆》通过紧凑的情节设置、鲜明的人物塑造以及深刻的情感描写，成功地将读者带入了一个充满张力和感染力的故事世界。小说主角王林的成长历程被描绘得跌宕起伏、扣人心弦。他从一个寂寂无名的山村少年，历经重重磨难与考验，最终成长为一名威震四海的修仙强者。这个过程中，他经历了亲情、友情、爱情的洗礼与考验，也见证了人性的光辉与阴暗、命运的抗争与妥协。这些情节的设置与人物的塑造，不仅让小说更加生动有趣，更在深层次上引发了读者对于人生、命运、价值等问题的深刻思考。

在《凡人修仙传》中，作者以古代修仙传说为蓝本，精心编织了一个既神秘又绚烂的修仙世界。故事围绕着主角韩立展开，他本是一个资质平平的凡人，却意外踏入修仙之路，历经无数艰难险阻，从一名默默无闻的散修成长为威震一方的强者。《凡人修仙传》的情节跌宕起伏，扣人心弦。从韩立在黄枫谷的初露锋芒，到乱星海中的生死历练；从灵兽朱鸟的忠诚相伴，到红颜知己南宫婉的深情厚谊，每一个章节都有情节的进展。同时，作品中还融入了一定的古代哲学思想，如"道法自然""天人合一"等，这些思想为这部玄幻小说增添了文化底蕴。

从整体上看，中国网络玄幻文学注重将本土文化元素与现代科技、社会现象等相结合，创造出既具有传统韵味又符合世界流行文化特征的作品。这种创新不仅丰富了作品的内容，也使其更加贴近海外读者的文化接触经历，增强了作品的吸引力和感染力。

第二节　中国网络玄幻文学海外传播的历程

中国玄幻网文的海外传播大致可以分成版权输出、海外民间译介网络空间的出现、海外官方网站的建立与海外原创网文及生态链的建构四个阶段。需要指出的是，这四个阶段并非取而代之式的发展，而呈现出叠加发展的态势。

一、版权输出阶段（2012 年以前）

2001 年 11 月，中国玄幻文学协会（Chinese Magic Fantasy Union，简称

CMFU）成立，同时它也是起点中文网的前身。这一时期的传播形式以实体书为主，主要的传播路径是经由港台地区的出版社向东南亚地区传播。中国玄幻文学协会创始人之一宝剑锋的《魔法骑士英雄传说》和意者的《不会魔法的魔法师》等作品，即是由台湾出版社推出繁体版本而后进入海外华人读者的视野。网络小说在东南亚的图书市场迅速扩大了影响力，引起了出版商的关注，起点中文网顺势于 2005 年授权了越南语和泰语的网络小说版权。这一阶段在东南亚地区的出版主要是实体出版。

二、海外民间译介网络空间的出现（2012—2017 年）

随着东南亚地区网络基础设施的建设和网络技术水平的提高，海外民间译介网络空间开始出现。书声 Bar（shushengbar.net）和 Hui3r（hui3r.wordpress.com）等网站在 2012、2013 年开始译介和传播中国言情网络小说。欧美世界的一些海外华裔及粉丝也对中国玄幻网文产生了浓厚兴趣，如著名的中国网文出海平台 Wuxiaworld 的创始人 RWX[①] 就是接受中国网文越南译者的建议自发翻译我吃西红柿的《盘龙》的。他们自发组织起来进行翻译，并通过论坛和社交媒体等渠道分享给更多人。

2015 年 1 月，美籍华人孔雪松（Richard Kong，网名 Goodguyperson）在美国创立了 Gravity Tales（引力传说）。同年 12 月，在美出生的华人艾飞尔（Etvolare），在受到赖静平的影响和启发后创建了 Volare Novels（沃拉雷小说，volarenovels.com），成为和 Wuxiaworld、Gravity Tales 齐名的网络文学翻译网站之一。

这种自发的传播方式虽然规模有限，但借助各种网络空间获得了广泛传播，为中国玄幻网文在海外积累了一定的知名度和影响力。随着越来越多的海外读者接触到中国玄幻网文，他们开始通过口碑相传的方式推荐给身边的朋友和家人。这种口碑传播效应逐渐扩大了中国玄幻网文在海外的影响力，为其后续的中国网

---

① 真名赖静平，1986 年生于成都，3 岁随父母移居美国，在任职美国驻越南外交官期间开始翻译中国网络小说。

文海外官方网站的建立奠定了坚实基础。

与此同时，中国玄幻网文与国外出版社的合作关系日益紧密，如晋江与越南、泰国等地的出版社建立了比较稳定的合作关系。更进一步，中国网文公司与海外文化公司共同开发相关衍生品和影视作品成为常态，如国王陛下的《从前有座灵剑山》的动画改编就是由中日合作完成的，并在 2016 年播出第一季，2017年播出第二季。这种跨国界的合作模式不仅极大地提升了中国玄幻网文的国际地位，使其成为全球文化交流的重要载体，而且也为中国作者和企业带来了丰富的商业机会和广阔的发展空间。通过这些合作，中国玄幻网文得以进入更多国家和地区的市场，触达更广泛的受众群体，同时也促进了中国文化的国际传播和影响力的提升。此外，这种国际合作还有助于中国玄幻网文吸收和融合不同文化元素，进一步丰富其艺术表现力和市场适应性。

三、海外官方网站的建立（2017—2020 年）

2017 年 5 月 15 日，起点中文网的海外版 Webnovel（简称起点国际，webnovel.com）正式上线，由此中国网文第一个海外官方网络平台开始出现，该平台与其国内平台一样，主要传播的都是网络玄幻文学。此后，中国网文企业开始纷纷布局海外业务。中国玄幻网文的国际化进程正经历着前所未有的变革。尽管民间翻译依然在一定程度上存在，但版权输出与国际合作的广泛展开已成为推动这一领域发展的重要力量。特别是专业翻译团队和译者的批量加入，为中国玄幻网文的国际化提供了坚实的语言和文化支持。Atlas Studios、Nyoi-Bo Studio 等知名翻译团队，以及 Kathy Mok、Poppy Toland 等资深译者，凭借其高超的语言技能和深厚的文化底蕴，能够更加精准地捕捉并传达原作的精神内核和文化内涵。这些专业团队的介入，不仅提升了翻译作品的质量，也增强了中国玄幻网文在国际市场上的文化影响力和竞争力。

2017 年 8 月，Webnovel 并购 Gravity Tales。同年，Wuxiaworld 收购 Volare Novels，与 Webnovel 分庭抗礼。2018 年 4 月，起点国际对海外用户开放了创作功能。自 2019 年始，起点国际启动全球年度有奖征文大赛（Webnovel Spirity

Awards，简称 WSA），开始培养海外原创网络文学。而其他几大粉丝英译网站则先后经历了收购风波与格局洗牌。

四、海外原创网文及生态链的建构（2020 年至今）

起点国际的海外原创网文培育虽然一直在进行，但不温不火，及至 2020 年，无限进制公司的 Dreame App 推出，突然爆火并占据了全球 100 多个国家的市场。自此，海外网文平台上翻译的中国网文开始逊色，由海外作者创作的面向海外读者的原创网文开始在数量和规模上占据主导位置。泰国、越南也随之出现了类似中国网文的海外原创网文平台。中国玄幻网文的写作套路也被海外读者借鉴学习，并融入了当地元素，形成了具有本土特色的玄幻网文，譬如在英语作者的创作中，出现了大量的仿中国网文的玄幻修仙文。

而且，几乎与中国网文-短剧的生态链出现同步的是，海外原创平台也迅速建构起自身的网文-短剧生态系统，韩国相关的娱乐巨头公司将之前一直致力于翻译中国网络小说的 Wuxiaworld 收购，并也开始大量翻译韩国网文，与中国网文企业一道参与到世界网文竞争中，包括玄幻网文在内的世界网文生态系统竞争异常激烈。

第三节　海外传播的中国网络玄幻文学典型作品

一、我吃西红柿的《盘龙》（*Coiling Dragon*）

我吃西红柿的《盘龙》属于早期被翻译到英语世界的西式中国网络玄幻小说的代表。这部小说讲述了男主林雷从一个小镇青年开始奋斗，起初希望振兴家族，然后父亲去世，他踏上了为父报仇之路，一路修炼。在这部小说中，作者用丰富的想象力构建了一个宏大且完整的世界架构，由大到小分别是鸿蒙空间、位面和物质位面。主角在这个复杂的等级社会中一步步成为宇宙最强者。故事情节中融入了家族使命、亲情、仇恨、修炼等元素，使得小说更加丰富多彩。林雷的成长过程不仅仅是个人修行，更是对整个世界格局的影响和改变。《盘龙》以丰富的想象力、精彩的叙事和复杂的角色发展而闻名，深受中国年轻读者的喜爱，也在国内外网络文学界产生了广泛的影响。

《盘龙》的英译本是由赖静平（RWX）翻译的，2014 年时，RWX 在 SPCNET 的论坛上开始对《盘龙》进行翻译并发表，后来日均点击量超过十几万，在当年 12 月 22 日，他就和朋友建立了网络小说网站 Wuxiaworld 来发布《盘龙》的译本。Wuxiaworld 是专门将中国的流行武侠小说、玄幻小说翻译成英文，为海外读者提供更便捷地获取中文小说的途径，它推出后迅速成为世界最大的中译英小说平台，这个平台的每天浏览量有数百万人。RWX 在翻译过程中受到了广大国外《盘龙》粉丝的捐赠，这不仅是粉丝对其工作的认可和支持，促使译者不断更新译作，提高翻译质量和速度。在接下来的十一个半月里，RWX 平均每周翻译 15 章（约 5 万字），让《盘龙》成了第一部被完整翻译到英语世界的中国长篇网络小说，也第一次让英文读者真正感受到了中国网络小说的吸引力。粉丝口口相传、共享翻译作品，扩大了作品的影响范围和读者群体。他们通过社交网络、讨论论坛等平台分享翻译作品，并邀请更多人加入捐助和分享的行列，从而有效地将作品推广到更广泛的读者群体中。这里的出版体系可以归纳为翻译—捐助—分享体系，捐助带来更新，更新又可以吸引新的读者，新的读者又带来更多捐助，翻译的数量和影响力逐步增加，因此这种模式推动了中国网络文学走向国际。

《盘龙》的英译本 *Coiling Dragon*（RWX 译）在 Wuxiaworld 上分为 21 集，但其在亚马逊网站的英文电子书分为八册进行出售，命名为 *Coiling Dragon Saga*，截至 2024 年 10 月 3 日搜索的结果显示，第一册的评分人数最多，总共有 1694 人，而给出五星评分的占 72%。其次是第八册，有 1498 位读者进行评分，五星评分占 82%。八本书的平均分是 4.7 分。截至 2024 年 10 月 3 日，在 Novel Updates 上统计有 13481 位读者，183 条评论，平均评分是 4.5 分（总分为 5 分）。从这些数据可见英语世界读者对《盘龙》的接受度颇高。

从全球最大的书评网站 Goodreads 的读者评论来看，《盘龙》的英译本 *Coiling*

Dragon 吸引了不少海外读者，评论里不少读者都是在 Wuxiaworld 里看过此翻译本，从而给出评论，大部分读者对《盘龙》的翻译予以了肯定。例如将其译本评为 5 分的读者里，其中一位用户名为"Gabriel Cruz"的读者提到自己曾经在 Wuxiaworld 看过这个翻译本，认为这是一部不可思议的作品。并且收获了 14 个赞，这个是在评论里靠前的评论，也就意味着是有不少读者同意他的观点的，同时表示了大家对这部小说的认可。还有一位读者也是在 Wuxiaworld 看过此翻译本，他认为这是最好的武侠小说之一。不少读者表示，第一次接触中国大陆的玄幻小说就是《盘龙》，他们认为这是一部很棒的小说，有读者评论道这是第一部完全翻译的武侠小说，所以它永远在他心中占有一席之地。还有读者认为这是被翻译得最好的小说，从而让他迷上了更多中国翻译小说。从中可见翻译小说使读者更轻易读懂，并且使中国网络小说越来越受海外读者欢迎。

二、墨香铜臭的《天官赐福》(*Heaven Official's Blessing*)

墨香铜臭的网络小说在海外影响很大，其小说《天官赐福》的主线围绕心怀天下的仙乐国太子谢怜和绝境鬼王花城展开。谢怜经历了三次飞升天界、两次被贬的坎坷命运。在第三次飞升时，他不慎破坏了神官们的金殿，因此需要下凡除鬼来赚取功德作为补偿。在这个过程中，谢怜结识了两位前来帮助他的小神官，并认识了神秘的红衣少年花城，两人一同解决了一系列诡谲的事件，并逐渐揭开了看似光鲜亮丽的仙界众神官背后的黯然往事。在小说中，谢怜和花城的情感线备受关注。但作品也探讨了人性、命运、善恶等深刻的主题，且涉及风师、雨师、地师等大量中国传统民俗，带有浓厚的中国传统文化色彩。

《天官赐福》目前已翻译成韩语、泰语、日语、马来语、俄语、英语、西班牙语、德语、芬兰语等多国语言，在海外传播中影响力巨大。根据俄罗斯连锁书店集团"阅读吧—城市—咬文嚼字者"新闻服务中心发布的报告，中国晋江文学城签约作家墨香铜臭的五卷冒险玄幻小说《天官赐福》位居 2023 年畅销书排行榜榜首。据俄罗斯图书联盟统计，《天官赐福》前三部已连续第二年位居俄罗斯小说销量榜首，超过了 J. K. 罗琳的《哈利·波特》。很多俄罗斯年轻读者认为中国的网络小说是一股"新鲜空气"，受到影响的俄罗斯作家也掀起了阅读中国网络文学的热潮。《天官赐福》在海外的影响力非常高，在全球著名的书评网站Goodreads的评分长期居于高位，并且评论内容多为赞誉之词。譬如有的读者不仅给予满分评价，而且表示："花城和谢怜在一起的样子让我感触良多，天哪，我已经很久没有对一部作品这么投入了。连配角都那么棒。说实话，这里面没有我不喜欢的地方，真的迫不及待地想看到更多花怜的故事。"在五星制的评价机制下，有的读者甚至表示想给六颗星，因为这个中文翻译过来的英文小说魅力非凡，使人沉醉其中。诸如此类的溢美之词还有："巅峰、非凡、爱的典范、史诗级奇幻耽美""我会告诉我的孙子和曾孙，这是我们一生中的罗密欧与朱丽叶""圣经""真希望能给这本书打1000颗星"等。读者整体上认为《天官赐福》这个爱情故事堪称完美，且情节惊奇，角色鲜明，非常吸引人。

《天官赐福》英文版由七海娱乐（Seven Seas Entertainment）出版，该社位于美国加利福尼亚州洛杉矶，成立于2004年，致力于为英语世界的读者翻译优质的日本漫画、轻小说以及全球范围内的流行书籍，并制作原创的漫画、图像小说和青春文学，目前是英语市场排名第一的独立漫画出版商。该社于2021年出版了墨香铜臭的《天官赐福》（*Heaven Officials Blessing: Tian Guan Ci Fu*），该书也荣登《纽约时报》的畅销书排行榜，且第二卷排名第五。

除此之外，《天官赐福》动画由上海绘界文化传播有限公司负责制作，2020年10月31日起由bilibili（哔哩哔哩）独家网络发布，在2021年9月28日获得第18届中国动漫金龙奖海外影响力奖，并且在多个国家播出且反响热烈：在北美通过Funimation平台播出，配有英文字幕，且在Netflix平台播出；在韩国，由最大动画网站laftel上线；在日本由地上波Tokyo MX和BS11播出，并在Amazon Prime Video同步上线。在竞争激烈的日漫市场，《天官赐福》也备受观众追捧。

三、耳根《我欲封天》（*I Shall Seal the Heavens*）

耳根的小说《我欲封天》构建了一个名为"苍茫星空"的浩瀚世界，此间矗立着九山九海，皆为九封至尊所创的无上至宝。故事聚焦于这片星空中的第八山与第九山之间，揭开了一个修仙世界的神秘与传奇面纱。主角孟浩，身为东胜星方家麒麟子，因七岁之劫被双亲送往南天星抚养，后成为赵国一介平凡书生。命运的转折让他意外踏入修真界，踏上了追寻人生大愿——封天之路的非凡旅程。

孟浩的成长之路荆棘满布，挑战与冒险接踵而至，从与王腾飞的恩怨纠葛，到太灵经的传承试炼，再到南域大宗的强势威逼，每一次经历都是对他智慧与勇气的极致考验，也促使他不断蜕变与成长。《我欲封天》深刻探讨了命运、选择与牺牲的深刻主题，展现了主角在逆境中的坚持与勇气，以及他对亲情、友情与爱情的深切珍视。

该小说自 2014 年 2 月 28 日在起点中文网上架以来，广受读者喜爱，并于 2016 年 2 月 8 日圆满完结。此外，《我欲封天》还推出了英译版网络小说及由 Wuxiaworld 网站提供的英文配音版有声书，由热衷武侠的美国译者 DeathBlade 精心翻译，并在 Wuxiaworld 平台连载。DeathBlade 因《卧虎藏龙》而深深爱上武侠世界，随后在 SPCNET.TV 平台上开启了网络玄幻小说的翻译生涯，除《我欲封天》外，他还成功翻译了《一念永恒》（*A Will Eternal*）与《凡人修仙传》（*A Record of a Mortal's Journey to Immortality*）。

I Shall Seal the Heavens 在 Wuxiaworld 上收获了比较高的点赞率，并且口碑较好。截至 2024 年 10 月 3 日，一条获得 384 人赞同与 136 人反对的评论高居榜首，称赞该作故事背景设定精妙，充满趣味怪癖，角色发展连贯且冲突设计大多可信。同时，作者巧妙地平衡了情节的趣味性与严肃性，让读者在轻松与紧张之间自由穿梭。尽管部分读者对书中爱情描写有所微词，但多数人认为其爱情线依然合乎逻辑，引人入胜。

四、善良的蜜蜂《修罗武神》（*Martial God Asura*）

善良的蜜蜂写的《修罗武神》是一部东方玄幻小说。故事以楚枫的成长经历为主线，他原是九州大陆青州朱雀城城主的庶子，因身份低微而备受轻视。在被诬陷后，楚枫被迫离开家族，落入凡界。在凡界，楚枫天赋觉醒，誓要杀回九天之上，夺回属于自己的一切。

楚枫拥有多位契约界灵，如蛋蛋、雪姬和羽纱，它们在楚枫的成长过程中起到了关键作用。紫铃、苏柔、苏美等女性角色与楚枫之间的情感纠葛也是故事的一大看点。楚枫在修炼过程中，不断突破自我，从外门弟子成长为能够击败高级对手的强者。小说中设定了丰富的修炼境界，如武君、武仙等，楚枫的实力随着故事发展而不断增强。楚枫在成长的过程中，不仅要面对个人的挑战，还要卷入各种势力的争斗之中。九势、远古精灵族、四大帝族等都是楚枫需要面对的强大势力。《修罗武神》自 2013 年首发以来，获得了广泛的关注和好评，多次入选橙瓜网络文学奖"百强作品"。

《修罗武神》的英译本由著名的英译机翻网站 LNMTL 于 2015 年 10 月 19 日开始翻译，截至 2024 年 10 月 3 日，已经获得了 2586 位读者的肯定。与此同时，Wuxiaworld 上也推出了由 Flowerbridgetoo 翻译的版本，并之后在亚马逊上推出 Kindle 版。《修罗武神》英文第一册电子版获得了 2019 中国网络文学海外传播排行榜最佳翻译奖。

《修罗武神》在俄罗斯读者参与度最高的俄语翻译网站 Rulate 上，浏览量超过了 2000 万次，成为最受欢迎的作品之一。2015 年末，《修罗武神》第一册英文版电子书登陆了 Amazon Kindle、Apple iBooks/App Store、Nook、eReader 等平台，上线当月销量达到 3000 册，并在 Amazon 亚洲奇幻传记分类销售榜中排名第三，读者好评高达 4.6 分（满分 5 分）。亚马逊网站上排在前列的一位读者评论显示，他之所以读这本小说是因 Kindle 商店的推荐。读完后，他意犹未尽，转而在网络上寻找故事的后续章节，但这一过程耗时较长。尽管需要等待，他依然耐心守候，因为翻译工作尚未完成，且故事本身也在持续更新中。他这个美国人虽然能察觉到某些段落的尴尬之处，但也理解这是为了直译当地成语和谚语所做的努力。尽管他不懂中文，但从小听着已故父亲用母语讲述的故事和引用的名言长大，这让他对这次阅读体验产生了意外的怀旧感。最终，这位读者给予这篇文章高度评价，打了五颗星，并表示这部作品不仅有趣，还让他回想起了与父亲共度的美好时光。

五、大风刮过的《桃花债》(*Peach Blossom Debt*)

大风刮过也是一位在海外传播范围较广的网络作家，其《皇叔》(*The Imperial Uncle*)、《桃花债》(*Peach Blossom Debt*)均有英译本，分别为 E. Danglars 和 Xia 两位专业译者翻译，均由 Peach Flower House 于 2023 年出版。Peach Flower House 为全美第一家专注中文原创耽美和 LGBTQA+ 小说翻译的出版社，以电子书和实体书形式在北美和全球市场发售。

大风刮过的《桃花债》以架空历史为背景，构建了一个充满神话色彩的世界。在这个世界中，丞相公子宋珧因缘际会误食仙丹飞升成神仙，而天枢星君和南明帝君因犯错被玉帝贬下凡界。玉帝钦点宋珧下凡折磨二人，从而展开了一系列复杂多变的故事。整个故事以宋珧为叙述者，采用第一人称叙述，宋珧表面轻佻、懒散，实则文采盎然且能替人着想。《桃花债》的剧情围绕着宋珧、衡文清君以及天枢星君、南明帝君四人的情感纠葛展开。前世纠葛、因果轮回构成了故事的核心线索，使得整个故事充满了神秘感和宿命感。在这个故事中，爱情不仅仅是甜蜜的，还伴随着责任、牺牲和成长。每个角色都在经历着自己的情感考验，同时也在寻找着自我价值和生命意义。这种深刻的主题探讨让《桃花债》不仅仅是一部简单的爱情故事，更是一部关于人性、命运和选择的哲学思考。《桃花债》2007 年 1 月到 8 月连载于晋江文学城，简体中文版 2016 年由中国文联出版社出版，繁体中文版 2008 年由威向文化出版，越南文版 2013 年由越南著名文学出版社 Duyên Nợ Đào Hoa 推出，泰文版 2016 年由 Angpao Book 出版。

海外读者认为《桃花债》的叙述风格令人轻松愉快，编织的是一幅喜剧场景。但真正令其与众不同的是剧情上的无缝转换和对角色的共情，小说的第一人称叙述风格非常成功，叙述者宋珧时而表现得像个自命不凡的混混，但实际上是一个温柔体贴、热心向善的人。

六、肉包不吃肉的《二哈和他的白猫师尊》(*The Husky and His White Cat Shizun: Erha He Ta De Bai Mao Shizun*)

肉包不吃肉在海外也拥有一定的口碑，其《二哈和他的白猫师尊》《余污》依次由七海娱乐在 2022 年和 2023 年推出线下纸质书，书的译名分别为 *The Husky and His White Cat Shizun: Erha He Ta De Bai Mao Shizun*、*Remnants of Filth: YuWu*。两本书均由合作译者翻译完成，前者的译者是 Rynn、Jun、Rui 和 Yu，后者是 Yu 和 Rui。

肉包不吃肉的《二哈和他的白猫师尊》是首发于晋江文学城的一部百万字长文。这部小说融合了修真、重生、师徒等元素，讲述了踏仙君墨燃重生回到年少时代，重历人生并揭开前世秘密的故事。在前世，墨燃因为被种下"八苦长恨花"而心性大变，最终自戕身亡。重生后的他，在师尊楚晚宁的帮助下，阻止了尘世颠覆，拔除了心魔，并立身为善。小说深入探讨了重生、救赎、师徒情、人性善恶等主题。通过墨燃的重生之旅，展现了个人成长、自我救赎以及面对过去错误的勇气和决心。同时，小说也描绘了师徒之间深厚的情感纽带，以及在共同面对困难时所展现出的信任与支持。

截至 2024 年 10 月 3 日，英译本《二哈和他的白猫师尊》推出了七卷，以平装版和 Kindle 版的方式发行，第一至六卷评分均在 4.8 以上（5 分制），第三、四卷的评分更是高达 4.9，由于第七卷于 2024 年出版，尚未有评分显示。其中第一卷共有 1723 名读者参与了评分，在整个网站的历史奇幻类书籍中排名第 388。英译本在书籍正文的前面附有专门的彩色插画，正文中也加入了黑白插画，如下图所示：

图 6-1　《二哈和他的白猫师尊》英译本第一卷正文中的插画

　　排在亚马逊评论区前面的来自美国的读者 Erin 提到，她是首先在一些博客上看到故事的。整个故事涉及重生，因此 16 岁的少年拥有了成年人的思想。角色充满活力，比较讨喜，且在故事中不断成长，尤其是认识到自己的错误时，有悔过之心。从读者评论所使用的语言和显示的审核地区来看，该书的读者所覆盖的范围相当广，除美国外，墨西哥、巴西、新加坡、波兰、瑞典、土耳其均有读者购买。还有相当数量的读者认为该书的插画非常漂亮。

　　该书英译本在 Goodreads 上的评分也长期居于高位，且评论者比较多，截至2024 年 10 月 3 日，第一至七卷的评分人数超过了 2.6 万。其中被认可最多的一则评论指出，该书是一本成人小说，所讲述的故事涉及很多禁忌话题，并贴出了粉丝翻译中列出的警告截图，提醒读者需要谨慎阅读。但同时该评论者也指出小说讲述的也是一个关于宽恕和救赎的美丽故事。这个评论意见切中肯綮，既指出了小说黑暗的一面，也指出了其所表达的严肃且沉重的主题。

第四节　中国玄幻网络文学海外传播的经验

一、海外拉力与中国推力的二合一

目前，中国玄幻网络文学在国际舞台上的广泛传播，是海外市场需求与接受度（即"海外拉力"）以及中国政府和出版机构强有力支持（即"中国推力"）共同作用的结果。具体而言，政府层面对网文出海企业在政策上的有力支持，有效促进了中国文学作品的海外传播。阅文集团、中文在线等大型的网文企业都推出了自己的海外阅读平台。这些平台不仅涵盖了玄幻、仙侠、都市、言情等多种题材，还通过精准的翻译和本土化的运营策略，让海外读者能够轻松跨越语言和文化障碍，领略到中国文学的独特魅力。与此同时，海外自发的翻译依旧存在。部分中国玄幻小说作品被热心的粉丝和海外出版机构翻译成多国语言，成功打入国际市场，极大地满足了海外读者群体对东方奇幻题材故事的浓厚兴趣与阅读渴望。这种双向互动、协同发力的模式，为中国玄幻网络文学跨越文化鸿沟与地域界限，实现全球化传播奠定了坚实的基础。

二、多种文艺形式传播构建互相赋能的故事世界

中国玄幻网络文学在海外的传播现象，不仅深刻展现了文化全球化的趋势，还以其独特的艺术魅力跨越了语言和文化的界限。它不再局限于传统的文字作品，而是通过漫画、动画、游戏等多种媒介形式实现了全面而深入的渗透，共同构建了一个跨越国界的玄幻文化生态。譬如《天官赐福》这部极具代表性的中国玄幻网络小说，其海外传播历程便是跨媒介传播的成功典范。该小说自问世以来，便以其宏大的世界观、错综复杂的剧情以及鲜明的人物形象吸引了全球读者的关注。随后，该作品被著名的漫画师灰灰太太主笔，成功改编为漫画，迅速引起了书粉和漫画读者的关注。

据统计，该漫画在海外市场的累计阅读量已超过亿次，其中不乏来自美国、欧洲、东南亚等多个国家和地区的忠实粉丝。官方漫画在 Bilibili 漫画应用程序上有中文版和英文版。漫画以其直观的画面、丰富的色彩以及细腻的情感表达，成功地将小说中的玄幻世界以视觉艺术的形式呈现给了全球观众，进一步扩大了作品的受众基础。且漫画因为其以视觉图画为主的特征，使其在跨文化海外传播上比小说更加容易，《天官赐福》的中文漫画也成功圈粉了一波海外受众，如下图所示：

图 6-2　海外读者的漫评

此外，由《天官赐福》改编的动画在多个国际知名流媒体平台上播出，反响十分热烈。动画版不仅保留了原著的精髓，还通过精美的画面、流畅的叙事以及精彩的打斗场面，为观众带来了一场视觉盛宴。数据显示，该动画该系列仅在上线第一个月就获得了超过 1 亿次的观看量，成功吸引了大量海外观众的关注和喜爱。动画的传播不仅加深了海外观众对中国玄幻文化的认知和了解，还促进了中国文化在国际上的传播和交流。

由《天官赐福》小说作为基点，漫画、动画构建了一个立体化的"天官赐福"故事世界,而这一世界因为海外受众群体的众多,又成功衍生出了立牌、宝盒、手办、手链、戒指、项链、耳环、徽章、书签等周边产品,从而使这一虚构的故事世界变得部分实体化。

同样的情形也经常出现在出海表现稍逊的《斗破苍穹》《天道图书馆》等玄幻小说上,因此,中国玄幻网络文学在海外的传播现象是跨媒介传播的生动体现。通过漫画、动画、游戏、衍生实物等多种媒介形式的相互补充和融合,共同构建了一个丰富多彩、引人入胜的故事世界。这种跨媒介的传播方式不仅扩大了中国玄幻网络文学的影响力,还促进了不同文化之间的交流与理解,为中华文化的传播与传承注入了新的活力和动力。

三、社交媒体与网络平台的助力

随着互联网技术的迅猛发展,社交媒体和网络平台已经成为中国玄幻网络文学跨越国界、走向世界的重要推手。这些平台不仅打破了地理界限,还极大地降低了文化传播的门槛,使得中国玄幻小说的精彩内容能够轻松触达全球读者。

社交媒体在推动中国玄幻网络文学海外传播方面发挥了不可估量的作用。很多海外读者在阅读过程中,会积极在 Facebook、Twitter、Reddit 等社交媒体平台上分享自己的阅读心得、推荐优秀作品,并与其他读者进行互动交流,甚至亲自操刀进行玄幻小说的翻译,由此造成很多翻译成纸质版的中国玄幻小说其最早的翻译实际上是来自社交媒体,出版社也正是看重了其已有一定的粉丝群体才进而出版其纸质书的。社交媒体上这种基于个人体验和真实感受的口碑传播,具有极高的可信度和影响力,使得中国玄幻网络文学在海外市场迅速积累了良好的口碑和广泛的知名度。

与此同时,众多海外读者也通过起点国际、Wuxiaworld 等网络平台,深入阅读中国玄幻小说并模仿这些小说进行本土化的玄幻小说创作。中国玄幻小说以其丰富的想象力、深刻的情感描绘和独特的文化背景,迅速吸引了海外读者的关注。他们被小说中构建的奇幻世界、复杂的人物关系以及引人入胜的故事情节深深吸引,进而成为忠实的粉丝并进一步成为作者。

　　值得注意的是，中国玄幻网络文学的海外传播并非一蹴而就，而是经历了从初步尝试到逐步成熟的过程。在这个过程中，翻译效率、文化适应性以及市场推广策略等因素都起到了至关重要的作用。为了更好地满足海外读者的需求，许多中国网络文学平台开始加强与国际出版机构的合作，共同推出多语种版本的玄幻小说，并针对不同地区的文化背景和阅读习惯进行精准营销，组织本土作者进行原创生产。以起点国际为例，其主要小说类型仍为玄幻小说，但海外原创的作品数量和读者已经远远超越了翻译出去的中国玄幻小说。

　　总之，中国玄幻网络文学在海外市场的成功传播为中国文化的国际传播和交流提供了新的思路和途径。通过这些作品，海外读者得以更加直观地了解中国的历史文化、社会风貌和民族精神，从而增进对中国文化的理解和认同。这种跨文化的交流与融合，不仅有助于提升中国文化的国际影响力，也为全球文化的多样性发展贡献了中国智慧和力量。

💡 思考与练习

1. 海外读者比较推崇的中国玄幻小说与中国国内评价较高的玄幻小说有何不同？
2. 不同语言世界的海外读者偏爱的中国网络玄幻小说类别有何差异？
3. 中国网络玄幻小说传播到海外有哪些渠道和方式？

第七章

中国网络科幻文学的海外传播

随着全球信息化和网络化的加速发展，网络科幻文学作为一种新兴的文学形式，正以前所未有的速度和广度在全球范围内传播。本章重点分析网络科幻文学海外传播的发展现状和影响因素，包括技术因素、市场因素和文化差异因素等。分析发现，网络科幻文学的海外传播可以通过以下路径得以实现，包括网络文学平台的推广、社交媒体的传播、电子书和有声书的发行，以及海外版权的销售等。网络科幻文学的海外传播具有特殊的文化意义，它不仅推动了全球科幻文学的发展，也为全球文化交流和文化多样性做出了贡献。网络科幻文学的海外传播，既是全球信息化和网络化发展的必然结果，也是全球文化交流和文化多样性的重要表现。网络科幻文学的海外传播，不仅为全球科幻文学的发展提供了新的机遇，也为全球文化交流和文化多样性提供了新的视角。研究这种现象，对于推动网络文学高质量发展具有时代意义。

第一节　中国网络科幻文学的海外传播背景

一、蓬勃发展的中国网络文学产业

中国网络文学产业经过近三十年的发展，已经形成较为成熟的产业体系，培养出一大批优秀的平台、作者与作品。中国科幻网络文学作家群体呈现出爆炸式增长，年轻化、学历高的趋势明显。这一变化为科幻文学的创作提供了丰富的人才资源，也推动了科幻文学作品的多样化和高质量发展。中国当代科幻作家们的创作才华和杰出成就已经跨越语言、文化与地理空间的界限，得到海外读者和业内权威的认可与赞赏。起点中文网、晋江文学城等国内优秀网络文学平台的知名度和影响力逐渐走向海外，许多优秀的网络文学作品也为海外用户所认同和喜欢。随着我国网络文学产业孕育出的丰富的网络文学作家群体与优秀作品资源的影响力逐渐扩展到海外市场，向海外传播中国的优秀网络文学作品也就成为一种文化传播的自然现象。

二、中国科幻作品不断攀升的世界影响力

随着中国在国际舞台上的地位不断提升，海外读者对中国文化的兴趣也日益浓厚。中国网络科幻文学作品作为中国文化的重要组成部分，吸引了大量海外读者的关注。《三体》《流浪地球》等中国优秀科幻文艺作品以其优秀的科幻创意与高质量的创作水平赢得国际科幻文艺爱好者的关注与认可，中国科幻文艺作品逐渐在世界范围内受人瞩目。网络科幻文学作为科幻文艺的重要渠道和组成部分，国内优秀的网络科幻文学作品也自然会受到国外科幻文艺爱好者的好奇和关注。因此，在回应国外科幻领域的关切、提高中国科幻作品在海外影响力的潮流下，中国网络科幻文学也逐渐得到海外用户的了解与认识。

三、政策助力网络科幻文学对外传播

"文化强国"是中国当前最重要的文化政策之一，中国鼓励国内具有一定文化影响力的优秀文艺作品和类型走向海外，增强中国优秀文化在国际的文化地位。国家出台一系列涉及网络文学或科幻题材文艺作品的政策规划与指导意见，包括《"十四五"文化发展规划》《关于促进科幻电影发展的若干意见》《关于推进实施国家文化数字化战略的意见》《2023年知识产权强国建设纲要和"十四五"规划实施推进计划》等，有效推动网络科幻文学作品、平台和产业的发展与海外传播。网络科幻文学的对外传播不仅是网络文学或科幻题材文艺领域内部的发展问题，也是展现中国优秀文化水平、传播中国优秀文艺作品与文化价值、发展中国文化的世界影响力的重要组成部分。

第二节　网络科幻文学的海外平台

随着中国网络文学作品的文化影响力日益深远，网络文学产业日益发达，越来越多的网络文学海外平台如雨后春笋般纷纷出现。这其中既有读者自发组建的作品平台，也有国内网络文学产业成熟平台搭建的海外平台。

一、Wuxiaworld

Wuxiaworld 是 2014 年海外华人赖静平创建的网络文学海外平台，在国内网络文学作品的海外翻译和传播阶段发挥了重要作用。由于发展时间较长，网站现今的书库更新速度已经落后于一些新锐网络文学海外平台，但网站书库中的网络科幻文学作品还有一定保有量，其中不乏具有人气的作品。例如烟雨江南的《狩魔手记》（*Demon Hunter*）、人脸熊喵的《不死猎人》（*Hunter of Immortals*）等作品。

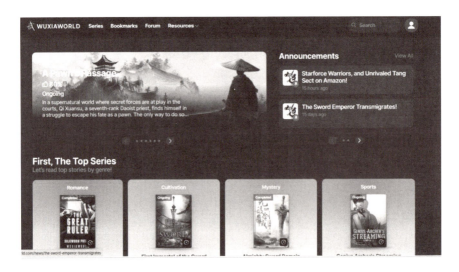

图 7-1　Wuxiaworld 网站界面截图

二、Webnovel

Webnovel 是阅文集团在海外发布网络文学作品的门户网站，它以将起点中文网的国内优秀网络文学作品翻译为外文版本，吸引国外读者观看为初衷。网站背靠起点中文网丰富的书库资源，迅速成为中国网络文学作品海外译介与传播的重要门户网站和宣传渠道，为中国网络文学的海外传播提供巨大助力。在网站功能和内容偏好类型上，Webnovel 设置了男性榜单和女性榜单，两种榜单下各设相应的偏好类型。在内容发布上，Webnovel 除了译介国内网络文学作品，也译介日韩等地的网络文学作品，同时鼓励作者在网站上直接进行英文原创连载。不过由于原创作者在数量和专业程度上的不足，Webnovel 主要仍以国内作品的译介为主。在网络科幻文学部分，Webnovel 分别在男频榜和女频榜都开设了科幻题材部分，在男频榜上的优秀网络科幻文学作品有 Exlor 的《机甲之触》（*The Mech Touch*）、十二翼黑暗炽天使（Twelve-Winged Dark Seraphim）的《超级神基因》（*Super Gene*）、Black Eyes White Hair 的《全球进化：我有一块属性板》（*Global Evolution：I Have An Attribute Board*）等作品；在女频榜上的优秀和流行作品有 Madam Ru 的《穿越到未来后，做个男人不容易》（*It's Not Easy to Be a Man After Travelling to the Future*）、The Glass Pearl 的《天启女王的重生：跪下吧，年轻的皇帝！》（*Rebirth Of The Apocalypse Queen：On Your Knees，Young Emperor！*）、Yu Qijiu 的《我，拥有超能力的女主，超级凶猛》（*I，The Female Protagonist With Superpower，Am Super Fierce*）。该平台同样吸引大量海外作家入驻创作，例如国外作家 Exlor 的作品常常闯入榜单人气和热度前列，Exlor 表示自己在该平台上的网络科幻文学作品能够"被改编成漫画，让喜爱这部作品的人沉浸在一个更加激动人心和有趣的宇宙中"[①]。Webnovel 发布全球年度有奖征文活动 WSA（Webnovel Spirity Awards）、全球作家孵化项目、作家职业化发展计划等平台扶持项目，对培养网络科幻文学作家、鼓励网络科幻文学作品创作具有广泛的表率作用和持久的激励作用。

[①]　澎石：《BIBF 首设"网络出版馆"，侯晓楠：共创全球网文生态圈》，2023 年 6 月 16 日，https://www.thepaper.cn/newsDetail_forward_23508216。

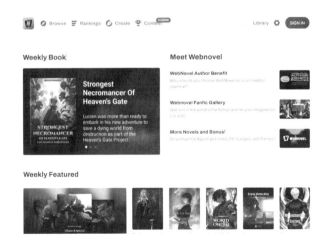

图 7-2　Webnovel 界面截图

三、Goodnovel

　　Goodnovel 上涵盖了各种类型的中文原创小说、漫画、言情、恐怖和玄幻小说等。同时，平台为作者提供创作支持和版权保护，鼓励作者在平台直接创作网络文学作品。目前 Goodnovel 正在积极拓展多语言版本的网络文学内容呈现，包括英语、法语、俄语、菲律宾语、印尼语、韩语、泰语等国家语言，以满足不同国家和地区读者的需求。Guai Kai Jun 的《战魂战士的故事》（*A Tale of War Spirit Warriors*），全文目前有约 500 章，获得约 7000 多人关注；Wuraola 的完结作品《机器人：新世界》（*iRobot: The New World*），共有 52 章，获得约 7000 人关注。

图 7-3　Goodnovel 网站界面截图

四、Dreame

网络文学作品平台 Dreame 是一款专注于提供中文原创文学内容的小说阅读应用程序，它隶属于 STARY 公司，主要服务于欧美和东南亚读者。从平台的网络文学作品下载量来看，大部分用户来自欧美和东南亚国家；但在付费层面，美国读者贡献了 Dreame 的大部分收入。Dreame 平台的用户群体多为年轻女性，言情与恋爱类型的网络文学作品较多。但网站也涵盖言情、玄幻、历史、科幻等多种题材的小说，总体类型丰富。Dreame 支持作者入驻和创作，对创作作品提供较高的奖励。不过由于网站不涉及具体内容类型榜单和分类，读者往往仅能根据作品的人气水平和热度来判断与选择可能喜欢的作品，作者在创作时也不强调作品的题材类型，因此平台上许多网络科幻文学作品往往科幻元素不显，或与其他类型题材元素相互融合。

图 7-4 Dreame 界面截图

五、Royal Road

Royal Road 是国外一个同时可以阅读和写作网络文学的网站，书库种类范围和数量都很丰富。该网站更加符合欧美人的阅读偏好和习惯，网络文学作品在篇幅上相对较小，其网络科幻文学作品也更偏向欧美传统科幻小说的类型和内容。网站内比较著名的网络科幻文学作品有 Sleyca 的《超级辅助》（*Super Supportive*）、Gogglesbear 的《超级仆人》（*Super Minion*）、Seras 的《城市幽灵：赛博朋克玩家》（*Ghost in the City：Cyberpunk Gamer SI*）等作品，这些头部优秀作品的订阅人数有一万人至两万人左右，单部作品阅读人数累计最多可破千万。

优秀网络科幻文学出海作品范例：

1. 十二翼黑暗炽天使的《超级神基因》（*Super Gene*）

《超级神基因》是作家十二翼黑暗炽天使创作、连载于起点中文网的网络科幻文学完结作品，全文共 731.48 万字。小说讲述了人类在星际开拓的时代意外遇到了神秘的庇护所世界，不得不与异世界生物战斗的故事。如果人类战胜异世界生物，就能得到一部分神基因作为奖励，极大提高自身的寿命与能力。作品在星际故事的框架里展现出一个生物进化的奇妙设定，并在主人公不断增强和进化的过程中描绘出一个引人入胜的科幻世界。该作的海外翻译版本发布于 Webnovel 网站，受到许多海外读者的喜爱，截至 2024 年 9 月该作在网站上有 14000 的浏览，有 6000 余人对作品进行评价，读者在五分制的评分系统中给予该作 4.3 分的高评价。

2. 群玉山头见的《神话纪元，我进化成了恒星级巨兽》（*Mythical Era：I Evolved Into A Stellar–Level Beast*）

群玉山头见在起点中文网连载的网络科幻文学作品《神话纪元，我进化成了恒星级巨兽》在 Webnovel 网站通过翻译进入海外用户读者群，全文约 350 万字，在起点中文网得到"百盟争霸""一呼百应"等荣誉成就。群玉山头见本人凭借该作入选网络文学榜样作家"十二天王"。该作描绘了一个巨大生物席卷全球、肆意破坏人类地球文明，而科技武器对这些巨兽毫无办法的世界。主人公陈楚偶然获得了一个小生物蝾螈的分身，通过释放这个小生物的无限生长和进化能力，陈楚逐渐让这只小生物朝着巨兽乃至灭世巨兽的方向发展进化。故事以奇异巨兽为卖点，富有中国古典奇幻作品《山海经》的遗韵，作品时常流露出中国本土文化的科幻想象特点。在 Webnovel 平台，该作的翻译版本 *Mythical Era：I Evolved*

Into A Stellar-Level Beast 获得了约 300 万浏览，在五分制的作品评价系统中得到读者 4.3 分的评价。

第三节　网络科幻文学海外传播的发展阶段及海外传播的困难与挑战

一、版权出海与翻译出海阶段

中国的网络文学出海在其发展初期就已出现，2004 年起点中文网开始向海外市场出售其旗下网络文学作品的版权，推动网络文学向海外发展。此时中国网络文学处于版权出海阶段，网络科幻文学的出海也仅有零星作品。2014 年开始，国内网络文学领域发展有一定起色，涌现出大批优秀作品，由网络文学爱好者自发建立的网络文学作品翻译网站也应运而生。外文翻译网站 Gravity Tales、Wuxiaworld、Rulate 等翻译较多作品，网站访问量较高，吸引大批海外网络文学用户。2020 年开始，国内多家网络文学平台均开始聚焦海外市场，针对海外读者偏好的原创网络文学作品受到鼓励，网络科幻文学的原创作家群体正在不断扩大。同时，随着 AI 技术的成熟和普及化，运用 AI 对国内现有网络科幻文学作品进行批量翻译的路径也正在积极探索，中国网络科幻文学的出海呈现出国内作品 AI 翻译与国外平台原创创作的双重趋势。

二、IP 出海阶段

随着中国网络科幻文学作品在海外的传播度和知名度越来越高，许多精品作品受到国外用户的喜爱和认同，这些网络科幻文学作品连带其改编的漫画、微短剧作品进一步推动网络科幻文学作品以 IP 的形式进入到用户的视野中。此时出海的网络科幻文学不再以具体作品的形式进入到读者的阅读视野中，而是更深一层以更具有文化影响力的 IP 的形式嵌入到读者对中国网络科幻作品的认知里。在越来越多的中国网络科幻文学作品和越来越完善的海外网络文学平台的宣传推广下，海外读者对中国网络科幻文学有着越来越深的感知。这种趋势也反过来推动作品的 IP 化，促使网络科幻文学的海外传播范围扩展与传播程度加深。

三、模式出海阶段

随着网络文学海外平台的不断建设和完善，中国网络文学在海外已经有一套较为完整的从阅读到创作的平台生态。网络科幻文学作为一种网络文学子类型寓居在这个平台生态里，逐渐也会将自身抽象为一种独有的创作形式和风格，进入到海外读者的阅读偏好和理解习惯里。当这些海外读者自身参与到网络科幻文学的创作中时，这些阅读偏好和理解习惯就会重新呈现出来，影响着这些进入到创作领域的海外读者的创作形式和风格。于是，中国网络科幻就成为一种具有中国文化风格的科幻模式，深刻影响到世界网络科幻文学创作的模式与格局。目前，能够进入到"模式"层面的网络科幻文学作品数量还不多，中国网络科幻文学作品展现出的科幻模式尚不明显，但随着中国网络文学平台生态的日益完善，这一天不会再遥远。

中国网络科幻文学作为网络文学重要的子类型，其出海既会面临网络文学海外传播所遇到的共同性的困难与挑战，也会遭遇科幻类型和题材所特有的问题和困境。这些困难与挑战不仅涉及文化、语言、市场等方面，还涉及版权、运营、技术等媒介平台层面。中国网络科幻文学海外传播仍然有很多工作需要开展。

四、科幻文学作品的翻译困难

尽管网络文学具有亲民、晓畅、直白的行文风格特点，网络文学作品也基本不需要读者的阅读储备，但网络科幻文学在内容表达上天然就会比其他网络文学门类具有更高的理解门槛与阅读要求。不论是以科幻为故事元素的软科幻网络文学作品，还是旨在设计打造精妙完整的科幻创意和科幻世界的硬科幻网络文学作品，都需要大量的世界观设定和科技背景阐述。这些设定和阐述会形成作品文本内独有的意义系统，让作品在翻译时的难度陡增。翻译者需要尽可能理解文本的语境和科幻设定，才有可能翻译出更为准确和贴合文化语境的译本。目前，由于网络科幻文学的文本量和作品数都十分庞大，在现有国内作品的翻译上仍然采取机器翻译为主，这些机器翻译的作品或难以完整准确体现出作品原文的科幻设定和语境氛围，造成海外读者阅读时的理解障碍。

五、科幻语境的跨文化传播折扣

科幻文艺尽管是一种以科学为基础的幻想文学，但仍然是对社会当下现实的表征与反映，不同国家和地区对科幻作品的理解与接纳也会天然有本民族本地区的集体偏好和文化习惯。例如，美国好莱坞系列电影让美国科幻片锁定在个人英雄主义与自由主义的表达语境中，而以《流浪地球》为代表的中国科幻电影则展现给世人以一种家国历史的责任感与集体情怀的厚重感。这种文化差异同样反映在网络科幻文学作品中，例如在海外网络文学平台中，许多受到海外读者喜爱的爆款网络科幻文学作品往往采取类似于《哈利·波特》或《复仇者联盟》类型的科幻风格。这些网络科幻作品往往仅把科幻作为作品中人物活动的媒介工具或叙事策略，而缺乏以展现某种科幻想象和可能世界为目的的科幻塑造。而中国网络科幻文学作品往往展现一个严密深度的科幻想象世界，以一种具有合理性的科技感与可能世界想象为主要亮点和卖点。这些不同会在跨文化的传播时产生"文化折扣"，让网络科幻文学作品不能在传播时完全释放其文化感染力和影响力。如何弥合和平衡海外读者的阅读偏好和国内作品风格之间的裂隙，实现科幻语境的跨文化传播，也是当下网络科幻文学向海外发展和传播的重要挑战。

六、优秀作家与作品的带动效应不足

尽管《三体》和《流浪地球》让世界看到了中国科幻文学的巨大想象力和深邃的感染力，但在网络文学领域尚没有一部足够惊动海外读者的重要级作品。由于跨文化语境的影响，读者往往需要首先关注和留意到自身文化语境外的优秀作品，才能逐渐对这个陌生文化语境下的文艺作品产生持续的兴趣，能够"破圈"、引起海外读者关注和兴趣的优秀网络科幻作品就尤为重要。当下，尽管国内有一批优秀的网络科幻作品和作家，但这些作品和作家在海外市场的名气与影响并不显著。中国网络科幻文学的海外传播，也在等待一部甚至更多足够有影响力的优秀作品率先破局。

根据《2023 年中国网络文学发展研究报告》，网络科幻文学类的作家群体明显朝向年轻化、高学历化的方向发展："以起点为例，约超七成科幻品类签约作家为本科在读及以上学历，首次创作科幻题材的作家 72% 为 00 后，近七成科幻读者年龄小于 30 岁，40% 左右为本科及以上学历。"[1] 网络科幻文学作家群体的基础素养不断提高，势必在未来会带来更多精彩的作品，助力网络科幻文学的作品质量与热度更上一层楼。

七、跨媒介传播的协同效应不足

由于文字媒介在翻译过程中对语言转译的要求更高，翻译传播的渠道更通畅，但网络科幻文学作品本身因文化折扣和传播语境的限制而需要更强的对外宣传和广告推广力度，目前这一块还有很长的路要走。如果能够借助音频媒介、图像媒介和视频媒介的直观性和交互性特点，加速网络科幻文学的传播范围，帮助海外用户理解网络科幻文学作品的设定与内容，实现跨媒介矩阵传播的协同效应，就可以极大推动网络科幻文学作品的海外传播。《我独自升级》是一款火爆的游戏背景韩国网络科幻文学作品，在韩国漫画的改编推动下，该作品的海外影响力迅速提升。如果中国网络科幻文学也能有类似于《我独自升级》一样系统的外文版本漫画、动漫改编，那么其海外传播的影响力也就会迅速提升。目前，起点中文网的海外网文平台 Webnovel 已经开始发布英文版本的网文改漫画，其跨媒介传播的协同效应也初见成效。

---

[1] 中国社科院文学研究所网络文学研究与发展团队：《2023 年中国网络文学发展研究报告》，中国社会科学院"中国学派"公众号，2024 年 2 月 28 日，https://mp.weixin.qq.com/s/ESlIr1zcu-Mh5_okXfRrOg。

第四节　推动中国网络科幻文学海外传播的路径和举措

一、AI 助力国内现有作品的翻译引介

国内丰富的网络科幻文学作品资源既是文化出海、实现中国网络科幻文学的海外传播的重要基础，其本身存在的翻译等问题也是海外传播首先必须解决的。如何尽可能准确和迅速翻译、引介这些丰富的作品资源，使之进入到海外读者的阅读视野中，仍然是当下网络科幻文学对外传播的最现实的问题。过去，起点中文网和晋江文学城都在其国内平台中设置了译者入口，一些阅读用户可以自愿选择加入作品的海外版本的翻译工作，并获得平台的补贴和奖励。这种发动国内阅读用户的方法对加速网络科幻文学作品的翻译工作具有重要意义，但国内愿意从事翻译工作且具有一定外语翻译技术水平的阅读用户数量有限，翻译出的作品往往内容粗糙、进度不稳定且翻译成本相对较高，这种方法不能根本解决我国网文出海在数量和质量上的双重瓶颈。因此，借助时下先进的 AI 技术，生产出专业用于网络文学作品翻译的 AI 软件就显得刻不容缓。譬如，2023 年阅文集团发布的"阅文妙笔"软件能够对大篇幅的网络文学作品进行有效提炼和归纳，燃起国内网络文学平台进行网文批量 AI 翻译的希望。但目前来看，AI 还不能完全独立胜任翻译工作，仍然需要人工的指导、训练和辅助。2023 年 Webnovel 平台引入的人机协作 AI 翻译功能工具，能够在大大降低翻译成本和提高翻译速度的同时，显著提高翻译的准确率。部分网络科幻文学作品如群玉山头见的《神话纪元，我进化成了恒星级巨兽》，便在经过 AI 翻译后成为国外网络文学平台的热门作品。[①]积极生产和引用专精网络文学翻译的 AI 工具，并发展出更成熟高效的人机协同模式，是借助 AI 技术推动网络科幻文学作品出海的重要举措。

---

① 《AI 翻译加速网文"一键出海"，00 后成海外网文创作中坚》，载《南方都市报》，2023 年 12 月 5 日，https://static.nfapp.southcn.com/content/202312/05/c8371751.html。

二、积淀中国文化风格的内容创作

正所谓"越是世界的就越是民族的"，中国网络文学之所以能够扬帆海外、赢得海外读者的关注，即是作品中基于中国本土文化土壤培育出的优秀作品内容。有学者指出中国网络文学实现海外传播的根本原因在于，"一是以传奇的故事表达人类共通的情感体验，这是中国网络文学被海外读者喜爱的原因；二是蕴含中华文化内核，彰显中国智慧，这是网文出海能行远、行稳的根源。"[①] 在发扬中国文化风格的内容创作中，中国网络文学以其独特的魅力和深厚的文化底蕴，不仅在国内市场繁荣发展，更在国际舞台上绽放异彩。这种跨文化的成功传播，不仅仅是文字与故事的交流，更是文化软实力的展现，让世界看到了一个更加立体、多元的中国。中国网络科幻文学作家们在创作中巧妙融入中国传统文化的风格元素，如儒家思想的仁爱礼义、道家哲学的自然和谐思想，也融合了当今现实社会中人们的生活体验如积极进取、爱国爱家、社会正义、集体英雄主义等等。这使作品充满了浓郁的中国文化韵味和亲近的生活氛围。这些文化韵味与生活氛围赋予了中国网络科幻文学作品跨越国界、触动人心的力量。

三、放大网络科幻文学的跨媒介传播协同效应

如果以网络科幻文学作品本身为基石，进行内容上的影视、动漫、游戏和微短剧的改编，对作品进行一定程度的"预加工""深加工"和"再生产"，就能够有力推动作品被国外读者关注和接纳。许多中国玄幻类和都市类的网络文学作品被改编为微短剧后，就迅速赢得国外用户的青睐；而韩国网络文学作品也在改编漫画作品的推广加持下获得广泛的关注。网络科幻文学作品由于题材更多偏向想象世界的构建，更需要以直观的图像和视频方式呈现出作品的科幻美感，促进读者感受到作品的美感。在这样的背景下，网络科幻文学的跨媒介传播协同效应可以进一步被放大，通过多维度的创意转化与平台联动，实现作品影响力的几何

---

① 李丹丹、李玮：《文化数字化战略下多语种网文平台出海路径》，载《出版广角》，2024年第 11 期。

级增长。

譬如，网络科幻文学平台可以加强与影视领域开展合作，将网络科幻文学精品改编成电影、电视剧或动画作品。通过专业的制作团队和先进的特效技术，将文字中构建的复杂世界观和惊心动魄的情节以视觉图像的方式加以再现，吸引全球范围内的科幻迷和电影爱好者。同时，影视作品的成功上映又能反哺原著，带动网络科幻文学作品在海外市场的销量和阅读量，形成良性循环。

通过构建跨媒介传播的生态系统，平台能够实现网络科幻文学作品在图书、漫画、影视、游戏、周边商品等多个领域的全面开花。通过版权合作和资源共享，将科幻文学的 IP 价值最大化，为读者提供全方位、多层次的体验。这种跨媒介的协同效应不仅能够延长作品的传播热度与文化影响周期，还能吸引更多科幻背景之外的读者群体，加速中国网络科幻文学全球范围内的繁荣发展。

在未来，网络文学平台也许不仅仅体现在其提供"科幻内容"，而更可能的趋势是实现"阅读手段的科幻"。利用电子游戏技术、虚拟现实（VR）和增强现实（AR）技术，中国网络科幻文学将其中的未来世界、外星场景或高科技装备等以沉浸式体验的方式呈现给读者。这种前所未有的互动体验不仅能激发读者的好奇心和探索欲，还能让他们身临其境地感受科幻故事的魅力，极大地提升作品的吸引力和传播力。通过在线平台或线下展览，读者可以穿戴 VR 设备，漫步于虚拟的星际之间，或是亲手"操作"那些只存在于想象中的高科技装置，这种跨越次元的互动将为科幻网络文学的传播带来革命性的变化。

第五节　网络科幻文学海外传播的政策支持及海外传播的意义与价值

一、文化政策扶持

在中共中央办公厅、国务院办公厅印发的《"十四五"文化发展规划》文件中明确提出，文化部分应当"鼓励文化单位和广大网民依托网络平台依法进行文化创作表达，推出更多优秀的网络文学、综艺、影视、动漫、音乐、体育、游戏产品和数字出版产品、服务……推动文艺评奖向网络文艺创作延伸"①。网络文学成为国家重点关注和鼓励发展的文化产业之一，科幻类型的网络文学作品自然在其列。同时，由于《三体》《流浪地球》等科幻题材文艺作品为中国文化对外传播做出显著贡献，以科幻题材文艺作品为载体推动国内文化作品影响力向海外发展传播也成为当下的国家政策的重要目标。2020 年，国家电影局、中国科协印发《关于促进科幻电影发展的若干意见》，《意见》指出"要建立促进科幻电影发展联系机制"②，加强科幻、科普工作和产业的人才培养。网络科幻文学作为科幻、科普工作事业的重要一部分，也自然有责任响应国家和行业的发展规划与倡议，加速产业孵化，推动科幻文化影响力的提升，实现网络科幻文学更深层次、大规模、高水平的海外传播。

二、知识产权政策支持

为规范网络文学发展产业的发展，提升网络文学产业的正规化与体系化程度，国家出台《关于推进实施国家文化数字化战略的意见》《"十四五"文化发展规划》《2023 年知识产权强国建设纲要和"十四五"规划实施推进计划》等指导文件，从网络文学作品的版权分属、保护制度、管辖平台等角度为网络文学版权的保护工作提供方向指引和意见指导。知识产权的清晰和保护有利于作品在 IP 孵化、IP 改编等领域更加规范运作方式、减少产权纠纷，让网络文学 IP 的海外翻译、引介与改编得到政策与制度保障，促进网络文学的海外产业良性发展。

这些举措的实施都是为了保障中国网络科幻文学能够承载起中华文化的世界传播职能，显然，它有着非同凡响的意义与价值。

---

① 新华社：《中共中央办公厅、国务院办公厅印发〈"十四五"文化发展规划〉》，2022年 8 月 16 日，https://www.gov.cn/zhengce/2022-08/16/content_5705612.htm。
② 新华社：《国家电影局、中国科协印发〈关于促进科幻电影发展的若干意见〉》，2020年 8 月 7 日，https://www.gov.cn/xinwen/2020-08/07/content_5533216.htm。

1. 推动中国科幻文化产业与科幻事业的发展

科幻文艺创作作为一种以科学世界为想象性资源基础的文艺生产活动，需要作者在科学领域有足够深度的感受与理解后才能创作出具有科幻美感的优秀作品。优秀的科幻创意是科幻作品创作中的灵韵所在，唯有深厚的科幻文艺土壤才能不断培育出新的优秀作品。推动中国网络科幻文学在海外传播，能够扩大中国科幻文化产业的基本盘，优化科幻文化产业结构，吸纳海外科幻读者群体，促进更多的作家参与到科幻创作中。这种参与本身就是孵化和孕育科幻创意最好的加速剂，推动中国网络科幻文学的海外传播和海外发展，有利于中国科幻文化产业整体长期的良性发展。

2. 推动中国网络文学产业的海外发展

网络文学作为国内发展势头较好的新时代文化产业之一，在国内具有巨大的文化影响力和认可度。在中国网络文学读者的检验下，国内网络文学产业在内容、类型、体量、平台乃至行业生态领域都比同类文化产业领域有诸多先进之处。释放国内网络文学产业的先进优势，挖掘国内网络文学作品在海外的潜在阅读用户群体，释放中国网络文学作品的国际影响力是网络科幻产业从业者、研究者义不容辞的责任。根据《2023 年中国网络文学发展研究报告》，中国网络文学产业的海外传播市场份额突破 40 亿元，作品质量和数量都显著增长。仅Webnovel 一家网络文学平台在 2023 年就上线约 3800 部译作，比 2022 年增长31%。[①] 网络科幻文学作为网络文学中发展较为突出的部分和类型，网络科幻文学的内容发展将带动网络文学的平台生态完善，进而推动中国的网络文学产业在海外的持续发展。

3. 推动中国文化走向"文化自信"

网络科幻文学作为新时代社会文化的重要组成部分之一，反映着当代中国人民文化生活的丰富与繁荣。网络科幻文学的发展和海外传播有力地证明了中国文

---

① 《2023 年中国网络文学发展研究报告》，"中国学派"微信公众号，2024 年 2 月 28 日，https://mp.weixin.qq.com/s/ESlIr1zcu-Mh5_okXfRrOg。

化在当代世界文化舞台上的活力、先进性与包容性，是展现国家文化软实力的重要部分。习近平总书记指出："坚定中国特色社会主义道路自信、理论自信、制度自信，说到底是要坚定文化自信，文化自信是更基本、更深沉、更持久的力量。"① 发展网络科幻文学产业，推动网络科幻文学作品在海外的传播，正是坚定中国的文化自信、巩固文化主体性的重要举措。将具有中国特色文化氛围的网络科幻作品推向世界，让海外科幻读者和受众感受中国科幻文化的魅力，是用网络科幻文学讲好中国故事、传播中国声音的重要举措，也是体现新时代中国"文化自信"的重要途径。

思考与练习

1. 简述中国网络科幻文学出海的几个主要平台及其特点。

2. 结合海外读者的阅读接受习惯，网络科幻文学出海应注意哪些问题？

3. 在短视频火爆的时代，网络科幻文学出海应该如何建立文化自信？

4. 相比较于网络玄幻文学的出海现状，网络科幻文学有哪些新的特点？请简述之。

---

① 新华社：《新华述评：坚定文化自信　巩固文化主体性——深入学习贯彻习近平文化思想系列述评之五》，2024 年 1 月 27 日，https://www.gov.cn/yaowen/liebiao/202401/content_6928512.htm。

第八章

网络文学跨国传播中的"文化自译"现象

——以《全职高手》在越南的传播为例

随着数字技术革新与全球化进程的深度耦合，网络文学作为信息时代的新型文化形态，正通过其特有的生产机制与传播路径重构全球文化景观。中国网络文学在参与国际文化流通中显现出强劲势能，但跨文化接受中的"文化折扣"效应亦成为关键掣肘因素——不同文明体系中的受众在文化认知框架、审美范式及接受惯习层面存在结构性差异，这对文本的价值传递与意义再生产构成深层挑战。

本章聚焦中国电子竞技题材网络小说《全职高手》的越南传播案例，通过文化翻译理论的视角解析其跨国传播中的文化调适机制。该作品自 2011 年起于起点中文网连载后，通过多模态开发形成跨媒介叙事矩阵，其越南语译本在东南亚市场取得突破性传播效果。文本分析表明，译者在处理虚拟竞技术语、网络亚文化符号及社会文化指涉时，系统运用了"文化自译"策略。这种翻译实践并非简单的语言转换，而是通过语境重置、符号转码和文化协商的三重机制，构建起源语文本与目标语文化场域的对话通道。

"文化自译"作为跨文化传播的能动性实践，本质上是对文化异质性的创造性转化。其理论内核包含两个辩证维度：在操作层面，通过文化表征系统的适应性改造，实现文本在目标语境的合法化嵌入；在价值层面，则彰显译者作为文化中介者的主体性，在保留源文本文化基因的同时，完成符合目标受众期待视野的意义重构。对《全职高手》译介策略的考察，不仅揭示了中国网络文学"走出去"过程中文化调适的具体路径，更为数字时代跨文化传播研究提供了具有范式意义的分析样本，对建构全球－地方辩证互动的网络文学传播理论具有重要启示价值。

第一节　中越网络文学的跨国传播语境

一、中越两国读者的文化背景差异及其影响

作为汉字文化圈的跨文化对话主体，中越两国在共享儒家文化基质的同时，因现代性转型路径的分野形成了差异化的文化认知框架。从语言符号学视角审视，越南语系的拉丁化转型与中文表意系统的结构性差异，导致文化符码在跨国传播中面临能指断裂与意义耗散。中国网络文学中密集出现的武侠典故与修仙体系，在越南语境中往往因文化原型的缺失而遭遇阐释困境。社会价值维度上，中国网文中的个人英雄主义叙事与越南集体主义伦理的张力，折射出主体性建构的文化分野。当中国网络文学特有的青年亚文化符号遭遇越南传统现实关怀取向时，文本的互文性网络面临重构需求，这种文化认知差异在荷兰汉学家贺麦晓关于互联网文学的研究中被界定为跨文化阐释的固有挑战。[1]

中越两国网络文学读者的阅读期待和审美品位，很大程度上受到各自文化传统和社会现实的制约。比如，武侠和仙侠题材在中国网络文学中占据主流，反映了中国读者对于英雄文化和修仙文化的偏好；而在越南，都市和言情题材更受欢迎，体现了越南读者对于现实生活和情感表达的关注。这些文化背景差异，为中越网络文学的跨国传播制造了阻碍。一方面，文化差异加大了网络文学在跨文化语境中的理解难度，容易产生阐释不到位、意义丢失等问题。另一方面，文化差异也影响着网络文学的海外接受度，使其难以完全契合目标读者的期待视野。如何跨越文化鸿沟，实现网络文学在异质文化中的有效传播，成为摆在中国网络文学"走出去"面前的重要课题。

二、网络文学在中越两国的发展现状

中越网络文学发展呈现出文化生产场域的非对称格局。中国网络文学已构建

---

[1] Hockx, Michel, *Internet Literature in China*, New York: Columbia University Press, 2015, pp.25-26.

起成熟的产业化体系，其 IP 全产业链开发模式形成强大的文化输出能力。相较而言，越南网络文学仍处于前产业化阶段，创作生态呈现碎片化特征，这种产业势差导致文化资本积累的差异化轨迹。题材偏好差异本质上是文化现代性进程的镜像投射：中国网络文学的奇幻叙事转向对应后现代社会的想象力消费，而越南现实题材主导则体现发展型社会的认知具象化特征。这种系统性差异不仅制约着越南本土原创力量的成长空间，更影响着中国网络文学在越南传播的接受模态。

就产业化进程而言，中国网络文学产业高度发达，已经形成了集创作、发布、改编、衍生开发于一体的完整产业链，网文 IP 开发也方兴未艾，为中国网络文学的传播提供了强大动力。相比之下，越南网络文学的产业化程度还比较低，商业模式单一，变现渠道有限，整个产业链还不够成熟和完善。这导致许多越南网文作者难以专注创作，网文内容同质化现象严重。就题材内容而言，中国网络文学题材丰富多样，类型化特征突出，奇幻玄幻、武侠仙侠、都市青春等类型作品均有佳构。而越南网络文学则以都市、言情、悬疑等现实题材为主，内容趋于写实和世俗化。中越网络文学的题材差异，一定程度上反映了两国网络文学在发展阶段、读者偏好等方面的不同。这些差异也影响着中国网络文学在越南的传播，使其难以复制国内的成功模式。

尽管如此，近年来中越两国的网络文学交流日益频繁，中国网络文学在越南的影响力不断扩大。一些优秀的中国网文作品被翻译引进越南，在当地读者中引发了不小反响。越来越多的越南读者开始关注和阅读中国网络小说，中国网文 IP 的越南改编也开始出现。可以看出，随着双方交流的深入，中国网络文学在越南将迎来更大的发展机遇。

三、文化差异：网络文学跨国传播的关键障碍

文化差异导致的传播损耗可溯源于文化折扣的理论范式。中国网络文学在越南的跨文化流动面临三重解码障碍：符码系统的文化原型缺失、亚文化语境的结构性差异以及价值叙事的接受错位。要突破这种传播困境，需构建动态的文化调适体系。在符号维度实施转喻性替代策略，在叙事层面完成语境重置工程，在

价值维度进行意义协商实践。这种调适机制的本质在于实现文化基因的创造性转化，正如跨文化传播研究所揭示的，有效的文化翻译并非简单的语言置换，而是通过文化符码的转译再造，在保持叙事内核的同时完成在地化表达。当电竞小说《全职高手》的越南译本将竞技体系与本土电竞文化记忆相融合时，既维系了文本的叙事动力，又实现了文化认同的重构，这为网络文学的跨国传播提供了具有范式意义的实践路径。

对于中越网络文学的跨国传播而言，两国在社会制度、意识形态、价值取向等方面的差异，无疑加大了网文作品跨文化阐释的难度。比如中国网络文学中的许多武侠、仙侠作品，既有想象力的天马行空，又寄托着独特的人文理想，其内涵难以为越南读者所完全理解和认同。再如一些中国都市题材网文，反映的是中国城市化进程中青年一代的奋斗经历和情感生活，其中的许多细节和问题，也并非越南读者的切身体验。文化差异造成的阐释障碍和接受障碍，影响了中国网络文学在越南的传播效果。

此外，中越两国在审美趣味和欣赏习惯上也有差异。中国读者偏爱奇幻色彩浓郁的玄幻魔幻和仙侠题材，而越南读者则更青睐接近现实生活的都市言情和悬疑小说。中国网文的流行套路和叙事模式，放在越南语境中不一定奏效。由于文化差异，一些在中国广受欢迎的网文作品，到了越南可能遭遇"水土不服"的窘境。

在网络文学的跨国传播中，仅仅依靠语言的转换是远远不够的，关键在于在译介过程中充分考虑、弥合文化差异，实现对原文内涵的创造性阐释和跨文化改写[①]。这就要求译者发挥文化意识和创造力，在忠实于原文的基础上，结合目标读者的文化语境和接受期待，对原文进行灵活的文化调适，尽可能拉近作品与读者的文化距离。

---

① Yang, Guobin, "Chinese Internet Literature and the Changing Field of Print Culture", In *From Woodblocks to the Internet: Chinese Publishing and Print Culture in Transition, circa 1800 to 2008*, edited by Cynthia Brokaw and Christopher A. Reed, Leiden: Brill, 2010, pp.341-342.

第二节　"文化自译":《全职高手》越南传播的成功密码

一、文化自译的内涵与机制

所谓"文化自译"(cultural self-translation),是指译者在跨文化传播过程中,为消解文化差异对阅读体验的影响,主动对原文的文化内涵进行创造性转换和阐发的翻译行为[①]。它不同于传统意义上对语言符号的机械对等,而是译者综合考虑译入语文化语境,对原文蕴含的文化信息进行主动过滤、改写、诠释的创造性行为。通过巧妙的文化置换,译者架起原文与译入语读者之间的文化沟通桥梁,使作品获得跨文化语境下的创造性阐释空间,最终实现海外传播的突破。

文化自译的关键在于充分运用译者的文化想象力,主动发掘原文与译入语文化的契合点,积极实现文化内涵的创造性转化。一方面,译者要对原文的叙事逻辑、人物塑造、价值内核等进行文化解构,判断哪些内容可能引发译入语读者的文化隔阂,继而因地制宜地实施文化改写,使作品更加契合译入语文化语境和读者期待视野。另一方面,译者还要充分发挥文化创造力,在两种文化之间架设沟通的桥梁。通过对文化内涵的创造性阐发,译者要努力唤起译入语读者的文化认同,使他们在欣赏作品的过程中获得情感共鸣和精神愉悦。译者的主动创造,既是对原文的文化诠释,也是面向译入语文化语境的价值重构。

文化自译的成功实施,离不开译者的跨文化交际意识和能动创造精神。作为跨文化传播的积极参与者和推动者,译者要主动站在译入语读者的立场设身处地思考,充分考虑文化差异可能带来的阅读障碍,并积极采取灵活的应对策略。同时,译者还要充分发挥创造性思维,在不同文化之间积极探寻对话的可能,努力实现文化内涵的创造性转化和价值重塑。译者敏锐的文化洞察力和创造性文化诠

---

① Grutman, Rainier, and Trish Van Bolderen, "Self-Translation", In *A Companion to Translation Studies*, edited by Sandra Bermann and Catherine Porter, Chichester: Wiley Blackwell, 2014, p.324.

释，是文化自译得以实现的内在驱动力。

不难看出，"文化自译"本质上是跨文化传播的意义再生机制，其理论内核包含阐释学与创造性的双重维度。[①] 作为译者的主体性实践，它要求突破传统翻译的语际转换框架，转向文化符号的深度对话。正如学者指出，自译行为实质是文化主体在异质语境中重构意义网络的创造性过程。在《全职高手》的传播实践中，译者通过能指系统的重置与所指内涵的转码，实现了三重跨越：语言符号的表层转换、文化逻辑的中层调适、价值体系的深层对话。这种转化并非文化妥协，而是以主体间性思维重构文本的阐释空间，使电竞叙事在越南文化土壤中完成符号再生产。

由此可见，《全职高手》的成功海外传播，归根结底在于译者对文化自译策略的灵活驾驭。通过在叙事、人物、价值观等多个层面的积极转化和创造性阐发，译者架起了中国电竞文化与越南本土文化之间沟通的桥梁，赋予了作品鲜明的时代气息和本土特色，使之获得了越南读者的广泛认同。这一成功案例生动诠释了文化自译的奥妙所在，昭示了文化创造力在推动网文"走出去"中的关键作用，为中国网络文学的海外传播提供了宝贵启示。

二、《全职高手》在叙事层面的"文化自译"策略

在叙事层面，《全职高手》的文化自译主要体现在对电竞术语和游戏规则的灵活处理上。电子竞技作为新兴行业，其专业术语和比赛规则在不同国家和地区的普及程度存在差异。相较于电竞在中国的蓬勃发展，越南的电竞产业尚处起步阶段，许多专业术语和晦涩规则对于普通读者而言相对陌生。如何在叙事中跨越这一文化隔阂，使读者无需过多背景知识也能顺畅进入剧情，是译者面临的关键挑战。

针对上述问题，译者采取了本土化的叙事处理策略。一方面，译者对原文中

---

① Grutman, Rainier, "A Sociological Glance at Self-Translation and Self-Translators", In *Self-Translation: Brokering Originality in Hybrid Culture*, edited by Anthony Cordingley, London: Bloomsbury, 2013, p.67.

大量的电竞术语进行了选择性削减和创造性替换。为避免专业术语过多影响阅读体验，译者尽可能使用通俗易懂的表述代替晦涩术语，使叙事更加平实亲切。例如，"补刀"被译为"杀死小兵"，"Gank"被译为"埋伏"等，这些略去行话痕迹的翻译，拉近了普通读者与电竞世界的距离。另一方面，译者对游戏规则的介绍更加简明扼要，淡化了与主线情节关联不大的繁琐细节，突出强调对剧情发展至关重要的核心规则。译者的灵活叙事，在忠于原著精髓的同时，也迎合了越南读者的阅读期待，使作品叙事对更多读者敞开大门。

同时，译者还充分考虑到中越两国在语言表述习惯上的差异，对人物对话和心理活动的描写进行了巧妙调适。译者摒弃了原文中某些地道的中国式俚语，转而使用更加贴近越南语言生活的表述，使人物言行更加鲜活灵动、贴近生活。例如，译者将周泽楷的口头禅"太强了"改译为越南俗语"Nhanh như chớp"（快如闪电），既准确传达了人物的语言个性，又迎合了越南读者的欣赏习惯，拉近了人物与读者的心理距离。译者的创造性转换，使原本带有浓郁中国语言色彩的叙事更加国际化，减少了文化隔阂对阅读体验的影响。

由此，在叙事重构层面，译者实施了文化图式的转换策略。针对电竞术语的认知鸿沟，采取隐喻性替代原则，将专业性表述转化为目标语境的公共文化符号。通过叙事焦点的战略性位移，弱化技术细节的阐释负荷，强化竞技叙事的情感内核。这种调适不仅体现为语言能指的重塑，更在于重构文本的接受框架——将电竞文化的技术性表述转化为越南受众熟悉的奋斗叙事，使专业场景转化为普世性的成长故事。译者的创造性在于发掘两种文化系统的深层共鸣，将电竞竞技的对抗性转化为集体记忆中的拼搏精神，实现叙事逻辑的文化转生。

三、《全职高手》在人物塑造层面的"文化自译"策略

在人物塑造层面，《全职高手》的文化自译突出表现为对主要人物形象的本土化重塑。作为中国网络文学的扛鼎之作，《全职高手》塑造了以叶修为代表的鲜明电竞选手群像。然而，由于电竞产业在中越两国的发展状况不尽相同，职业选手在社会上的形象认知也存在一定差异。如何在人物塑造上迎合越南读者的文

化期待，使他们更易于接受和喜爱小说人物，成为摆在译者面前的另一道难题。

为了拉近人物与读者的文化距离，译者对叶修等主要人物形象进行了符合越南文化语境的创造性改造，着力突出人物积极向上、奋发进取的时代精神内核，从而唤起更多读者的价值认同和精神共鸣。例如，译文特别着墨刻画了叶修作为队长的责任担当和领袖气质，将之塑造为越南读者心目中励志奋斗的偶像式人物。译文还注重彰显叶修惊人的毅力与拼搏精神，对其一次次重返赛场、砥砺前行的斗志进行了细腻刻画，极大丰富了人物的精神内涵。译者的创造性阐发，使叶修的形象更加迎合"越南好青年"的价值理想，引起了读者的普遍认同。

另一方面，译者还对女性角色的形象塑造做出了符合时代风尚的创新表现。譬如，译文着重强调了苏沐橙作为女性职业选手的独立自强，着力刻画她在赛场内外的拼搏进取，将其塑造成当代越南女性的励志典范，满足了年轻读者对于新时代女性形象的想象期待。译者的巧妙改造使苏沐橙的形象更加立体丰满，也为小说吸引了更多女性读者。

进而视之，在人物塑造上，译者立足于中越两国社会文化差异，将人物形象与越南主流价值观念创造性对接，塑造了更加饱满立体、更具亲和力和感染力的人物形象。巧妙的文化自译策略，激发了读者对小说人物的价值认同和情感代入，架起了人物与读者情感沟通的桥梁。由此，《全职高手》在越南读者中收获了大量"粉丝"，叶修、苏沐橙等主要人物也成为广受追捧的精神符号，为小说的广泛传播注入了强劲动力。

四、《全职高手》在价值观念层面的"文化自译"策略

在价值观念层面，《全职高手》的"文化自译"主要体现在对电竞精神的跨文化阐释和创造性诠释上。作为新兴体育形态，电子竞技所弘扬的拼搏进取、公平竞争、尊重对手等体育道德内核，往往被忽视甚至遭受偏见。相较于电竞在中国的广泛认可，越南社会对电竞的文化价值认知还相对单薄。如何跨越文化隔阂，将电竞的积极意义传达给越南读者，化解他们对电竞文化的陌生感，成为译者肩负的文化使命。

译者敏锐地洞察到电竞精神与体育精神的共通性，主动实现了二者在文化阐释层面的创造性联结，使电竞在越南读者中获得了更为广阔的价值阐释空间。通过聚焦展现职业选手不屈不挠的意志品质和顽强拼搏的斗志，译文将电竞比赛诠释为自我超越、砥砺意志的精神历程，使之获得了更加崇高的人文意蕴。同时，译者还借助人物塑造、情节设置，着力彰显电竞选手胸怀大局、尊重对手的君子风范，将电竞比赛阐释为一种惺惺相惜的文化交锋，从而深化了电竞的文化品位。译者的创造性阐释，极大拓展了电竞的文化外延，使之更易为越南读者所理解和认同。

通过对电竞精神的跨文化阐释，译者成功实现了电竞文化内核与越南传统文化价值的对接融合。译文将电竞精神对应到越南社会所推崇的奋斗拼搏、勇于进取的时代价值，突出了二者在精神底色上的契合，唤起了越南读者对于电竞文化的价值认同。同时，译文还将电竞选手的高尚品格与越南传统的君子之风联系在一起，赋予了电竞更加厚重的文化内涵，使其在越南读者心中获得了文化认可度。译者的精妙阐释，跨越了文化隔阂，使电竞在越南获得了更为广阔的文化表达空间，也使《全职高手》收获了更多读者的精神共鸣。

质言之，在价值观念层面，译者以文化自译的智慧，积极探寻和发掘电竞文化与越南本土价值观念的契合点，创造性地实现了不同文化语境下精神内核的对接融合。巧妙的文化转换，不仅化解了电竞题材可能引发的文化隔阂，更成功唤起了越南读者对于电竞文化的价值认同，为《全职高手》收获广泛社会反响奠定了文化基础。

五、"文化自译"：《全职高手》越南传播成功的关键

"文化自译"之所以成为《全职高手》越南传播突破的关键，根本上在于它深刻回应了当下全球文化语境下海外读者对中国网络文学的期待视野。随着中国国际地位和文化影响力提升，海外读者对了解中国当代社会的兴趣日益高涨。他们渴望透过鲜活生动的文学作品，深入体味蕴藏其中的时代精神和中国智慧。然而，由于文化差异所导致的隔阂，许多优秀的中国网文在海外传播时难以被异域

读者所理解和接纳。

"文化自译"正是译者顺应这一时代呼唤，主动回应海外读者文化期待的创造性尝试。通过对原文的文化内涵进行深度阐发和创造性转化，译者努力突破表层的文化隔阂，挖掘作品所蕴含的人类共通价值，唤起海外读者的情感共鸣和精神认同。以《全职高手》为例，译者敏锐洞察到体育拼搏所彰显的奋斗精神和道德内核，是中越乃至全人类共同推崇的宝贵品质。因此，他们在翻译过程中突出强调了这一普世价值，淡化了电子竞技这一"小众"主题可能引发的文化隔膜，从而赋予原本的网游小说以跨越文化边界的时代内涵。译者对中国价值理念的深入挖掘和创造性诠释，使得这部作品获得了海外读者的广泛认同，成为其了解当代中国青年精神风貌的重要媒介。

由此可见，"文化自译"绝非单纯对异域文化的迎合，而是译者在主客双方文化间积极寻求沟通、实现融合的创造性行为[1]。它要求译者不仅要对译出语和译入语文化有着全面深入的理解，更要对人类普世价值有着敏锐洞察和把握。只有将二者有机结合，才能在呈现作品本土特色的同时，唤起海外读者的广泛共鸣。正是在差异融通中升华人文关怀，《全职高手》才跨越了文化隔阂，引发了海外读者的阅读热情。

放眼当下，"文化自译"的深层意蕴是顺应世界文明多元发展的时代呼唤，在交流互鉴中推动人类命运共同体的构建。在全球化语境下，不同国家和民族之间的联系日益紧密。促进民心相通、实现文明互鉴，是时代发展的必然要求。作为中外文化交流的重要载体，中国网络文学要想在海外赢得广泛认同，关键在于通过"文化自译"这一途径，深入发掘和阐发作品所承载的时代精神和人文价值，唤起世界人民对美好生活的共同向往。

从这个意义上来看，"文化自译"昭示了中国网络文学"走出去"的必由之路。它提醒我们，在海外传播过程中，要立足本国传统，放眼人类未来，努力挖

---

[1]　罗金：《西方自译研究新视野——〈自译与权力：欧洲多语语境下的身份协商〉介评》，载《中国翻译》，2019 年第 4 期。

掘和提炼反映时代价值取向、体现人性光辉的优秀作品，并通过创造性转化使其为海外读者所理解和认同。这既考验译者的文化素养和艺术修养，更考验其家国情怀和人文关怀。作为文化使者，译者要以"美人之美、美美与共"的豁达胸襟，在不同文明间积极促进对话，用文学的力量架设中外读者心灵沟通的桥梁。

第三节 "文化自译"研究的理论价值与实践意义

一、"文化自译"研究对跨文化传播理论发展的贡献

"文化自译"作为一种创造性的跨文化传播实践，其研究对于丰富和发展跨文化传播理论具有重要贡献。传统的跨文化传播理论往往侧重于文化差异对传播过程的影响，强调译者要尊重文化差异、避免文化误读。而"文化自译"研究则从更加积极的视角审视文化差异与传播的关系，关注译者如何在差异中寻求文化契合点，实现创造性转化，最终实现文化融通。这一研究路径突破了"差异-隔阂"的二元对立思维，彰显了跨文化传播的能动性和建设性，为跨文化传播理论注入了新的活力。

"文化自译"研究进一步揭示了译者在跨文化传播中的关键作用。与传统翻译不同，"文化自译"更加强调译者的主体能动性，要求其充分发挥文化主体意识和创造力，在忠实于原文的基础上实现文化再创造[①]。译者不再是两种文化的"搬运工"，而是积极的文化阐释者和传播者。这就从主体性视角深化了对跨文化传播的认识，彰显了译者作为文化"调适者"的积极作用，丰富了跨文化传播的理论内涵。

此外，"文化自译"研究还为探讨全球化语境下文化身份认同提供了新的理论视角。在跨文化传播过程中，文化身份往往面临同质化和二元对立的双重危机。而"文化自译"则提供了在差异中实现对话、在对话中达成认同的新路径。

---

① 桑仲刚：《探析自译——问题与方法》，载《外语研究》，2010年第5期。

通过对原文文化内涵的创造性阐发，译者架起了不同文化间沟通的桥梁，使原本隔膜的文化得以对话；通过对人类普世价值的深度挖掘，译者唤起了海外读者的情感共鸣，实现了文化认同。这一理论视角超越了文化身份的本质主义观念，彰显了文化身份建构的开放性和包容性，深化了人们对文化认同的认识。

总之，"文化自译"研究为跨文化传播理论提供了新的认知维度。传统理论框架多聚焦于文化差异导致的传播障碍，而"文化自译"揭示出文化异质性蕴含的创造性潜能。通过重新定义译者的主体性地位，该理论将跨文化传播的焦点从"差异管控"转向"差异激活"，构建了文化对话的动态模型。在翻译实践中，译者对文化符号的转码不再局限于表层适配，而是通过文化能指的创造性置换，触发目标语境中的意义再生产。这种范式转换突破了文化本质主义的桎梏，将跨文化传播视为文化基因的转译与再生过程，为理解全球化时代的文化互动提供了更具生命力的理论框架。

二、"文化自译"在网络文学跨国传播中的理论价值

在互联网时代，网络文学以其独特的传播优势成为中外文化交流的新平台。然而，由于不同国家文化语境的差异，许多优秀的中国网文在海外传播时难以被异域读者接受，"文化自译"理论为破解这一难题提供了新的思路，具有重要的理论价值。

首先，"文化自译"理论为网络文学的跨国传播提供了新的翻译范式。与一般文本不同，网络文学具有鲜明的草根性和互动性特征，更加贴近网民的日常生活和情感体验。这就要求译者在翻译过程中，不仅要忠实于原文内容，更要考虑如何唤起海外读者的文化认同和阅读兴趣。文化自译理论突破了传统对等翻译的局限，提倡译者充分发挥主观能动性，根据译入语文化语境对原文进行灵活改写，使其更加契合当地读者的阅读期待。这一理论为网络文学翻译实践提供了新的思路和方法，有助于提升网文的跨国传播效果。

其次，"文化自译"理论有助于实现网络文学的文化价值转换。与传统文学相比，网络文学在传播过程中更加强调知识和价值的快速转换。海外读者在阅读

中国网文时，不仅想了解异域文化，更期待从中汲取新知、获得启迪。文化自译理论提醒译者要高度重视作品所蕴含的文化内涵，通过创造性阐释将其转化为海外读者能够理解、认同的文化价值。译者要立足中国本土，放眼全人类，努力挖掘作品中体现时代精神、反映人性光辉的优秀内容，并以海外读者易于接受的方式加以表达。通过将知识价值、审美价值、精神价值等进行跨文化转换，译者能够激发海外读者的阅读兴趣，增进中外文化的理解互鉴。

再次，"文化自译"理论为构建网络文学跨国传播的话语体系提供了重要启示。网络文学以网民喜闻乐见的通俗化言语见长，但在跨国传播过程中，这种话语方式往往面临文化隔阂。文化自译理论提醒我们，要立足两种语言文化的差异，积极探索既能体现中国特色又易为海外读者所接受的表述方式。译者要创造性地利用译入语的语汇资源，灵活运用隐喻、双关等修辞手法，使作品言语更加生动鲜活。同时，要高度重视话语伦理，摒弃狭隘偏见，以开放包容的心态看待不同文化，努力营造平等互信的对话氛围。

由此可见，"文化自译"理论具有重要的跨学科理论价值，为破解网络文学"走出去"面临的文化隔阂难题提供了新的思路。它昭示我们，要立足互联网传播特点，充分发挥主体能动性，在跨文化语境中对作品进行创造性转化。通过文化价值的跨国转换、话语体系的创新构建，中国网络文学才能真正实现与世界的深度对话，在海外读者中唤起广泛共鸣。这对于提升中国网络文学的国际影响力、促进中外文化交流互鉴具有重要意义。

三、"文化自译"对中国网络文学海外推广的启示意义

当前，中国网络文学正以前所未有的热情拥抱世界。"文化自译"理论为推动网文"走出去"、提升中国文化国际影响力提供了诸多有益启示。

其一，要高度重视译者在中国网文海外推广中的关键作用。"文化自译"理论揭示，译者绝非原文的机械传声筒，而是创造性的文化"调适者"。在跨文化传播中，译者要充分发挥主观能动性，根据译入语文化语境对原文进行再创造，架设不同文化间沟通的桥梁。可见，译者的文化修养、艺术素养和创新意识，在

很大程度上决定了网文"走出去"的成效。因此，我们要注重翻译人才的选拔和培养，鼓励更多具有跨文化传播意识和创新精神的青年才俊投身网文翻译事业。通过搭建翻译人才培养平台、完善译者激励机制等举措，为中国网文海外推广提供坚实的人才支撑。

其二，要立足中国本土、放眼全人类，着力提炼体现时代精神、反映人性光辉的优秀作品。文化自译理论强调，要实现海外传播的突破，关键在于发掘作品的人文内涵，彰显能够引起世界各国人民共鸣的普世价值。中国网络文学要想在海外站稳脚跟，必须植根中国深厚的文化土壤，在继承优秀传统的基础上推陈出新，用生动的文学话语讲述中国故事、传播中国声音。同时，要着眼人类共同价值，努力挖掘作品中体现真善美、弘扬正能量的思想内核，唤起海外读者的情感认同。

其三，要充分运用互联网思维，创新网文海外传播的渠道和方式。新媒体时代，海外受众的阅读习惯和欣赏品味发生了很大改变。他们更加青睐移动化、碎片化、社交化的阅读方式。"文化自译"理论启示我们，要顺应互联网传播趋势，积极利用海外社交平台、数字出版等新兴渠道，开展网文的跨平台、立体化传播。通过精心策划跨国网络文学推广活动、建设国别化网文海外传播平台等方式，构建中外网文交流互鉴的立交桥。同时，要创新体裁样式，用海外读者喜闻乐见的叙事方式讲好中国故事。譬如，可以充分利用短视频、有声读物等新媒体形式，对优秀网文内容进行艺术再创作，提升网文的传播效果。

其四，要坚持以文化人，深化中外人文交流。网络文学的根本意义在于促进中外文化对话、增进民心相通。"文化自译"理论彰显，要在海外赢得认同，关键在于发挥文学的人文关怀功能，引导人们对美好生活的思考和追求。我们要以网络文学为纽带，加强与各国作家和读者的交流互动，讲述感人至深的中国故事，展现可亲可爱的中国形象。通过开展网文研讨会、读者见面会等活动，拉近与海外读者的距离，增进情感共鸣。我们要积极搭建中外网文交流合作平台，鼓励中外作家开展联合创作，共同为构建人类命运共同体贡献文学力量。

可以说，"文化自译"揭示了文化传播的"第三空间"构建机制。译者在源语与目标语的张力场域中，通过文化过滤、符号转码与意义重构的三重操作，创造性地培育出跨文化理解的中间地带。《全职高手》越南传播的成功实践表明，有效的"文化自译"需把握三个关键：文化符号的弹性转化度、价值内核的可持续传递性、接受语境的创造性嵌入。这要求传播主体建立文化洞察的双向通道——既深入理解源文本的文化基因，又精准把握目标语境的阐释期待，在动态平衡中实现文化信息的创造性转译。

四、"文化自译"研究的前景展望

"文化自译"研究正在突破传统翻译学的学科疆界，以问题为导向重构其理论范式。这一新兴领域通过整合传播学的"文化编码/解码"理论与翻译学的"文化转向"思潮，形成独特的分析框架——将跨文化传播视为文化基因的转译工程。在数字文明时代，这种研究视角呈现出三重创新性：其一，重新定义译者的文化中介者身份，强调其作为"文化调停人"的主体性实践；其二，揭示超文本语境中文化转码的非线性特征，突破传统翻译的线性思维定式；其三，构建人机协同的混合翻译模型，回应人工智能技术对文化传播的深层重构。这些理论突破使"文化自译"研究成为观察数字时代文化互鉴的重要理论路径。

从学科发展轨迹考察，"文化自译"研究正处于知识生产的爆发期。其研究疆域已从语言学层面拓展至文化符号学的深层结构分析，形成"微观－中观－宏观"的三维研究体系：微观层面关注语言符号的弹性转码策略，中观层面解析叙事框架的跨文化移植机制，宏观层面探讨价值系统的创造性对接路径。这种分层研究体系有效回应了全球本土化进程中的文化传播困境。例如在《全职高手》的越南传播中，微观层面的电竞术语转译、中观层面的团队叙事重构、宏观层面的竞技伦理转化，构成了完整的文化转译链条。该案例揭示出"文化自译"研究的方法论价值——通过建立可操作的分析单元，实现理论建构与实践验证的良性互动。

就实践导向而言，"文化自译"理论为网络文学跨国传播提供了系统性解决方案：一是建立文化符号的分层转译体系。比如，电子竞技小说中的拼搏精神，是一种放之四海而皆准的普世价值，可以直接移植到其他文化中；而修仙小说中的道教元素，则需要进行适当的解释和调整，以便外国读者理解。二是替换某些文化母题，激活读者的文化原型记忆，以实现不同文化之间的共鸣。三是在不同文化价值观之间搭建沟通的桥梁。要找到个人主义色彩浓厚的西方文化和集体主义取向的东方文化之间的最大公约数，构建一个缓冲地带，化解文化冲突。

面对技术介入的学科挑战，"文化自译"研究亟待建立技术批判的理论自觉。当前研究需要回应两大核心命题：其一，算法翻译对文化转码范式的解构效应。当机器翻译开始处理文化隐喻时，其"文化无意识"特性可能导致能指链的断裂；其二，人机协作中的阐释权重构问题。译者在算法辅助下可能沦为"文化校对者"，丧失深度文化调适的能力。总之，"文化自译"研究通过构建差异转化机制与意义再生产模型，为数字时代文化传播研究提供了关键理论突破。其在《全职高手》越南传播中的实践表明，通过文化符号的弹性转码、叙事框架的动态调适与价值系统的创造性对接，可以有效化解跨文化传播中的阐释危机。这种理论–实践的双向互动不仅为网络文学跨国传播提供了可复制的操作范式，更揭示了文化主体性在全球化语境下的新型建构路径。未来的研究应进一步拓展文化自译的阐释维度，特别是在人工智能介入翻译的背景下，探索人机协同的新型文化转码机制，从而推动建立更具解释力的跨文化传播理论体系。

💡 思考与练习

1. 文化差异对网络文学跨国传播的影响有多大？除了文化背景、价值观念、审美趣味的差异，是否还有其他重要因素影响着网文作品在海外的传播接受？不同类型的网文作品，受文化差异的影响程度是否一致？

2. 在当前日益多元的全球文化语境下，中国网络文学要实现更大范围、更深层次的海外传播，除了文中提到的叙事、人物塑造、价值观念等方面，译者还可以从哪些维度对原文进行创造性转化和文化自译？

3. 在"一带一路"建设的大背景下，如何发挥文化自译的独特优势，创新对外文化传播的理念、方式和渠道，推动中华文化走向世界，为构建人类命运共同体凝聚更多文化共识？

第九章

韩国新武侠小说中的中国元素

——以《火山归还》为例

    韩国网络类型小说是指从 20 世纪 90 年代 PC 通信时代开始在互联网上连载或公开并流行的小说，韩国著名的网站有 Hightel、Chenrian、Now Nuri 等。"网络小说"一词是在 2013 年 Kakao Page 等专门提供网络小说的平台出现，网络小说开始真正受到欢迎。[①] 目前，网络小说是韩国文化产业中的一个主要话题。据韩国内容振兴院相关文献介绍，2013 年 Naver 开始使用"网络小说"一词。2014 年国内网络小说市场规模停留在 200 亿韩元规模，2018 年突破 4300 亿韩元大关，到 2022 年，规模已超过 1 万亿韩元。随着网络小说很受欢迎，由网络小说所衍生的网络漫画、电视剧、游戏等形式也成为爆款，为 One-Source Multi-Use（OSMU）开辟了新天地。例如，Kakao Page 的《我独自升级》被改编成网络漫画，在日本、印度尼西亚、泰国、德国、巴西等国和中国台湾等地区大受欢迎。该网络漫画还以动画、NFT 等多种形式获得改编，取得了成功。2017 年在 Munpia 连载的《财阀家族的小儿子》于 2022 年作为 JTBC 电视剧播出，尽管是非地面电视剧，最终集在全国的收视率达到了 26.9%。同时，制作电视剧的制作公司的股价在一个月内飙升了约 88%，这些都证明了其在商业上的成功。这样，随着网络小说在文化产业领域的影响力迅速扩大，在社会文化层面同样引起了轰动效应。21 世纪 10 年代中后期，有关网络小说的研究也开始活跃起来。韩国学者吴泰英以网络文学学术研究信息服务为对象，分析了 2015 年至 2022 年韩国网络小说，研究显示，韩国国内学术论文中直接或间接讨论网络小说的论文共有 107 篇。

---

① 〔韩〕李健雄、魏君：《韩中网络小说的发展历程和特点》，载《全球文化内容》，第 31 页。

第一节　韩国新武侠小说的由来及其性向特征

1931 年孟川翻译的、中国大陆平江不肖生的《江湖奇侠传》在《东亚日报》上连载，这是韩国翻译的第一部中国武侠小说。通常认为，韩国武侠的开端是 1961 年金光柱将魏之文的《剑海古洪》改写后，在《京乡新闻》上以《政协志》为名开始连载。这部作品因情节紧凑、角色魅力而大受欢迎，成为韩国武侠小说的里程碑。据说因为这部作品获得了爆炸性的人气，作者一共连载了 800 多集，自这部作品连载后，武侠小说在韩国国内开始被人接受。而后卧龙生的作品也被大量地引进韩国，极受欢迎，甚至出现了"山寨版卧龙生小说"。在这种热潮之中，韩国作家们也开始独立创作武侠小说。

毋庸置疑，韩国武侠小说受到中国武侠文化的深远影响，中国古典文学中"侠义"精神与韩国本土文化相结合，形成了独特的风格。《政协志》通过长篇连载培养了韩国读者对武侠文学的兴趣，为武侠类型在韩国的发展奠定了基础。

武侠志通常被称为"高武侠"，"从 20 世纪 70 年代开始，韩国作家开始直接创作武侠作品，而从 80 年代开始，中国内地、台湾、香港等地小说改编的翻译武侠小说在韩国逐渐衰落。"[1] 也就是说整个 20 世纪 60—80 年代韩国主要依赖翻译中国武侠作品来满足大众阅读市场的需要。直至 20 世纪 90 年代，韩国诞生了自己的武侠小说，区别于以前流行的武侠形态，90 年代以后的武侠小说被称为"新武侠"。与中国大陆 20 世纪 80 年代流行的武侠小说一样，传统武侠小说曾以图书出租店为据点传播而广受书友的欢迎，这批作品最后大都与出租店市场的衰落一起同归于尽。

此外，随着媒介的迭代，韩国传统武侠杂志也因新媒体的出现和供给减少而陷入低迷。1986 年，翻译自中国香港作家金庸"射雕三部曲"的《英雄文》在韩国著名出版社高丽院出版，该书仅在韩国一地就达到了 200 万册的销量，武侠小说的爆款再次出现。随着 1993 年徐孝元的《大刺客桥》和 1994 年龙大云的

---

① 〔韩〕金在国：《韩国武侠小说存在的思考》，载《韩国文学批评研究》，2003 年。

《太极门》的成功，韩国武侠作家的作品开始陆续大规模出现。

自 21 世纪头十年开始，随着互联网 PC 通信事业的发展，移动通信连载小说和网络小说开始流行。韩国移动通信武侠小说以及 21 世纪 10 年代至今的网络新武侠小说成为目前韩国武侠的主要形态。其中比较有名的武侠小说有：

1.《刀王》《剑王》《拳王》等系列：作者龙大云，他被称为"韩国金庸"，其作品在韩国武侠小说领域具有较高的知名度和影响力。这些小说构建了宏大的武侠世界，人物形象丰富，情节跌宕起伏，展现了韩国武侠小说的独特风格和魅力。

2.《北剑江湖》：原作者为 Woogack，这是一部具有代表性的韩国正统武侠网漫的原著小说。漫画在画面设计和氛围营造上表现出色，其原著小说也有一定的吸引力。故事中有着精彩的打斗场面和独特的武侠设定，不过在剧情方面可能存在一些争议，但仍值得一读。

3.《护卫武士》：作者草雨。这部小说演绎了一段华夏武林的情幻大戏。书中人物关系复杂，情节充满悬念，既有江湖的纷争、门派的争斗，也有男女主角之间复杂的情感纠葛。

一、韩国"新武侠"网络类型小说

所谓"新武侠"，即一种新型武侠的统称。传统武侠是"以中国广阔的疆域为背景，叙述在堪称虚拟世界的江湖中发生的事件"。[①] 而在韩国著名武侠小说家左白和金山夫妇看来，韩国武侠网络小说通常以中原、江湖为背景，运用"权武不可侵犯""旧档案房"、沙派、政派、魔教等主要设定，展现了主人公的成长叙事。这也是为什么武侠成为一个很容易形成固定模式和类型的原因。不过，有些作品也可能不是一成不变的，往往因为它们的多类型的融合能给人带来乐趣。[②]

---

① Junhyeon Kim：《网络小说章节中使用的类型相关概念研究》，载《现代小说研究》（韩国现代小说学会），2019 年。

② 〔韩〕左白、金山：《网络小说作家类型指南 6：武侠》，Book，2016 年。

而与这些强调英雄成长叙事的传统武侠不同，新武侠主要讲述的是从战场归来的老兵、三流武士、占卜师等脱离江湖中心的人的故事。如：

1.《北剑江湖》：原作者为 Woogack，这是一部在 Kakaopage 平台上连载的网文。该小说在画面设计上较为出色，善于营造氛围，其打斗场景气势磅礴。不过，其题材虽是武侠，但台词和登场角色有时会有中二气息。

2.《华山拳魔》：也是 Woogack 的作品，与《北剑江湖》一样被改编成了网漫。这部小说的故事背景可能与中国的华山有所关联，在一定程度上受到了中国武侠文化的影响。

3.《武人李郭》：同样是 Woogack 的小说，在韩国网络文学武侠领域有一定的影响力，被改编成网漫后也受到了一些关注。

4.《护卫武士》：作者为韩国著名作家草雨。该小说演绎了一段华夏武林的情幻大戏，故事中涉及诸多类似中国武侠的元素，如武功、门派等。

5.《死神漂月》：是 Woogack 的作品之一，在韩国网络文学中具有一定的知名度，其故事充满了武侠的奇幻色彩和冒险情节。

6.《十兵鬼》：韩国武侠小说作家五彩池（笔名）的长篇人气武侠小说。故事以魔教教主死后，后继者们为了争夺新的教主之位而展开一连串斗争为背景，主角身为魔教教主的闭门弟子，因遭到陷害被迫与魔教展开对抗，从而展开了一连串的战斗与冒险。

7.《太极门》：龙大云创作的小说，是韩国"新武侠"的代表作之一。新武侠一改过去武侠小说流行的新人初出江湖的成长模式，摆脱了"劝善惩恶"的传统观念，正反派角色更加立体，文学色彩也更浓厚。

8.《大刀傲》：左白创作的小说，也是韩国新武侠的典型代表，为韩国武侠小说的发展带来了新的突破。

二、作者与故事人设的性向特征

在韩国，因作者的个人性别信息泄露所产生的性别歧视并影响作品评价的情形很多。很多奇幻类型小说通过出租店流通兴盛的时期，女作家常因自己的女性身份原因遭到诸如"是女作家，我不看"等冷淡的市场反应而被平台赶下了免费连载的公告栏，很多女作家的女主角奇幻小说被挤到了特定的小说连载平台上。因为在韩国亚文化中，"女主角"是指在男性化作品中被认为是或可能是男性主角的性对象。作品中的女性角色在权重上与一般"主角"有着明显的不同待遇。

这种情形在武术流派中更为明显。在 21 世纪 10 年代后期的武侠网络小说流行之前，武侠作家往往在公开个人身份的情况下，以笔名或真名创作作品，除了禹智妍（代表作有《狂剑有情》《青山绿水悲哀》《大师兄》《情与剑》《四川唐门》《决战前夜》以及《红叶万里》等）等少数女作家外，代表性作家大多是男性，因此自然强调了类型的男性气质。然而，21 世纪 10 年代后期和 21 世纪 20 年代的武侠网络小说热门作家，如青狐、青诗笑、咸草盐、银烈、飞歌等，通常使用难以预测性别的笔名。目前使用或公开真名的武侠作家大多是从旧武侠时期就开始活跃的作家。代表性作家有：张英勋，2004 年以《宝牌无敌》出道，2022 年开始在 NAVER 系列中连载《绝对回归》；雪峰，1997 年以《岩川明祖》出道，2021 年开始在 Kakao 页面上连载《血魔传人》；龙大云于 1986 年以《洛城武帝》出道，并于 2000 年开始连载《君临天下》，该书在大型网络小说平台连载至 2019 年；左白于 1995 年以《大刀傲》出道，他与妻子金山一起，于 2020 年连载《米尔传说：金甲刀龙》。

严格地说，武侠通常以现实世界中不可能存在的奇幻空间为背景的奇幻，其中男性类型可以粗略地定义为奇幻类型。考虑到男性类型的这些特点，很多人将不同于传统浪漫的浪漫幻想和女主角幻想结合起来的类型称为"女性幻想"，将男性向称为"男性幻想"。通常有人还会探讨女性向类型和男性向类型所表现出的异质性、混杂性及其变化。

如武侠小说《火山归还》①中的碧嘉，浪漫奇幻小说《我以为这是常见的附

---

① 金庆润：《网络小说〈火山归还〉销售额超过 400 亿韩元……Naver 网络小说中最大的》，韩联社，2023 年 2 月 6 日，https://www.伊娜公司.kr/view/AKR20230206034900005，访问日期 2023 年 8 月 7 日。

身物》中的柠檬蛙，现代奇幻《全知读者视角》中的星雄，奇幻《剑圣》中的Q10等。都以"中性"著称。"中性"一词意味着其特征介于男性和女性之间，但从前面的例子可以看出，很多韩国网络作家的笔名本身并没有给出有关性别的线索或暗示，因此被称为无性作家。例如，如果作者的名字是"秀贤"，可以说是中性笔名，但如果是"秀"，则可以说是无性笔名。

第二节　《火山归还》中的中国元素

《火山归还》（*Return of the Flowery Mountain Sect*）是一部韩国新武侠长篇网络小说。该小说作者是韩国网络文学创作者红志勋（Hong Ji-Hoon）。这部小说以独特的武侠世界观、复杂的情节构建，以及充满戏剧性的角色发展吸引了大批读者。主角是大火山派的第 13 位弟子、天下三大剑客之一的梅花剑尊"青明"。他在击败了让世间陷入混乱的天魔之首后，在山顶逝去。然而，他竟跨越百年，重生在一个孩子的身体里。重生后的世界，火山派似乎面临着被毁灭的命运，主角发出"火山派若被毁，那简直是胡闹"的呐喊，开启了拯救没落火山派的艰难历程。小说情节跌宕起伏，有重生后的身份适应与探索，也有面对门派危机的艰难挑战，以及与各方势力的争斗等元素，充满了武侠世界的热血与豪情。该小说篇幅较长，截至 2023 年 11 月 22 日已连载至第 1627 集。作品在韩国的网络小说平台 Naver 上进行连载。除了文字小说形式，这部作品还被改编成了其他媒体形式，如网络漫画、动画电影、有声读物等，进一步扩大了影响力。

类似《火山归还》的韩国网络小说还有：

1.《护卫武士》：作者是韩国著名作家草雨。故事背景为武林世界，书中有门派纷争、权力斗争等元素。主角司空云成为龙府的护卫武士，在保护龙府小姐龙雪儿的过程中，经历了各种艰难险阻和情感纠葛。情节跌宕起伏，既有精彩的武打场面，又有复杂的人物关系和情感冲突，与《火山归还》的武侠风格及情节的复杂性有一定相似之处。

2.《我独自升级》：这是一部由韩国网络小说家 Chugong 创作的小说（也有

改编的漫画）。该作品的主角程肖宇在一个类似游戏世界的环境中不断升级变强。他原本是实力较弱的 E 级猎人，通过不断挑战、打怪升级，逐渐成长为强大的存在。这种在特殊世界中不断成长、逆袭的设定，与《火山归还》中主角重生后不断提升实力、改变命运的情节走向有相似之处。

3.《弑神》：根据 Dokgojin 原著小说改编的韩国漫画（也有小说原著）。故事中人类被魔族带到地狱，被迫进行生存之战。主人公车武赫在这个残酷的环境中不断成长，结识朋友、爱人和师长，并决心找出将他带来的那个存在并杀死。这部作品和《火山归还》一样，都有主角在艰难环境中不断奋斗、成长的情节，且都带有一定的奇幻元素。

一、关于作品中"中原"的概念

韩国武侠作家左白·金山夫妇列举了构成武侠的四个主题词：武、侠、中原、科场，并将武侠定义为"在中原展开的武侠与侠义的夸张故事"。所谓"江湖武林存在的中原，是一个武士的世界，展现出超出凡人能力的梦幻无为，是为了创造想象空间而有意引入的'幻想空间'"。①

主角钟（Chung）在山中进行思考，他所担忧的并非是门派中排行第二的成员们的训练情况，而是他们无法种出梅花这一现象，不过他相信他们终有一天会自己学会这门技艺，随后他便在树林中开始训练。没想到，Wi So Haeng 惊慌失措地出现在钟的住所，从 Wi 的恐惧和焦虑中可以看出，他们所处的地方陷入了大麻烦。Wi 最终透露，敌对的门派已经对"火山派"发动了攻击，并且这些敌对势力还计划攻击"武当派"。作为回应，Wi 决定带着钟一起去执行消灭敌人的任务，这一举动让所有人都感到惊讶。

——《火山归还》第 72 章节梗概

---

① 〔韩〕宋嘉允：《新武侠网络小说的男性／女性读者对混合叙事结构反应的比较研究：聚焦新武侠网络小说〈火山归还〉和女性人物"唐素素"》，韩国西江大学硕士论文，2023 年。

Wi So Haeng 将与钟面对面，请求钟的协助，钟意识到这并非易事，但 Wi 必须向钟展示他能从中获得的好处。当他们达成协议后，钟计划去见 Un Gum，他认为这将有助于提升自己的能力，或许经历更多能让自己变得更强大，并且他相信自己最终会赢得 Wi 的信任。按照 Un Gum 的命令，钟陪着 Wi 去了解整个事情的经过，这迫使他前往南阳去对抗武当派。而武当派的首领在听到这个消息后，使用各种不光彩的手段试图击败并消灭钟。

——《火山归还》第 73 章节梗概

包括《火山归还》在内的韩国武侠小说中所提及的"中原""南阳"等地域概念，通常是基于韩国作者对中国古代地域概念的理解和想象。一般来说，大致可以对应到以下一些中国的地区：

1. 传统的华夏文明核心区域

黄河中下游地区：包括今天的河南、山东、河北南部、山西南部、陕西东部等地区。这里是华夏文明的重要发祥地之一，在古代有着高度发达的农业文明，诞生了众多的王朝和文化中心。例如河南的洛阳、开封等城市，在历史上多次成为重要的政治、经济和文化中心，有着深厚的历史文化底蕴。

关中地区：即今天的陕西中部，以西安为中心的地区。这里地势险要，土地肥沃，是中国古代多个强大王朝的建都之地，如秦朝的咸阳、西汉和唐朝的长安等。关中地区在政治、经济、文化等方面都有着极其重要的地位，对中国古代历史的发展产生了深远的影响。

2. 文化繁荣和经济发达的地区

长江中下游地区：包括江苏、安徽、浙江、江西、湖北、湖南等省份的部分地区。这一地区水网密布，土地肥沃，气候适宜，经济发展较为繁荣。例如江苏的南京，曾是多个朝代的都城，有着丰富的历史文化遗产；浙江的杭州，在南宋时期成为都城，经济和文化达到了很高的水平。

四川盆地：即今天的四川省。四川盆地地势相对封闭，内部土地肥沃，水源充足，有着独特的地理环境和文化特色。在古代，四川地区有着较为发达的农业和手工业，也是中国西南地区的重要政治、经济和文化中心。

需要注意的是，这只是基于一般的历史地理概念对"中原"的理解，在韩国武侠小说中对"中原"的具体指代可能会因作者的创作意图和理解而有所不同。

二、社会结构模式

晚清，满洲镶红旗人文康写了一部著名的《儿女英雄传》，许多学者将此作与《红楼梦》做比较，然后得出了批判性的结论，大多认为此作是一部维护封建纲常的平庸之作。传统的才子佳人小说历来将儒家美德视为叙事行为"合理性"，唐传奇中的红线女和聂隐娘，都是有着超人的剑术和神秘的身世以及美艳的姿容，堪称《儿女英雄传》中何玉凤的原型。"孙楷第将何玉凤的形象溯至凌濛初（1580—1644）《初刻拍案惊奇》（1628）中的话本《程元玉店肆代偿钱，十一娘云岗纵谭侠》，以及王世禛（1634—1711）《渔阳文类》中的一则小品。"[1] 关于何玉凤这个女侠，她绰号"十三妹"，其父中军副将何杞被大将军纪献唐所害。十三妹避祸老英雄邓九公家中，得其口传心授，锤炼而成复仇女侠。她在袭击杀父仇人的途中，路见不平，才介入安骥的劫难。

显然，作者文康通过何玉凤这样的原型的塑造，表现出对"现世荣耀之礼赞，信仰否极泰来的古训"[2]。某种意义上，评论者从性别角色出发，为此类人物找到了他们在社会秩序中的位置。

通常意义上，韩国武侠中的女性人物再现与奇幻中的女性人物再现，以及女性向类型中的男性人物再现的特别区别在于，中原武侠的时空背景是以男尊女卑、父权制和"强者尊"为前提的。这里的强者自大意味着只有强者才能生存的法则。可以说，在适者生存的生存法则中，"适者生存"被解读为"强者"。与

---

① 孙楷第：《关于〈儿女英雄传〉》，收入王俊年，第264—265页。转引自王德威：《虚张的正义——狭义公案小说三：女侠的雌伏》，载《被压抑的现代性——晚清小说新论》，宋伟杰译，北京：北京大学出版社，2005年。

② 王德威：《虚张的正义——狭义公案小说三：女侠的雌伏》，载《被压抑的现代性——晚清小说新论》，宋伟杰译，北京：北京大学出版社，2005年。

武侠不同的是，奇幻类型中的强自尊与其说是社会上长期达成共识的强自尊，不如说更像是在反乌托邦世界或异世界这种特殊情况下，原有社会所拥有的道德规范被弱化后突然又被强化的法则。

在武林传统中，女性学习武术被认为是一种禁忌，在武士的男尊女卑世界观中，女性若想成为武士，则她们与从事编织、缝纫、家务、协助丈夫生儿育女的普通女性生活相去甚远。

甚至对很多男人来说，女性只是一种陪衬，或者需要时可以任意更换。即使一个有权势的女性角色，在很多情况下，男主角或同等的男性角色也可以通过与女主浪漫的爱情来获得。这种描述意味着武侠背景通常以女性地位低下为前提。女性人物即使被男性人物强行进行身体接触或殴打，也会与他坠入爱河，直至组建家庭给读者带来满足感。

可见，韩国的武侠小说中性别角色与中国传统文学中性别角色并无二致。

而对于韩国新武侠而言，《火山归还》中的女游侠即使武功不是非常高明，但本身也是一种与众不同的存在，无异于社会异端。韩国武侠小说评论家梁寿忠在谈到"女侠"时说："娇媚柔弱的女人战胜凶狠的男人，比男人之间打架要刺激得多。"[1] 这意味着赋予女性角色的典型性与赋予武林的"强自尊"的男性气质毫不协调，从而创造出新的爽点来。另外，梁寿忠还认为，女侠能够演绎"对比之美"，也是一个重要的趣味元素。女侠是一个生硬却又妖艳的存在，强大到足以征服普通男性却又在社交上不如男性，美丽神秘与偏激的矛盾存在，因为她的存在本身就给人以爽感。因此，尽管武侠被认为是一种与浪漫相互排斥的类型，但男主角和女主角之间的浪漫或性（情色）关系会激发出读者的阅读快感。

此外，在任何情况下，主角都必须是对的，他们不假思索或为了利益而做的事情最终被证明是正确的选择，无论是为了世界还是为了主角的生存。"侠"的概念在韩国网络小说中也以现代变体的形式出现。与中国正统武侠相比，当今韩国武侠中所体现的"侠"是一种期望或知道对自己有利并给予帮助的"义"概

---

[1]　梁寿忠：《为武侠作家建设武林世界的战斗》，载《田野》，2017年，第199页。

念，表明人们渴望一个"聪明"的主角，他深谙利害关系，给读者带来情感带入上的满足。

只是武侠以"中原"这一特殊时空为背景，"升级原作人物"的表现与现代奇幻有所不同。过去，"中原"被再现为一个比现代韩国更加以男性为中心的社会，而武林社会也遵循只有强者才能生存的强者自尊法则，所以武侠可以更戏剧性地实现男性的梦想。这可作为此类型的设定背景。

在现代奇幻中，奇幻元素"后宫"代码在中原的背景下被实施为一夫多妻制。这是女性奇幻作品中出现的虚拟时空与父权制和西方王政制的社会有很大差别的地方，后者仍然以对女性不利的社会批判为前提。因此，武侠中的"升级"，只要回归或转世就足够了。《光魔回归》《绝对回归》《前世剑神》《回归秦有清》《火山前世》《权王轮回》《轮回百道知生》《轮回表师》《学士重生》《男子回归》《轮回天马》等作品的名字中直接提及回归和轮回，带有这些母题的作品仍在热销之中，还有诸如次元转移等其他叙事模式和叙事母题。

第三节 《火山归还》中的叙事模式

《火山归还》中的唐素素是四川唐家一家之主唐君岳的独生女，由于是女性，她不可能继承到唐家祖传下来的毒器和暗器（暗器是指可以隐藏起来不被人看到的武器，其中代表性暗器是唐家使用的飞刀。飞刀指的是匕首。故事中，唐家使用飞刀暗技）以及此类秘笈技艺，这也预示着她将注定要通过父母包办婚姻，并终生将被束缚在权贵家族中过着传统的少奶奶生活。

然而，等待有一定权势、门当户对的人家做儿媳的唐素素，利用男主人公一行人拜访唐家的机会，拒绝时代强加给她的命运，试图与男主人公青明走近，主动促成这桩婚姻。然而，她被柳怡雪提出可以作为剑女的生活所吸引，她意识到通过作为一个男人的妻子来改变自己命运的可能性是有限的，于是她义无反顾地成为火山派的弟子。成为火山派弟子后，因她得益于唐家祖传的医术，尽管能力有些不足，但还是与男主人公青明一行人一起踏上了另外一种生命旅程。

一、通过塑造一个具有"现代意识"的女性形象来抵抗传统的男权社会

对于韩国读者来说，武侠小说是一种可能被认为令他们理解有困难或难以理解的类型，因为它基于中原和武林的定型设定和侠的中心价值观。为此，人们尝试了多种变奏，其中之一就是"由一个与武林无关的异类角色来担任主角"。

这种策略之所以有效，是因为从外部世界进入内部世界的人物与从外部世界（即现实世界）进入内部世界（即小说中的世界）的读者具有相同的位置。正如前文第二章中提到的那样，自21世纪10年代末以来，网络小说的基调已经成为"替代满足"。因此，读者能否被作品中的人物所代入，成了考量这一时期的网络小说质量高下至关重要的因素。在现实世界中，个体人物的性别会影响作品的很多方面，所以在撰写网络小说时，将主人公的性别设定为与目标读者的性别相同大抵是网络小说家们心照不宣的不成文规则。

唐素素的首次亮相，是在家中被她父亲唐君岳介绍给青明一行人，此时她穿着一身"华丽宫装"，因为头饰太多，直接让没有见过此等场面的人担心——她因此会不会"挂断脖子"（在武侠中，宫装是指女人穿着的、像宫廷服饰一样的正式华丽服装，而在该场景中，唐素素的宫装被描述为不适合在权贵家中穿着）。在这一次见面之后，唐素素在青明一行人住在唐家期间，每天都去主动接近青明，甚至自己还为他们端饭端酒，若是在处所没有看到青明，她就开始四处寻找青明，试图来逼婚。唐素素想要通过嫁给青明来摆脱她作为四川唐家一家之主的独生女不得不接受的生活。在她弟弟唐展问唐素素为何突然要结婚，唐素素回答说，如果错过"这次机会"，父亲只能把自己嫁到他认为"合适的地方"。作为唐家之女，她虽有至高的地位，但她知道自己不可避免被"命运"所摆布，她对这个可怕的现实充满了厌恶和抵触。

也就是说唐素素与青明成婚的用意非常清晰，作为唐家唯一的女儿，如果要嫁人，她也会由自己决定自己的命运。青明是她父亲邀来帮助他一起解决四川唐家族内部的政治冲突的人，因缘结盟，此人实在是不可多得之才。这也预示着他

将是未来四川唐家族不可替代的首要人选。

"把所有的灵丹都分给这么多人？（……）你到底在这里做什么？"

她医术高超，多次登上讲台，根本不用尝试。

我可以看到灵丹有多值钱。（……）"哪个门派会将这宝贵的灵丹分给三代弟子？"

即使在被称为四川失败者的四川唐家族，也能闻到灵丹的香味，这是家族的责任。

其中，只有核心人物。（……）

用它来吸引门徒的忠诚。（……）

唐素素越经历，就越无法理解这个火山门派。

——《火山归还》第 248 集

显然，作者通过唐素素来讲述武林的人物或这样的叙事来吸引读者的兴趣，让读者了解武林的世界观。同时，通过对唐素素"现代性"人格的塑造，实现了中国模式的韩国化。

二、突破了传统武侠对女性形象的既定人设

在传统武侠小说中，美女通常被描述为通过她们美丽的外表让对手对自己产生欲望，然后她们以此从中获得男性的青睐。因此，女性人物关心的是来自对方的"感情"，并不管对方目的如何。而《火山归还》中的唐素素认为，自己从一开始就依据周密的计划得出她与青明的婚姻未来一定是对自己有利的结论，在她看来青明也会依据她这样的计划接受自己这个好妻子。可青明偏偏不接受这桩婚姻，面对唐素素的反向追求，他甚至有些惊慌失措地极力躲避。

每当青明回避她的时候，唐素素就会不顾一切地"托住裙摆冲向青明"，甚至在青明准备离席与唐君岳谈话时，唐素素直接命令弟弟"把青明少侠接到父亲那里，抓好，不让他逃跑，带到我的住处"。

《火山归还》中的女性形象与晚清的武侠小说《儿女英雄传》一样，都有着反套路的模式。在王德威看来，《儿女英雄传》"这部小说的野心不只在以女侠历

险的新瓶，盛装英雄主义的旧酒；毋宁说，它更想探究的是狭义英雄主义的底蕴。就文康（编者注：武侠小说《儿女英雄传》的作者）而言，侠骨只有辅之以柔情，才算功德圆满……文康指出，传统小说的短处，在于无法在称颂侠烈英雄本色的同时，表述儿女情长之重要，或反之，不能在细描绵绵情意的同时，凸显英雄气概的无可或缺《儿女英雄传》的目的便在于将儿女情和英雄义两种模式融会贯通起来"①。同样，在《火山归还》中，唐素素的反叛既有对《儿女英雄传》的超越，也是"现代意识"的觉醒，这明显是中国传统武侠韩国化的典型。

三、对唐素素个性化的"男女同体"适配韩国社会意识形态中底层逻辑的需要

20 世纪 50 年代以来，中国武侠小说被大量生产并传播到冷战时期的东亚诸国，作为一种亚文化和娱乐项目受到当代自由阵营东亚国家韩国非精英阶层男性的普遍欢迎。②唐素素人物叙事所创造的男女同体混血儿，一方面让女性读者熟悉，另一方面又让男性读者获得一种新鲜感，使得作品拥抱更广泛的读者群。而这种包容性导致了读者群体的混杂性，因此读者的竞争就很突出。读者在第一反应中，对围绕唐素素的混种、性感到有趣、新鲜，因此，大多数读者持接受态度。

然而，将唐素素的人物叙事命名为女性向人物叙事，此时主要的争议点是类型的规范。融入女性角色创造的叙事并将其与现实世界联系起来，这样的设定常被一些读者定义为不遵守男性向类型规范，甚至被定义为女权主义或同性恋。通过这些规定行为，男性向类型和女性向类型以及消费这种类型的读者显然都被固化了。

---

① 王德威：《虚张的正义——狭义公案小说三：女侠的雌伏》，载《被压抑的现代性——晚清小说新论》，宋伟杰译，北京：北京大学出版社，2005 年。

② Jae-min Yoon：《武侠写作或 1990 年敌对男子气概的后冷战文化理论——聚焦柳河的〈武林日记〉和金英河的〈武侠学生运动〉》，载《韩国研究》（第 51 期），仁荷大学韩国研究所，2018 年，第 17 页。

尽管这种固化存在反弹或变异，在男性读者和女性读者的反应中都被观察到了将男性向类型固化的反弹。也有很多人反对读者反应层面的体裁规范，坚称阅读理解会随着时代而变化。此外，当这些讨论扩展到对中国《赘婿》等武侠作品中相关女性角色的设定时，可以清晰看到韩国读者在自己真实的现实世界、文学作品，以及个人价值观之间不停地穿梭，因而他们可以在作品体裁规范内创造出新的话语。

青明获得第二次生命是在火山派的没落中，很多读者将此与大韩民国的近代史进行了类比。甚至他们还把青明和华山派杀天魔救世称为"独立运动"，把青明和火山派称为"独立斗士"，把躲在火山派背后唯利是图、背叛火山派的其他大正派称为"亲日派走狗"，把被盗的武术秘笈称为"地契"和"佛像、石塔和画作"，并积极认同这些称谓。很多读者认为，这样的类比是"现在韩国的现实"，读来让人更"痛"，让人"血压"上升，实在是"太感人了"。甚至有的读者还打比方说"甚至相当于日语已经成为第二语言的状况"。有评论还将被"偷"的武术秘笈比作"厨师的秘制酱汁"。

四、中国大陆的"赘婿文"类型作为一种副文本对韩国读者接受产生了不少的影响

毋庸置疑，四川唐家族的这种设定经常出现在正统武侠中，即使在 21 世纪 10 年代后期的网络小说中仍然沿袭。如郑俊的《火山前世》于 2016 年至 2018 年连载，还登上了 Kakao Page 的订阅"百万页"，小说主人公朱瑞天收到了四川唐家的邀请，询问他是否愿意娶其女；延良的《成为四川唐门的女婿》于 2021 年开始在 Naver 系列和 Kakao 页面上连载，而这部作品是男主从成为四川唐家的女婿开始进行叙事。

《火山归还》中的人物家族史与青明的元关系也是围绕四川唐家族的中心力量父亲唐君岳展开的。除了孤儿尹钟之外，家族之外的人与唐君岳都建立了元关系。与传统武侠一以贯之将女性与男侠会发生爱情的母题不同的是，唐素素与火山派另一个主要女性人物刘怡雪所建立的只是一般意义上的姐妹情或师徒关系。

反过来说，这也使得《火山归还》中的刘怡雪和唐素素与男主青明一起牵引着冒险故事成为可能。与此同时，小说也没有采用赘婿类型作为设定，这让唐素素无法摆脱在家族中女性一贯受到歧视的境地。然而，唐素素作为中介人在完成自己的社会成就的同时，形成了《火山归还》这样一种独特的叙事结构。

这种结构可以说影响了读者的阅读体验。故事中虽然没有提到女婿，但引发了读者对武侠网络小说的讨论。在《火山归还》第 1400 集之后，四川唐家族只承认男性为家族成员。对此，一条希望"唐家女人"摆脱"传统之名的偏见和恶习""认同为唐家人"的留言获得 2100 多个读者的点赞，成为最佳留言。①

有趣的是，也有读者在围绕唐素素的浪漫叙事和社会成就叙事的建构过程中，以四川唐家的家风为背景从性别角度讨论新武侠类型的成规和范式。成为其母题的正是"赘婿风"，这是向女性传授愿景的一个前置条件。可见，中国的"赘婿"类型依然可以作为外译传播到韩国，而这又是韩国网络作家以来自四川唐家的唐素素逃离家族、女性受歧视的叙事来达成的。

第四节　韩国新武侠小说的现代意识

从《火山归还》这部网络作品可以看出，韩国新武侠小说的现代意识体现在以下几个方面：

一、主题深度拓展与现实关照

对人性的复杂刻画：小说不再将人物简单地划分为绝对的善与恶，主角和反派都具有多面性。主角可能会在江湖纷争、权力斗争中面临道德困境和内心挣扎，其行为动机和选择更加符合现实中人们的复杂心理。例如，小说中的一些侠客在追求正义的同时，也会有自己的私心和欲望，他们在面对友情、爱情、亲情与侠义之道的冲突时，会陷入艰难的抉择，这种对人性的深入探讨使人物形象更

---

① 〔韩〕宋嘉允：《新武侠网络小说的男性／女性读者对混合叙事结构反应的比较研究：聚焦新武侠网络小说〈火山归还〉和女性人物"唐素素"》，韩国西江大学硕士论文，2023 年。

加立体真实。

社会问题的反思：关注社会现实中的各种问题，如阶级差异、权力腐败、贫富不均等，并通过武侠世界的情节加以呈现和批判。比如，小说中可能会描写一些底层侠客对不公平社会秩序的反抗，或者揭示江湖门派、武林世家之间的权力争斗背后所反映的社会阶层矛盾，使读者在阅读武侠故事的同时，也能对现实社会有所思考。

二、叙事手法的创新与多样化

非线性叙事结构：突破传统武侠小说的线性叙事方式，采用倒叙、插叙、多线叙事等手法，增加故事的悬念和层次感。例如，小说可能从一个神秘的事件或人物的回忆开始，逐渐揭开背后的江湖恩怨和复杂关系，让读者在阅读过程中不断猜测和推理，增强了阅读的趣味性和吸引力。

视角的多元化：不再仅仅以单一的主角视角来讲述故事，而是采用多视角叙事，包括不同人物的视角、旁观者的视角等，让读者能够更全面地了解故事的全貌和各个人物的内心世界。这种叙事方式使故事更加丰富立体，也有助于展现不同人物之间的矛盾和冲突。

三、人物形象与角色设定的转变

女性角色的崛起：女性不再是传统武侠小说中处于从属地位或仅仅作为男性角色的陪衬。在韩国新武侠小说中，女性角色拥有独立的人格、强大的武功和坚定的信念，能够与男性角色并肩作战，甚至成为江湖中的领袖人物。她们在追求自己的爱情、理想和事业时，展现出了勇敢、智慧和坚韧的品质，反映了现代社会对女性地位和价值的认可。

平民英雄的塑造：除了传统的大侠、高手等英雄形象外，韩国新武侠小说中还出现了许多出身平凡的平民英雄。这些人物没有显赫的身世和高深的武功，但凭借着自己的勇气、智慧和努力，在江湖中逐渐崭露头角，实现了自我价值。这种角色设定更贴近普通读者的生活，使读者更容易产生共鸣。

四、文化融合与创新

本土文化与外来文化的融合：在保留韩国传统文化元素的基础上，积极吸收和融合其他国家和地区的文化元素，如西方的哲学思想、日本的动漫文化等。例如，小说中可能会出现一些融合了西方魔法元素的武功招式，或者借鉴日本动漫中的人物形象设计和情节设定，使作品呈现出独特的文化魅力和创新精神。

对传统文化的重新诠释：对韩国传统的武侠文化、历史传说等进行重新诠释和演绎，赋予其新的内涵和意义。比如，对韩国古代的义贼故事进行改编和创新，使其更符合现代读者的审美和价值观，同时也为韩国武侠小说的发展注入了新的活力。

五、价值观念的更新

个体自由与独立精神：强调个体的自由和独立，主人公不再仅仅为了江湖道义或门派使命而行动，更注重追求自己的理想和生活方式。他们勇于突破传统的束缚，追求自己的爱情、自由和幸福，体现了现代社会对个体价值和自由的尊重。

团队合作与友情的重要性：除了个人英雄主义的展现外，韩国新武侠小说也强调团队合作和友情的力量。主人公在江湖中会结识各种各样的朋友和伙伴，他们共同面对困难和挑战，相互支持、相互帮助，这种团队精神和友情的描写反映了现代社会中人际关系的重要性。

当然，作为中国武侠的外溢效应，韩国新武侠小说对传统中国武侠进行了本土化的融合与再创造，获得了韩国读者的青睐，这也从一个侧面反映了东亚文化的互鉴性，同时也给中国文学界带来不少有益的启示。

💡 思考与练习

1. 韩国新武侠小说文化谱系中有哪些中国元素？

2.《火山归还》中的中国网络文学元素有哪些？

3. 韩国新武侠具有哪些"现代性"特征？

第十章

中国网络类型小说改编剧的海外传播

中国网络小说改编剧的国际传播，是指将中国网络文学作品改编成电视剧、网络剧、电影等形式，通过授权海外机构或者是国际版权运营的方式，在海外网络、电视台等平台进行播放，吸引各国观众观看。通过国际传播来打造国家在国际舞台上的形象与影响力从本质上来说是一个长期的战略塑造过程。当今，影视剧的传播在国际传播建设中具有重要作用，包含了经济、文化等多重意义，是新时代中国对外输出文化的主要载体，也是提升国家文化软实力的象征。电视剧兼具娱乐功能与文化内涵，可以通过视觉化的叙事帮助国际受众完成对画面内容的读码与解码，从而实现价值观的共情与认同。因此，它的成功传播将有助于中国对外输出文化，塑造良好的中国形象。同时，国产网络小说改编剧秉持着推动中国文化"走出去"的核心理念，不断融入海外传播市场，在改编剧的题材内容、叙事方式、宣传方式等方面也做了积极融合创新，逐渐构建起国产网络小说改编剧的国际传播新格局。

第一节　古装穿越剧——《步步惊心》

2011年，由上海唐人电影制作有限公司出品，改编自桐华同名长篇小说清装穿越剧《步步惊心》播出。原作被誉为"清穿扛鼎之作"，与《梦回大清》《独步天下》并称为"清穿文三座大山"。

《步步惊心》以康熙年间九子夺嫡的故事作为大背景，讲述了现代都市白领张晓因发生车祸，产生意外穿越至清朝康熙年间，成为马尔泰·若曦，卷入夺嫡纷争当中，环环权谋，步步惊心。尽管若曦作为穿越者拥有上帝视角，但她仍未逃过被时代同化的命运，从一开始自由洒脱、具有独立思想的新时代女性一步步沦陷，成为一位多愁善感的悲剧人物，在无限遗憾中耗尽心力。她也曾试图反抗既定的命运，改变历史发展走向，然而在多次理想与现实的冲突中认识到了历史的不可逆性。在历经几番爱恨嗔痴的精神消耗下，最终油尽灯枯，悲伤离世。

《步步惊心》播出距今已有十数年，已然成为古装穿越剧中的经典代表作之一。小说作者桐华以史实为背景，虚构符合小说故事发展的人与物，所设计的故事情节也是高潮迭起。而电视剧又基于小说文本内容、经过编剧悉心改编以及演员的生动表演，演绎出民间流传的九子夺嫡的故事，在对小说原著真实还原的同时，更将文字意境尽力展现。区别于一贯的言情小说文字风格及故事情节，《步步惊心》以其独具风格的历史演绎和凄美绝伦的爱情架构独树一帜，虽披着穿越剧的外衣，却道出了旧时代的残酷无情。皇子之间的权谋宫斗，人物之间的感情纷争，不确定的命运防不胜防的置人于死地，以及动人心弦的悲剧故事无不带给观众些许感动和片刻的情绪补偿。无论是主角的爱情悲剧，还是配角的残酷人生，让人难免不唏嘘。

同时，《步步惊心》的成功也离不开同年另一部清宫古装电视剧《宫锁心玉》的播出。题材相同、情节相似的两部电视剧经常会被拿来当作比较的对象。为了抢占播出先机，获得市场，制造话题吸引眼球，后者的筹备拍摄制作周期远比前者要短。虽然《宫锁心玉》的播出创造了收视神话，带火了剧中众多演员，并且也将穿越剧推向高潮，但它更多体现出的是文化消费主义现象。

受众的猎奇心理，通常表现为对未知或者是不熟悉事物、观念等的好奇，促使他们探求奥秘，认识积累。而"穿越"，作为古装剧中一种新的时空关系架构方式，观众因猎奇所产生的影响不免会使电视剧在开播初期遭受热评与质疑，但《宫锁心玉》所展现出的轻喜剧风格以及成功的营销手段，却恰恰使观众能够在轻松欢快的剧情中接受这一种时空架构关系，这也为后续《步步惊心》的开播奠定了基础。因此，从某种意义上来说，这两部戏无形之间形成了联动效应，因《宫锁心玉》的播出而获得的市场效应以及观众随之产生的关注度等，在一定程度上为后来《步步惊心》的播出起到预热效果。

文化商品，简单来说就是文化与经济融合发展下的产物，被当作为一种商品生产出来供人们消费使用，是资本进入人类精神领域的表现之一。资本对文化生产领域的大规模介入有其历史和现实的合理性。资本介入下的文化生产行为作为一种商品性的生产劳动，其产品属于文化商品，其价值、属性和生产过程符合商品再生产的一般规律。[①] 尽管在文化生产领域中，资本与市场的介入有益于文化产品资源的分配，能够更好满足人们日益增长的文化消费需求。但也正是在资本力量的推动下，文化生产性质发生了改变，由原本的纯粹自我意识表达过渡到以经济利益为中心的商品生产。但是，文化商品本身的特性规定了其第一属性必须是文化，其次才是商品。现代社会市场经济促使资本与文化之间形成双向互通的关系，文化不仅可以通过资本来实现价值，利用资本手段达到预期的宣传目的，同时资本也可以在一定程度上对文化的生产方式进行改造。这一现象的出现表明资本不再满足于本身所在的经济领域，开始试图通过自身的特点影响社会其他领域中的活动，同样，文化赋予资本的社会价值以及更强的竞争力，为资本在其他领域的扩张提供了动力基础。

因此，文化生产的市场主体不仅要在这种激烈的市场竞争大环境中追求文化产品的丰富多样性及精神价值，更要以文化属性为基础，承担起传播正确价值观的作用。如果一味通过资本的手段追求市场占有率，甚至过分注重经济回报而忽略对文化价值的追求，这必将会导致文化商品所产生的经济效益与其本身应承担的社会效益失衡。这一倾向严重背离了文艺作品启迪社会、引领价值导向的核心使命，长此以往将导致文化商品逐渐丧失立足文化市场的根本。

当古装剧穿越潮流褪去后，我们再将这两部剧拿来进行同向对比。截至目前，《宫锁心玉》在豆瓣评分仅为 6.5 分，而《步步惊心》在同平台收获了 8.4 的高分。基于小说改编的电视剧《步步惊心》，以更正统、严肃的创作思路来诠释

---

① 牛涛：《资本介入下的文化生产：从价值样态到作用机制》，载《哈尔滨工业大学学报（社会科学版）》，2020 年第 4 期。

故事，极大程度还原了原著小说的发展脉络，在对历史细节的把握方面也更加细致严谨，事件发生的重要节点与历史记载基本对应；从影视制作方面来说，服装、道具、片花的制作的精心程度均超前者。虽然《宫锁心玉》的一时爆火现象是对文化商品的一种肯定，是文化商品化在现代自由社会秩序中繁荣的表现，但同时也从侧面反映了资本无法支撑一部电视剧成为经典。在特定的时间段内资本也许会使电视剧产生非凡的经济效益，但事实上这种应运而生的现象是无法经受时间与历史的考验，缺乏文化深度的快餐式文化终究行之不远。

文化悲观主义者认为低端庸俗的文化商品化如若泛滥，易造成文化堕落，甚至会破坏价值追求的稳定性。另外，文化消费主义解构了原先创作者和观众之间的传播与接收的关系，异化了文化创作和文化接收。文化商业化导致文化产品的生产必须以满足市场需求为主导，也就是创作者的作品要符合大众的喜好并且要考虑他们的接受能力。因此在创作过程中，无论是编剧还是导演都不可避免地会受到外部环境因素的影响，导致创作主体偏离最初的创作设想。

衡量一部电视剧是否优秀的标准，不应该只局限在它的剧本创作、演员表演、大众喜爱度等方面，更要关注它的文化内涵、文化输出能力及影响力的持久程度。中国影视作品是我国跨文化传播的重要载体，而东南亚地区则是中国影视剧对外传播的重要区域。2011年《步步惊心》获得了韩国首尔国际电视节的"最受欢迎海外电视剧"奖项和"亚洲最具人气演员"奖项，并且在"2012年韩国内人气电影与电视剧"评选中居于"best海外电视剧"首位。除此之外，2012年在国内进行十大卫视联合重播的同时，韩国、日本、越南等国也在对原版电视剧字幕进行翻译后播出，并一度在各国内引起热潮，这不仅代表着对我国影视文化的肯定，也象征着我国网络小说改编剧迈入国际市场的重要一步。

在亚洲影视界，韩国影视一度是潮流的代名词。早在21世纪初韩国就开始向亚洲各地不断出口影视剧，而韩国影视剧的不断创新也使现代韩国的影视产业在全球范畴内都属于领先地位。从市场反馈来看，韩剧已然成为各国引进模仿、翻拍的对象。《步步惊心》在韩热播后吸引一众粉丝关注。2016年8月，由《步

步惊心》及桐华同名小说改编的韩国浪漫奇幻古装电视剧《달의연인 - 보보경심: 려》(《月之恋人 - 步步惊心: 丽》) 在韩国 SBS 电视台首播。与原版不同的是，韩版《步步惊心: 丽》并非一比一复刻原版的剧情以及服装道具，而是结合了韩国本土历史境况进行合理改编。该剧以韩国高丽时代为背景，在古装剧的基础上加入现代元素，主要讲述了本属于 21 世纪的女人解树，在一次日全食现象中灵魂穿越，卷入高丽宫廷内发生的皇权纷争中，并在这个过程中和四王子王昭之间产生情感联结。

韩版《步步惊心: 丽》从播出开始到最后受到了巨大的关注，由于此前大陆版本的《步步惊心》已在观众心中留下深刻印象，因此对于翻拍的电视剧想要出圈更是难上加难，观众对翻拍剧的评判条件会更为严苛，尽管饱受争议，但数据显示，《步步惊心: 丽》在优酷平台的播放量累计超过 20 亿次，反映出其在受众市场的影响力。

作为境外改编剧的典例，《步步惊心: 丽》能够在原版的基础上依旧成功的原因，可以归纳为以下几点。

一、故事情节本土化避免文化冲突

不同的地理环境、民族、社会历史造就不同的人类文明史，而不同文明的差异性与多样性决定了文化冲突是人类文明传播中无法规避的现实问题。文化与价值观紧密相连，每一种文化都有其价值体系。中韩两国在地理位置上一衣带水，独特的地理位置决定了二者的文明都属于东亚文化，明显区别于西方文化。同时，两国在历史上都曾遭受过被侵略及国家分裂的痛苦与屈辱，具有共同的历史宿命感，两国人民也会形成情感共鸣。

因此，韩国不管是从地理位置、历史因素等其他方面选择翻拍中国剧，客观上都具有一定的优势。当然，尽管两国在某些方面有紧密联系或者是相似之处，但两国的发展历程还存在着明显的差别，因此，文化差异是客观存在的。

韩剧《步步惊心: 丽》中保留了部分中国版的元素，但为更加贴合韩国历史，在改编的过程中将故事背景设定为本国历史朝代，不仅避免了因纯粹的模仿而落入俗套，而且还避免了因照搬中国历史而造成文化冲突。同时，韩剧的改编也对韩国文化向中国反向输出起到了推动作用。二者均选取了本国真实的历史朝代作为故事发生背景，并且最大程度贴近史实，体现出两国剧作者在创作上的严谨。

相比于原版《步步惊心》的正剧风格，改编后的韩剧集数更短，剧情更加紧凑，整体风格明快，发扬了刻画感情线的特点，剧中的王权斗争部分相对被削减，加入了很多"卖腐"与搞笑、幽默的元素，因此喜剧色彩相对浓厚一些。

二、演员选择多元化奠定受众基础

韩国对于演员的选择也是使该剧能够走红的重要原因之一，IU 李智恩、李准基、姜河那、边伯贤等演技派与偶像派的破壁结合，演员本身所赋带的粉丝与人气无形为影视剧的宣传起到推波助澜的作用，能够在短时间内快速占据市场话题热度。此外，韩方在选演员时还参照了中国演员的长相，例如，IU 李智恩从一些特定的角度来看，神态与刘诗诗相似。但为了加以区别，凸显二者不同，在人物性格的塑造方面，韩版将女主设计得更为活泼。

三、穿越镜头唯美感的塑造

韩剧通常以其细腻的情感描绘与精良的制作著称，通过成熟的柔光摄影技术，《步步惊心：丽》在穿越场景中实现了美学价值的视觉呈现，两个时空同时发生日全食现象，女主被一股力量吸入水中，此时男主正在余晖下策马奔驰，体现出独特的时空过渡效果。画面的构成、配色、场景灯光、水中的特效等，无一不营造出时空穿梭的意境美，更加逼真的画面感直击人心。在《步步惊心》中，女主张晓因交通事故遭受强烈撞击而导致触电，以致脑电波出窍，与清朝马尔泰·若曦滚下楼梯发生灵魂重合，两个不同的穿越镜头相比，后者略显逊色。

由于国内的《步步惊心》画面未使用过多的美化技术，在一些特写镜头中人物的面部轮廓、皮肤状态都更加还原了现实，画面整体显得灰暗，因此在部分韩国观众的文化价值观念中，他们更愿意接受翻拍版本，镜头的运用与后期技术的融合弥补了观众对镜头美的期待。

《步步惊心：丽》实现了我国影视文化从传播到输出的一次进阶，从单一引进他国剧本改编为本土电视剧的方式，到如今对外输出本土优秀剧本，中国影视文化完成了一次蜕变。随着中韩文化交流的日益频繁，中韩翻拍、合拍的趋势愈加明显，韩版《步步惊心：丽》的案例，适时让我们看到韩国对待此类作品操作的态度以及怎样解决诸如"先入为主""本土化改造"这些翻拍难题，值得我们借鉴学习。

第二节　古装宫斗剧——《甄嬛传》

电视剧《甄嬛传》改编自流潋紫长篇小说《后宫·甄嬛传》，全剧共76集，讲述了女主人公甄嬛，从一个温良、不谙世事的少女，不断蜕变成为一代善于谋权的太后的故事。该电视剧以超长体量、丰富的人物个性、错综复杂的人际关系，在众多清宫剧中脱颖而出，宫廷的高雅美学也在清朝后宫的生活与权谋斗争的过程中被表现得淋漓尽致。

一、女性主义的觉醒

波澜壮阔的宫斗背后是跨越时代的悲欢离合，《甄嬛传》里所表现出的肃杀和政治牺牲，是当时观众所陌生的。用导演郑晓龙的话说，《甄嬛传》讲述的并不是一个俗套的爱情故事，其本质上是一部反封建反专制集权的作品，这一点随着近几年来女性主义的兴起，也慢慢被更多人所体会到。

女性主义叙事学的正式提出，可以追溯到美国叙事学家兰瑟1986年在《文体》上发表的《建构女性主义叙事学》一文。而国内开始系统地介绍后经典叙事学与女性主义叙事学，则与申丹2004年发表的《叙事形式与性别政治——女性主义叙事学评析》有关。[①] 近年来，影视剧中以女性视角展开叙事的作品数量逐

---

① 周春雨、李杨：《中国电视剧女性主义叙事批评探析》，载《东南传播》，2021年第11期。

渐增多，女性人物努力挣脱传统枷锁以及对男性的依赖，通过自我意识的不断觉醒，肯定自我价值，颠覆男权中心话语，实现自身的需求。而在《甄嬛传》中，这种叙事方式贯穿始终。宫斗剧必然是以"斗"为主，从表面上来看，"斗"是为了获得恩宠，但从实质上来说，争宠的最终目的是为了掌握更高的权力、名分和地位。在封建皇权对人性的碾压下，甄嬛还原了中国封建社会中女性地位低微的现实，对于皇权与封建礼制的绝对顺从；到后来不愿做他人替身，毅然决然离宫修行来表达对封建与皇权的反抗；又因种种现实，必须回宫获得权力的庇护，从而设计皇帝重新回到宫里，开启黑化之路。由爱生恨，在铲除一个个危害后，掌握大权，联合妃嫔，最终杀死了皇帝，人性悲歌的背后尽是对封建皇权的批判与否定。但事实上，在绝对的封建主义制度下，皇权岂会按照剧情走向能够被轻易挑战？因此，甄嬛这个人物形象前后期形成的反差感从侧面更加突出了人物精神意识的转换过程。

女性觉醒的成长故事是近年来网络文学乃至影视改编中古装剧流行的母题。2024年，由吴谨言、王星越主演的网络小说《嫡嫁千金》改编电视剧《墨雨云间》一经播出，掀起"爽"剧热议。归根到底，这种"爽"一方面是来自剧情爆爽，另一方面是暴走的节奏，仅花一集的时间完成背景介绍，直接火速开启了大女主打副本的复仇之路。原本家庭优渥、生活幸福的县令之女薛芳菲被夫家设计谋杀，得命运眷顾，死里逃生，被相国之女姜梨所救，与姜梨惺惺相惜。因姜梨遭受意外去世，薛芳菲为找出凶手，顶替姜梨身份回到京城相府，一路复仇，斩杀所有敌人。从权谋到人性，剧情环环相扣、多重情节反转的冲击贴近观众心理，直面带来爽感。弗洛伊德曾指出："人类的许多行为是由潜意识中的冲突和被压抑的愿望驱动的。当直接满足这些愿望（如性欲、攻击性等）受到社会规范、道德或现实限制时，个体可能会通过替代性满足来缓解内心的紧张。"激烈的社会竞争迫使人们陷入内卷的潮流中，焦虑、烦躁、压力等情绪问题随之而来，当人们无法在现实中发泄情绪时，就会通过转移情绪的方式来化解，通过观看爽剧，以求心理平衡，自觉代入个人情感，个人情绪也会随着剧情的跌宕起伏而发泄出来，获得爽感。

《墨雨云间》打破传统"爽"剧等于短剧的刻板印象，在一定程度上弥补了短剧的缺憾，将短剧与长剧二者的长处结合到一起，不仅实现了长剧也可以拥有短剧快节奏、高反转的效果，同时还保留了完整的故事情节，人物的形象塑造也更加丰富。

如果说《墨雨云间》是女性复仇"爽"剧的代表，那么反观《甄嬛传》，何尝不有异曲同工之处？刚入宫的甄嬛期盼能够得到皇帝的爱护，将希望寄托于与皇帝之间的感情，到后来历经被害小产、家道中落、出宫修行等一系列事情后发现，拥有权力才是能够在后宫生存下去的根基，一路黑化反杀。

继《甄嬛传》播出后，也涌现出一批以女性主义为题材的大型古装剧，比如《芈月传》《如懿传》《延禧攻略》等，但都只有一时热度，没有持续的生命力。由此可见，作为女性主义觉醒的代表作，《甄嬛传》的地位是无可比拟的。

除此之外，"她题材"电视剧以自由和独立的眼光去看待女性群体，反转了女性"被观看"的权力地位。[①] 从最初女性主体意识形态的崛起，到近几年国产古装剧中对于女性寻求经济独立的意识的塑造，借古反今，是新时代背景下对于影视女性形象构造的新形势。从 2017 年播出的《那年花开月正圆》中的跑江湖的丫鬟周滢凭借自己的经商头脑，带领吴家东院从分崩离析的局面走向繁荣昌盛，成为一代女富商；到 2022 年以元代关汉卿创作的元杂剧《赵盼儿风月救风尘》为原型创作的《梦华录》中所展现赵盼儿凭借自己力量经营茶馆和酒楼的过程。这些剧立足于时代，同时又超脱于时代，剧中所塑造的女性人物在社会中努力寻求经济独立，展现了女性人物的智慧、果敢与大格局，通过艺术作品引导观众改变传统的爱情认知，宣扬了男女身份地位的平等。

---

① 刘懿璇、何建平：《"她题材"电视剧人物形象对都市女性身份建构的涵化影响——基于〈三十而已〉受众解码机制的实证研究》，载《西南交通大学学报（社会科学版）》，2021年第 3 期。

二、留白艺术的表现

《甄嬛传》作为宫斗剧的巅峰代表作，在豆瓣平台获得了国产宫斗剧的最高分 9.3 分，不仅得益于生动的故事、精致的服装发饰道具、唯美的台词语言、演员的完美演绎……还充分契合了在消费时代下人们对于文化的想象。除此之外，剧中的种种细节、留白等也值得人们思量考究。

在中国传统的审美理论中，留白具有丰富的内涵，是一种以空白为载体渲染出意境美的艺术。作为中国美学的象征，从艺术角度上来说，留白在艺术实践中具有重要的地位和作用。

根据艺术形态的表现形式，我们可以将艺术分为时间艺术、空间艺术以及时空艺术这三大种类。音乐、文学、诗歌等属于时间艺术；绘画、雕塑、建筑、摄影等属于空间艺术；而时空艺术是集时间艺术与空间艺术属性于一体，既有时间艺术连续性的特征又具有空间艺术空间性的特点，其种类包含舞蹈、戏剧、电影、电视剧等。

最早的留白是中国绘画领域中的一种艺术表现手法，画者会在画中进行留白，以期达到"无画处皆成妙境"，留给受众一定的想象空间，产生艺术美。随着时间流逝，这一艺术表现手法逐渐被运用到其他艺术领域中，为创作者塑造人物、表情达意等提供一种新的方式。留白艺术为《红楼梦》的故事书写提供了诸多方便，造就了《红楼梦》特有的简洁含蓄的文章风范。[1] 在第十三回中，秦可卿之死就是一处留白，在第十回中贾府请来深通医学的张太医为秦可卿诊断，张太医开了药方后，在与贾蓉交谈中提及"依小弟来看，今年一冬是不相干的；总是过了春分，就可望全愈了"。第十一回中，王熙凤和宝玉一齐看望秦可卿，凤姐临别前说道"况且听得大夫说：若是不治，怕的是春天不好。如今才九月半，还有四五个月的工夫，什么病治不好呢？咱们若是不能吃人参的人家，也难说了；你公婆听见治得好，别说一日二钱人参，就是二斤也吃得起"。由此可见，

---

① 樊志斌：《留白与〈红楼梦〉叙事——论〈红楼梦〉叙事中的不写与不写之写》，载《深圳社会科学》，2024 年第 7 期。

秦可卿的病是有痊愈的希望，但在第十三回中，秦氏便身亡，书中对于她的死因仅用"彼时合家皆知，无不纳罕，都有些疑心"来概括。短短两回合，从病情有所缓解到突然身亡，其中的细节皆被隐去。

美国人类学家爱德华·霍尔（Edward T. Hall）在《超越文化》中最早提出了高语境文化（High context）和低语境文化（Low context）的概念，即根据语境和语言在交际中的不同地位来划分高、低语境文化。[①] 根据交际所传达的意义是来自交际场合还是来自语言本身，将文化分为高语境和低语境，这是研究不同文化在感知和交际方面的异同的有效途径。属于高语境文化的国家包括日本、中国、韩国等国家，而像英国、德国、北美等西方国家则属于低语境文化国家。

在中国高语境文化中，说话人往往以一种含蓄的方式间接地表达自己的意思，注重人际关系的维护，避免与交谈者产生冲突，而听者则需要根据具体的社会环境、历史背景、社会关系、交际语境等来理解说话人的真实意图。相反，在西方低语境文化中，人们习惯于用简单直接的语言表达思想。汉语中有大量的词汇可以体现这一属性，例如"只可意会，不可言传""弦外之音"等等。

从剧集本身来说，全剧没有什么多余的镜头，哪怕是一闪而过的镜头里，演员的微表情和动作都是那么恰如其分。

1. 镜头留白

当单纯活泼的淳儿在御花园游玩捡风筝时，无意在假山上听见华妃与前朝官员密谋，欲嫁祸谋害甄远道。而这一幕又刚好被依附华妃的曹琴默亲眼看见，为了给华妃通风报信，又怕打草惊蛇，引起他人怀疑，便向水中丢石子以提醒华妃。随后华妃宫中的太监拦住惊慌失措的淳儿，步步紧逼。画面一转，原本淳儿手中的风筝漂浮在水面上，牵引风筝的线正逐渐下沉，镜头并没有直接拍摄出淳儿溺水而亡的过程，而是用借代的手法，激发观众的想象，用风筝线代指淳儿的命，风筝线沉入水中也就暗指淳儿溺毙在荷花池中。

再来看这部戏的最后一个高潮部分，皇帝重病卧床，妃嫔秽乱后宫，由于皇

---

① 爱德华·霍尔：《超越文化》，北京：北京大学出版社，2010 年。

帝本人生性多疑，由此对皇室血脉再次产生猜忌，他为了验证甄嬛的双生子是否为自己亲生，安排心腹夏刈再次滴血验亲。但这一行动并未成功，反而加速了甄嬛与叶澜依"屠龙"计划进程。在提前服下的参汤与甄嬛激烈言语的双重刺激下，皇帝最终暴毙。戏中皇帝驾崩时死不瞑目的特写镜头，表层含义浅显易懂，表达了皇帝已逝的事实，而深层意义上却是对皇权最大的反讽。短短一个镜头诉尽皇帝所有的气愤怨恨与不甘却又无可奈何，自己是权力的最高级却被后宫妃嫔联手欺骗算计。虽然具有一定的戏剧性，实则揭露了历史的黑暗面。

2. 语言留白

古装宫斗剧大都以女人之间的斗争为主，《甄嬛传》也不例外。纵观全剧，我们可以将宫斗戏份主要分为两个时期，前期主要发生在甄嬛与华妃之间，后期发生在甄嬛与皇后之间。宫斗内容情节丰富多样，斗争手法层出不穷，嫁祸、拉党结派、陷害……呈现出女性之间的残酷互害，宫斗其实就是人物与人物之间产生对抗的映射。安陵容与甄嬛同一时期进宫，但由于自卑、敏感、胆小的性格原因，后与甄嬛渐生心隙，为了得到恩宠与庇护，转而投靠皇后。安陵容凭借自己的胆小甚微以及对皇后的言听计从，成为皇后阵营活得最久的人。而临死前说出的"皇后杀了皇后"，为后续的剧情发展埋下了伏笔，甄嬛也借此扳倒了皇后。由孩子们追逐打闹中喊出的"姐姐追姐姐"联想到"皇后杀了皇后"，此处的语言留白引导观众进行前后情节推理，在文字内涵被推上一个高度的同时也增加了剧情的吸引力和深度。随着后续"皇后杀了皇后"之谜的解开，看似端庄贤惠的皇后其实是最心狠手辣的人物，残害姐妹，对子嗣痛下杀手，无不揭露出人性的复杂与多面。倘若导演将这一真相通过直白的语言直接表达出来，则会使人物形象与语言行为产生突兀，影响接受心理与审美效果。

三、美版《甄嬛传》

由于全球各国意识形态与文化价值观的不同，具有浓厚中国特色的影视题材与传统叙事方式是造成中国影视剧国际传播不畅的主要限制因素，所以中国影视剧在全球的传播态势并不均衡。《甄嬛传》在海外传播不仅得益于能够给观众带来情感与视觉的双重体验，还得益于社交媒体为其打造的高口碑传播，使其获得了强大的市场效应，吸引各国纷纷引进。作为中国电视剧及中华传统文化世界传播的代表作，在对外交流与文化传播中发挥着举足轻重的作用。

2011 年《甄嬛传》经在内地播放创下高收视率后，便开始先后进入多个重要平台，在日韩及东南亚等地区播出，它以其独特的魅力收获一众剧粉，引起广泛热议。在马来西亚最大有线电视台 Astro 的黄金时段播出，仅播出 1/3 就取得收视第一名，且网上点击率也遥遥领先。2013 年初，《甄嬛传》被韩国 CH–IN–GTV 引进播出，在同时段内超过国家台 KBS 的收视率。日本 BS 富士台将剧名改为《后宫争权女》后播出，仅开播一周就迅速成为热门话题，打破了韩剧独霸日本海外剧市场的局面。

2012 年年底，美国影视制作公司联系《甄嬛传》制作方，希望能将该部电视剧进行改编在美国播出。经过镜头补拍、大刀阔斧的剪辑、字母翻译等工作，直至 2015 年，美国第一部引入中国大陆电视剧——《甄嬛传》（Empress in the Palace）在美付费观看平台 Netflix 上播出，并在国际上产生强烈反响。继美版《甄嬛传》播出后，YouTube 也将大陆 72 集完整中文版在平台上播出，据显示，《甄嬛传》的每集播放量均高达 500 万次。

美版《甄嬛传》的播出为我们在中西方文化差异下如何进行影视国际传播提供了借鉴经验。

1. 叙事方式与视角的变化

中国传统影视剧通常采用"大而全"的叙事方式，集数相对较多，故事完整，而在国际上"小而精"的模式更受欢迎。基于此，美方将原版的 76 集缩减至 6 集，同时单集时长增加至 90 分钟，剧情更加紧凑凝练。对于《甄嬛传》这种大型连续剧来说，这是一项非常冒险且相对较难的改动，一旦过于求精简，就会使情节不连贯，失去原本韵味，甚至会在原本中西方文化差异的情况下，造成国际观众产生文化误读现象。为了能够在较短集数上依旧保证电视剧情节连贯性，美版《甄嬛传》开辟了与原版不同的叙事新视角。原版采用基础的叙事方式，循序渐进，由浅到深，按照时间顺序进行展开。而经美版补拍老年甄嬛镜头后，整部剧以回忆的方式进行叙述，因此后者更像是人物回忆录，这是与原版的最大不同之处。

2. 文化隔阂下的翻译处理

视听语言的基本元素包括活动影像与声音。因此影视作品中除了画面的呈现，台词字幕的展现也尤为重要。受众能否听懂并理解台词直接决定了观众是否能接受这部剧。由于中西方语言体系的不同及文化差异，对影视剧的台词翻译产生了一定难度。中西文化背景下人们的思维形态的差异，具体表现为"直线形"的英语思维表达和"螺旋形"的汉语思维表达。[1] 如何正确认识并解决这个问题，是中国影视剧对外传播的关键。与现代剧不同的是，《甄嬛传》中人物的语言环境建立在清朝，因此言语不够简洁直白，辞藻过于华丽，且多有古诗词、俗语出现，即使是中国人对于这些陌生的诗词都很难把握其含义。但正如上文中提及，中国是高语境国家，因此当受众遇见不理解的词语时可根据前后情节以及上下文来推测含义。相反，对于美国这种低语境国家来说，语言习惯的不同使他们很难通过自身去理解。这就要求译者在翻译过程中，要以忠实传达原作内容为主，并在此基础上，运用归化、异化等翻译策略，直译或意译的翻译方法，进行恰当翻译，使目标语读者理解原文含义，即考虑目标语读者的背景文化、语言习惯等因素，充分利用西方语言译出表达准确意义且与剧情相符的台词语句，避免受众因翻译产生文化隔阂，使东方影视剧在跨文化传播中实现高效传播与深度渗透。

（1）词汇空缺

词汇空缺是语言学家用来描述在一种语言中不存在的概念词。[2] 就是指汉语中的词语在英文中没有与之相对应的单词。中国古代实行的是严格的封建等级制度，需遵从封建礼制，皇宫内森严的等级制度规定了后宫妃嫔的等级，由此产生

---

[1]　覃礼兰：《中西文化差异下的翻译技巧与方法研究》，载《今古文创》，2024 年第 32 期。
[2]　Crystal, David, *The Cambridge Encyclopedia of the English Language*, Cambridge: Cambridge University Press, 1997.

不同的位分称谓，例如答应、常在、贵人可被他人称为"小主"，而嫔以上的位分则被称为"娘娘"。英国王室因君主立宪制直至今日依旧存在，但他们并没有复杂的等级称谓，通常用"my lady""madam"来指女性，例如在见到女性王室成员时，会用"Your Royal Highness, Ma'am"。在这一方面，中英文之间产生了词汇空缺，因此在美版《甄嬛传》中，译者直接用"first attendant"或者"lady"来区分身份地位，而"attendant"是"服务员、侍者、随从"的意思，显然这种翻译未能做到准确，给观众造成了一定的误解。

（2）语义空缺

语义空缺是指，虽然能够在英语中找到与汉语相对应的词汇，但只能实现表层含义的阐释，其深层含义并不能准确传达。以美版《甄嬛传》中出现的诗词"但愿人长久，千里共婵娟"为例，在影视剧中被译为"Yearning for a life long in years, we share the same moonlight even a thousand miles apart"。这里译者采用了直译的方法，虽表达了诗词原本的意思，但过于直白的译文未能将背后对远方亲人的思念与祝福以及对人生感悟的情感传达出来，略显不当。事实上，苏轼的《水调歌头·明月几时有》对于了解中国诗词文化的人来说一点也不陌生，不管是国内外都有大量翻译家曾对这首诗进行了翻译，比如著名翻译学者许渊冲曾译为"So let us wish that man; Will live long as he can! Though miles apart, we'll share the beauty she displays"。译者可以在翻译中学习借鉴或引用前人的优秀译文，以此来更好地把握深层意蕴，避免因语义空缺造成情感表达不足。

因此，在进行中西方跨文化交际的翻译中，必须以中西文化差异为核心要点，这也要求今后的中国电视剧在对外传播版本的翻译上需要有了解中国文化与目的语国家文化的专业人员对译文的质量进行审核，以确保文化准确无误地传递。

《甄嬛传》的成功传播成为美剧与国产剧之间互通的催化剂。时至今日，《甄嬛传》的创新点也一直在被发现和挖掘，并以各种形式被不断地推到台前，从原著小说的畅销，再到各大品牌与《甄嬛传》IP的创意联名，网络热梗的涌现，二次剪辑配乐后获得百万播放量的短视频……足以证明该剧的影响力之广泛和深远，突破了时代和地缘疆界的局限，成为一部融汇东西方美学价值的艺术经典。

第三节　古装剧"出海"迈向新纪元

2023 年，优酷发布的《古装剧"出海"报告》中，中国古装剧已被译制为英语、泰语、越南语、西班牙语、阿拉伯语等 16 种外语，通过海外电视媒体和跨国新媒体平台播出长短视频，覆盖全球超 200 个国家和地区。在网剧的主流受众群体年轻世代中，仙侠剧、宅斗剧、穿越剧、玄幻剧等传奇类故事都很流行。[①] 近年来，古装剧作为"国剧出海"的主力军，为国际观众打开了解中国历史文化的窗口。

《庆余年》是阅文集团白金作家猫腻所著的一部小说，融合了历史、政治、军事等内容，体现家国情怀的思想。2019 年，同名电视剧播出，全剧构建了一个规模宏大壮丽的江湖世界，以范闲为第一视角，按照时间顺序，讲述他在澹州长大、成人后进京、出使北齐的一路遭遇和身世之谜。一个人闯江湖，背后由五个爹保护，从一个名不见经传的私生子身份，在最短的时间里成为人尽皆知的小范大人，无论是庙堂之上的权谋斗争，还是江湖之间的武侠情怀，都被展现得淋漓尽致。

《庆余年 第一季》在国内总播放量超 160 亿，豆瓣打分人数超 105 万，豆瓣评分 7.9 分。受到众多海内外观众的关注与青睐，并被翻译成英语、日语、韩语等多种语言，在全球五大洲 27 个国家和地区播出。作为一部穿越剧，其中关于记忆、意识和穿越甚至平行世界的主题暗藏了科学与科幻元素。科幻题材一直是西方主流电影所青睐的对象，例如好莱坞科幻电影《黑客帝国》《星际穿越》《阿凡达》等均在国际上产生巨大反响。科幻电影对于国家形象构建具有一定作用，

---

① 　郭镇之、张晓敏：《中国影视剧出海：创新中国影视的全球传播》，载《对外传播》，2024 年第 5 期。

科幻电影的发展状况取决于当下社会的发达程度、电影工业的成熟度和科幻想象的自由度。[①] 近几年，以《流浪地球》为代表的国产科幻电影开始崛起，勇于大胆创新，为中国电影强国的建设注入了新活力。与中国本土科幻电影发展相比，以科幻为题材的电视剧发展较为落后。而《庆余年》中，古代与科技的碰撞，为受众提供了丰富的想象空间，增添了神秘色彩。从向人类传授先进的知识和技术，为社会发展提供框架的神庙，到核辐射练武之道、生化机器人五竹、热兵器在战争中的使用，尽管剧中许多概念略显荒谬，无法运用现代科技进行解释，但这些科幻元素的加入激发了人们对科学、哲学和人类存在本质的思考，这一结合不仅是中国电视剧题材的新突破，也是为当今电视剧如何表达现实情怀，如何增强国产电视剧的文化传播力量提供范本。

　　继《庆余年 第一季》播出之后，时隔五年，《庆余年 第二季》于 2024 年回归播出。虽未开播，但平台预约观看人数已超千万。由于前后两部作品相隔时间过长，因此腾讯视频在第二季开播前推出《庆余年 第一季特制版》，以 25 集的紧凑篇幅，再现了范闲从留守儿童到揭开身世之谜的传奇之路，为第二季的观看做好前情回顾的准备。这一制作是国产连续电视剧前所未有的，一方面为原剧粉回忆情节提供便捷，同时也考虑了新受众市场开拓的因素，为吸引新观众创造条件，满足新观众猎奇心理，赢得开播好感。

　　《庆余年 第二季》的热播是一次现象级文化事件，从男频网文爽剧走向国际化，是中国文化产业弯道超车的一次新机遇，形成了全民共享的时代记忆，标志着我国古装剧出海迈向新纪元。在国内热播的同时，同步上线迪士尼流媒体平台 Disney+，覆盖新加坡、北美、欧洲等多个地区，在全球范围内播出。这种合作模式打破了地域限制，还进一步扩大了该剧在全球的影响力，为中国影视文化产业的国际传播开辟了新道路。除此之外，在覆盖北美和欧洲的 Viki 平台上，该剧一直位居全站前五，并被翻译成 12 种语言播出；在美洲、大洋洲和欧洲地区，该剧也通过 YouTube 播出，第一集观看量超过 10 万次，是其他热门国产剧的 2—

[①]　李浩鸣、吴敏：《美国科幻电影的科技传播特点》，载《科技传播》，2013 年第 22 期。

3 倍。

不同文本形态之间的相互补充形成了一个逻辑完整的故事链条，再加上粉丝群体高活跃的互动行为，使得"庆余年"IP 在一定程度上体现出了跨媒介叙事的特征。《庆余年》兼具内容的娱乐性、翻译的有效性以及传播的多样性，从文学改编到价值重构，网络文学被注入了新的意义。[①]《庆余年》影视系列的成功根植于繁荣的网络文学，从网络小说到电视剧再到同名手游的研发，不同媒介之间的相互协作将原著小说中所构建的故事进行了一定程度的拓展，形成"庆余年"IP。因此，《庆余年》的海外传播效果为中国网络小说改编剧进一步走出去提供了借鉴价值与反思意义，创作者要站在国际化视野下，将民族文化与先进文明相融合，构建人类文明的普遍价值。

第四节　都市生活剧

2019 年以前，中国特有的古装剧是海外出口中的主流，其内容限制少，更富有想象空间和特点。随着各类题材剧集的竞相出海，以现实主义为题材的都市生活剧也走出了一条"IP 改编"之路，它们以崭新的视角和叙事方式，成功吸引海外观众的目光，强话题性的新颖题材使海外观众在社交平台对国产剧集展开热烈讨论。

《欢乐颂》改编自阿耐的同名小说，由浙江东阳正午阳光影视有限公司和山东影视制作有限公司联合出品，是一部现象级的女性群像剧。从 2016 年至今已拍摄五部，围绕多位身处不同阶层、不同婚恋状况的女性发生的一系列矛盾冲突为内容展开，探讨了巨大的阶级差异碰撞出来的现实问题。从海归精英安迪，富二代曲筱绡，草根女孩邱莹莹，到大龄剩女樊胜美、乖乖女关雎尔，五位身份不同、性格差异鲜明的女孩是当代社会无数女孩的缩影。智商超群、职场女精英安

---

① 牛艺霏：《从"小说中国"到"视觉中国"——关于〈庆余年〉的再生产》，载《文艺争鸣》，2020 年第 12 期。

迪，看似成功的女人却因家族精神病史不愿与人接触，遭遇因身世谜团带来的困扰与感情的不顺；精灵古怪、玩世不恭的富二代曲筱绡，尽管拥有父母的宠爱与良好的家世，但父亲重男轻女的思想使她不得不想尽办法与同父异母的哥哥争家产；天真的草根女孩邱莹莹，作为刚毕业步入社会的小女生，涉世未深，被渣男欺骗感情后丢失工作；沪漂资深 HR 樊胜美，拥有美丽的外貌与虚荣心，希望能够嫁给有钱人，过上优渥的生活，却不断遭受父母及哥嫂的压榨，摆脱不了原生家庭的无奈与苦楚；出生于中产阶级家庭的关雎尔，拥有出色的学历与乖巧的性格，想要凭借自己的努力留在上海。这五位女性颠覆了以往国产剧里对"富家女""女企业高管"的传统形象塑造，打破了先入为主的概念，在人们刻板印象中，拥有如此背景条件的人物应该就是人生赢家，是人人羡慕与仰望的对象，也是底层人无法跨越阶级触及的对象。但在安迪、曲筱绡的身上我们看出，光鲜亮丽的生活背后也充满各种现实的苦涩与艰难。

该剧播出时，单日最高播放量突破 6.8 亿，总网络播放量超过 100 亿，剧名提及量超 236.6 万次，话题搜索量超 7.8 亿。

《欢乐颂》作为少有的在海外受到热捧的现实题材改编剧，为现实题材网络文学 IP 改编剧如何更好地"走出去"和讲好中国故事提供了参考路径与示范经验。从多方位深刻剖析了当今社会中关于女性的议题，女性在职场上的处境、原生家庭中重男轻女思想的困境、男权视角下处女情结对于两性关系的影响等等。

2017 年，中国国际广播电台与斯里兰卡电视台签署"中国剧场"播出合作协议，《欢乐颂》在斯里兰卡国家电视台成功播出；2018 年，《欢乐颂》被译为阿拉伯语在埃及播出；2019 年，国家广播电视总局举办"视听中国"活动，该剧陆续在缅甸、非洲等国家播出。中国相关政策的支持助力《欢乐颂》的国际传播，目前，《欢乐颂》在 YouTube 平台被译为韩语、日语、西班牙语、英语、中文五种语言字幕。剧中女性对美好生活、事业和情感的追求，刻画出新时代独立自主的多元女性形象，同时展现了女性之间互帮互助的美好情谊，因此女性意识的呈现和表达是中外文化观念的契合点，与全球宣扬社会女性意识的崛起相迎合。

　　此外，著名美剧 *Sexand the City*（《欲望都市》）以纽约曼哈顿为背景，讲述了四位单身女性凯莉的友谊、爱情以及职业生活。由此，该剧与《欢乐颂》在题材与内容上的类同，为《欢乐颂》的快速传播以及高接受度提供基础，海外受众能够在原有认知的基础上，对该文化符号产生认同感，共享情感。

　　女性观众是目前电视剧的主要受众群体，很长一段时间内，以"都市＋"为主题的女性都市剧占据了极大的市场空间。2020 年《三十而已》以"大女主"的角色定位和女性独立的主旨吸引了大量海外用户，真实地展现了当下 30+ 女性的生活与困扰，挖掘人性深度。播出后在权威评分网站 IMDb 上获得较高的评分，还被越南 VFC 制作中心购买了翻拍权。全职太太顾佳为照顾家庭，退出职场，为帮助丈夫烟花公司度过危机，想要进入"太太圈"获得资源，不惜花重金购买限量款包包来站稳脚跟，后经"太太圈"的算计，接手问题重重的茶厂，丈夫的出轨背叛让她对自己经营的幸福家庭失去希望，转而将全部精力投入茶厂中，立志要救回濒临倒闭的茶厂。奢侈品店柜姐王漫妮沪漂八年，典型的"精致穷"代表，能力出众却在职场中频遭同事嫉妒与算计，签下百万订单后升职在望，因一次艳遇与"海王"梁正贤相识，并逐渐沦陷在爱情泡沫中，发现被欺骗后，果断选择分手，回到家乡的种种不适让她下定决心重返上海，并决定要留学提升自己。平凡普通的上海本地人钟晓芹，有房、有工作、父母且在身边，看似美满却充满不幸，丧偶式的婚姻让她不堪重负，尽管生活在同一屋檐下，但夫妻之间并未有共同语言，衣物分开洗，丈夫得知妻子怀孕后不想留下孩子……离婚后的晓芹逐渐找到自我，逆袭成为作家，重拾幸福。她们在各自成长过程中重新确认自我情感、事业和心理需求，不断完善对自我身份的认同。女性对家庭和事业的取舍，社会与个人发展之间的关系，一次沉浸式的 30+ 人生探险之旅激发出强烈的情感共鸣，鼓励全球社会女性自我意识觉醒。除此之外，该部剧翻拍权在国际市场上持续热销，由柠萌影视主控的泰国版《三十而已》已于 2024 年 1 月拍摄完毕，除了泰国之外，《三十而已》的翻拍权已经被授权至日本富士电视台、韩国

JTBC、越南 VTV、印尼 VIU 等国家和地区的头部平台。

目前，季播剧《欢乐颂》共出品 5 部，但仅有前两部出海，豆瓣评分也从第一部的 7.5 分逐步下滑，第三部经原班人马大换血后仅有 4.9 分。尽管沿用了《欢乐颂》的剧名，但第三部的反响却未达到预期，即使邀请了原著作者担任编剧，但重新塑造的人物与全新的故事并未吸引观众。一味地追求关注度和话题度，沿用前两部所形成的欢乐颂 IP，第三部所体现出的不切实际的剧情以及市场女性题材都市剧的泛滥等问题，大量的重复、千篇一律的人设造成观众审美疲劳，引起诟病，从某种程度上说，《欢乐颂》后续出品的几季反而对已有的市场形象和积累起来的口碑起到了负面作用。

尽管 2024 年改编自亦舒同名小说《玫瑰的故事》尚未在国际平台播出，但它的强势出圈对当前市场流行的女性题材都市剧具有导向作用，"双视角"的叙事方式勾勒出一幅新时代女性自我觉醒的群体画像。以刘亦菲饰演的女主黄亦玫前后二十年的成长与感情经历为主线，刻画都市情感生活，生动演绎当代女性不被情感与现实所束缚，勇敢绽放生命。《玫瑰的故事》为"女性向"网络文学作品的影视剧改编发展提供一个新方向，强化的女性的主体意识和对自我的认同是网络空间中一种新文化形态的建构。朱珠饰演的姜雪琼物质与精神双重独立；未婚夫的移情别恋并没有让蓝盈莹饰演的关芝芝陷于自我怀疑的情绪中，果敢抽离，最终成为职业女性，人生圆满；万茜饰演的苏更生，即使年幼时遭受创伤，但并未因此消沉，职场上雷厉风行的她依旧找到了自己的幸福……女性的全员独立不是基于外界环境的影响，而是来源于人物本身精神内核的强大，强化了女性本位的叙说。明快的节奏、惊喜的剧情、电影质感的制作契合当下时代的审美特点，充分展示女性的魅力，刷新了观众对都市感情剧的印象。

第五节　青春校园偶像剧

"青春偶像剧"是网络爱情剧发展的必然产物，以校园生活为背景，演绎青春时期的友情、爱情、亲情的多维度故事，表达人们对美好感情的赞美与追求，已然成为我国流媒体平台的热播剧集类型。

作为中国第一部登陆 Netflix 的青春网剧——《致我们单纯的小美好》改编自赵乾乾同名小说，由胡一天、沈月、王梓薇、高至霆等人领衔主演。该剧讲述了江辰与陈小希 19 年的共同成长，二人经历分别，并在重逢之后再续前缘的浪漫历程。

2017 年 11 月 9 日，《致我们单纯的小美好》在腾讯视频独播，播出当天播放量过亿，3 天后破 2 亿。无论是从剧集的话题热度还是观众认可度来看，《致我们单纯的小美好》的表现远超同时期播放的同题材影视剧。首先，该剧在内容定位层面属于青春校园偶像剧，重点突出对学生时代的友情及青春懵懂的刻画，积极向上、充满活力的校园生活勾起了无数人对学生时代的美好回忆。《致我们单纯的小美好》在改编时对于人物进行大幅度调整，尽管大量删减原文中出现的人物，但这些人物的性格特征或者角色作用仍被保留，糅合进主要角色中，同时将原著中江辰的家庭背景进行重设。区别于传统泡沫偶像剧中出现的"高富帅"人设设定、校霸打架等烂俗情节，鲜明生活本色标签的设置使得《致我们单纯的小美好》得到了观众情感上最深层次的共鸣。其次，该剧市场定位准确，青春校园题材的目标受众明确且单一，剧情温馨与演员形象演技成为此类题材成功的最关键因素。选择没有粉丝基础以及缺乏表演经验的新人演员作为男、女主极具风险挑战，但演员的形象与气质高度还原了原著中的人物，同时演员的年龄与人物相仿，身上的稚气与懵懂贴合形象，恰好赢得观众好感。

原著中的叙事顺序是以陈小希和江辰再次相遇为起点，而对于高中生活的描述则是以插叙的方式、回忆的形式出现，复杂的时间线营造出强烈的时空交错，产生今昔对比的冲击感。而网剧在改编中则调整了叙事顺序，采用线性叙事方式，以高中生活为叙事起点，全剧的主要故事情节也集中发生在学生时代，致力于展现青少年的单纯与美好。更符合观众的审美习惯的线性叙事能最大限度地保证故事的完整传达，清晰的时空顺序易于受众理解，因此也成为具有统治性的叙事模式。

新的媒介环境与年轻化的受众趋势为不同结构的叙事方式带来更多的运用可能。尽管线性叙事仍被广泛使用，但 2020 年播出的中国台湾综合性偶像剧《想见你》是台湾偶像剧新尝试与新突破的典型代表。剧中所采用的非线性叙事，环线穿越，过去的李子维穿越到未来的王诠胜身上，未来的黄雨萱穿越到过去的陈韵如身上，灵魂穿越使整个故事的叙述线条呈现出一种莫比乌斯环形的闭锁结构。爱情、悬疑、青少年自我认同的社会命题在时空不断变化中交织在一起，为人物命运的展露提供更宽阔的表现空间。

海外播出平台 Netflix 所具备的内容评估体系的成熟度及衡量标准的高度，奠定了 Netflix 在全球流媒体播放平台的地位，而《致我们单纯的小美好》(*A Love So Beautiful*)成为该平台第一部引进的青春校园偶像剧，也侧面反映在 Netflix 的"用户画册"里，这类影视题材内容具有全球传播价值。除了将电视剧直接发行海外播出，华策集团还通过 IP 翻拍的形式推动国产内容创意出海。泰国翻拍的《致我们单纯的小美好》于 2024 年 6 月 3 日在 Viu 泰国平台播出，并且开播以来持续斩获平台收视第一，广受当地年轻观众喜爱，取得良好的国际传播效果。

以"青春""校园""爱情"为元素的网络小说改编的经典偶像剧除上文中提到的《致我们单纯的小美好》外，还有《匆匆那年》《最好的我们》《暗恋橘生淮南》《暗格里的秘密》等。但如何打造更易被海外受众接受的青春偶像剧，仍需深入挖掘校园类青春偶像剧在创作上的巨大潜力，塑造现代、年轻、时尚的中国年轻人形象、中国城市空间，增强叙事美学，提高收视新鲜感，才能真正开创青春校园偶像剧出海繁荣发展的局面。

以上这些得益于传播平台的多元化，也就是说流媒体时代为国产电视剧的海外传播发展提供新机遇。毋庸置疑，流媒体以传播速度快、覆盖区域广、互动性强等特点，逐渐成为国产电视剧国际传播中不可忽视的重要平台。随着跨国视频网站不断涌现，流媒体用户持续增长，中国电视剧国际传播平台日趋多元，在全球范围打破传统影视流通的垄断地位。

自 2019 年 6 月起，国内爱奇艺、腾讯视频、优酷、芒果 TV 等主流视频播放平台陆续推出海外版，已覆盖超过 100 个国家和地区，带动国产影视剧在海外的自主传播，实现了中国电视剧从"内容出海"到"平台出海"的转变。除此之外，通过与多地媒体的战略合作，YouTube、Netflix 等全球网络播放平台对国产剧的引进，迪士尼流媒体平台 Disney+ 的落地，多元立体的海外传播格局已经形成。优酷、爱奇艺、腾讯三家整合资源，抱团出海，联手开拓国际市场。根据各自特点和国外不同国家地区情况，针对性地制定了多样化策略，以灵活、高效的方式展开全球市场布局。以东南亚市场为例，爱奇艺在泰国、马来西亚、北美等地设立本地办事处进行本土化运营，同时还与马来西亚广播公司 Astro 达成战略合作，打造本地频道，上架爱奇艺的内容，借助 Astro 强大的媒体和营销网络以更快的速度触达当地用户。在海外版 WeTV 推出后的第二年，腾讯就以资本形式收购了有东南亚 Netflix 之称的 Ifilix。

在海外市场，中国影视剧首先需要被接纳，进一步才能产生共情。从日韩、东南亚到全球；从播出权输出再到翻拍权输出，中国电视剧在全球市场中百花齐放，以不同方式助力文化的国际传播及国家文化软实力的提升。未来，"优势类型＋精准投放"是国产电视剧高质量发展和海外传播的最主要路径，必须以优质内容为基础，以技术为支撑实现创造性转化和创新性发展，有效推动中国网络小说改编剧的对外传播。

💡 思考与练习

1.《步步惊心》作为一部带有正剧色彩的穿越剧，如何实现传播中的"共情"？

2. 选取熟悉的影视剧内容或网络类型小说原著，分析其中的留白艺术为何能够得到国外受众的认可？

3. 以"女性主义"为主题的影视剧为何近年来能够在国际上频繁掀起热潮？

下　编

国际版权与传播、书写策略

按照国际惯例，版权法赋予创作者一定期限的排他权，目的在于鼓励更多的作品被创作出来，而要实现该目的，应当保障自己有作品更多地被传播，从而使得权益人能够从中获得相应的收益。同样在国际传播中，需要严格遵循这样的原则。这也赋予了中国网络类型文学版权在国际传播中的公平待遇。

与此同时，传播的内容决定了市场接受度，需要高度重视传播内容与接受地的适配度。因此，需要有针对性地选择内容，以及适配的话语模式和表达方式，这样才能更好地实现传播的目标，达成实际效果。

第十一章

国际化的中国网络文学全版权开发

党的二十大报告明确指出："繁荣发展文化事业和文化产业。坚持以人民为中心的创作导向，推出更多增强人民精神力量的优秀作品，培育造就大批德艺双馨的文学艺术家和规模宏大的文化文艺人才队伍。"同时，党的二十大报告还提出："增强中华文明传播力影响力。坚守中华文化立场，提炼展示中华文明的精神标识和文化精髓，加快构建中国话语和中国叙事体系，讲好中国故事、传播好中国声音，展现可信、可爱、可敬的中国形象。加强国际传播能力建设，全面提升国际传播效能，形成同我国综合国力和国际地位相匹配的国际话语权。深化文明交流互鉴，推动中华文化更好走向世界。"

融合了科技发展与中国文学优势的中国网络文学，经过多年产学研一体化快速发展，以及全产业链多种形态的版权开发实践，当下已经在国内外收获了丰硕成果。一方面，她已经成为中国当下有活力、很流行的时尚文化符号，成为中国当代文学的重要代表；另一方面，她也正在广泛影响海外用户，从某些角度来看，网络文学正在以民间的方式，把中国故事、中国元素融入小说，自下而上地增强中华文明传播力和影响力。

中国网文在国内取得的方方面面经验，尤其是经过近三十年的充分发展积累下来的经验，同样适用于国际市场。在有关政策的促进推动下，经过多年摸索，中国网络文学出海也渐入佳境。

第一节　网络文学进入全版权开发的黄金时代

中国网络文学是当代文学的重要组成部分，是富有活力和影响力的新兴文学样式，而且是影视、游戏、动漫等文化产业的重要内容源头。根据中国音像与数字出版协会第一副理事长张毅君发布的《2021年中国网络文学发展报告》数据：过去10年，我国网络文学市场营收规模从24.5亿元增长到267.2亿元；作品规模从800余万部增长到3200余万部；注册作者从419万人增长到2278万人，增长超过4倍；用户从2.3亿人增长到4.9亿人；IP营收规模从不足1亿元增长至40亿多元，年均复合增长率超过100%；海外市场营收从2018年的4亿元增长到2021年的30亿元左右。从中国文学发展历史上来看，有了20多年发展历程的网络文学，已经毫无争议地成为这个时代中国文学的主要代表。①

中国社会科学院文学研究所党委书记刘玉宏也认为，从20多年前起步发展至今，网络文学对现实的关切程度达到了前所未有的高度，网络文学内容题材的多元化格局也已形成，在时代环境和社会发展的推动下，中国网络文学的历史使命与文化责任发生了改变，成为大众创作中国故事的重要载体和全民阅读的重要组成部分。②

随着免费阅读、会员付费、单章订阅等越来越成熟的网络文学商业模式出现，网络文学全版权开发工作也同步得到进一步的发展，并且呈现出越来越细分、形态越来越丰富的特点。这里所提到的"全版权开发"，主要是指对作品的版权进行拆分、运营、商业化变现、管理，并通过多种产品形态的相互转化，产生联动和协同效应。以网络文学的全版权为例，目前比较常见的版权主要包括：信息网络传播权、出版权、有声改编权、影视改编权、漫画改编权、动画改编权、游戏、衍生品与周边授权，以及翻译出海权利等。基于网络文学全版权开发出来的电影、网剧、动漫等丰富多元的互娱产业链开发、影音文多媒体传播形式也在迅速升级，以及在网络文艺批评、研究领域取得累累硕果，国内网络文学网站纷纷建立出海平台，海外本土化传播体系初步建立，并拥有了大量海外受众，这些都在证明中国网络文学开始进入全版权开发的黄金时代。这也意味着网络文学全版权开发与读者意识，尤其是融合创新意识到位是密不可分的。

---

① 薛詠贤、杨勇：《国际化的中国网络文学全版权开发研究》，载《出版广角》，2023年第4期。
② 《二○二一中国网络文学发展研究报告》，载《中国文化报》，2022年4月14日。

"读者需求和科技发展"贯穿中国网络文学全版权开发历程。中国网络文学的产业发展，相比其他文艺形态和传统文学发展，它主要有以下三个特点：一是基于免费、会员、广告等越来越成熟的网络文学商业模式；二是基于全版权的互娱产业链开发愈发完善；三是网络文学开发成为影音文，通过全媒体渠道进行传播的形式也一直在变革、进化。网络文学诞生于网络，因此它也像其他网络形态一样，例如淘宝、京东、拼多多，变革热火朝天，从未停止商业模式的探索，行业竞争激烈。这里不妨简短地回顾一下网络文学产业发展情况。

从中国网络文学产业化发展历程中可以看出，版权开发工作是随着读者需求以及科技发展等变化，这也是网络文学从诞生到壮大的主要原因，结合中国网络文学产业化发展历程来看全版权开发，有如下几个重要的时间节点：

1997 年，榕树下成立，开启介于杂志和网络小说之间的免费模式，2003 年，网络文学开始在起点中文网尝试 VIP 收费模式，千字三分钱，这是后来所有的文学网站延续到现在仍在使用的一种模式，后来很多网站和作家受益于此得以健康发展；2008 年 7 月盛大文学宣布成立，盛大文学占整个原创文学市场 70% 以上的市场份额。运营的原创文学网站包括起点中文网、红袖添香网、小说阅读网、榕树下、言情小说吧、潇湘书院六大原创文学网站以及天方听书网、悦读网、晋江文学城（50% 股权）；同时还拥有三家图书策划出版公司。盛大集团资本进入，代表着中国网络文学进入全面商业化阶段。自盛大文学成立一统网文阵容，便开始了包括且不限于电子书分发、出版、游戏改编、电影和电视剧授权等多种版权开发尝试；2007 年，网络文学开始在移动端找到发展空间，2008 年移动互联网市场规模达到 388 亿元，用户数量突破 2 亿。盛大文学、中文在线等头部网络文学企业，与中国移动阅读基地，得到迅猛发展；2011 年，亚马逊 Kindle 进入中国，数字阅读与国际接轨；2012 年 8 月，中国音频行业开拓者、市场规模最大平台喜马拉雅成立，网络文学也开始逐步有声化，小说借助声音得以二次传播；2014 年 IP 热了起来，文学借助影视开始发力，例如爱奇艺也成立了自己的文学事业部。《甄嬛传》《盗墓笔记》《琅琊榜》《步步惊心》等一大批影视剧从网络文学改编而来。2014 年到 2015 年，有 30 部电影作品是由网络文学改编，票房价值 130 亿元。截至 2017 年，已经有 20 年发展历史的中国网络文学生态已经形成，在商业上取得成功，中文在线上市，掌阅在上海敲钟，后来盛大文学也改名为阅文集团在香港上市。

发展至 2023 年，一大批存量经典网文 IP 和不断涌现的人气新作，凭借内容优势和粉丝基础在影视等互娱领域的持续、全面发力，此外，还有字节跳动旗下的番茄、七猫、米读等免费平台入场，以及以阅文、掌阅、追觅、推文科技等为主的网文出海，发展势头强劲。

中国网络文学的从业者和网文作家，已经适应了网络文学的发展节奏，而且已经与其他互联网企业一起达成共识：必须跟上时代的前进节拍，从"不进则退"更新为"只有快跑才能不被淘汰"。在风起云涌之中山河变幻，——"变"，才是网络文学唯一不变的模式，也是它发展壮大成为产业后，始终保持无限活力的主要原因。

第二节　网络文学"产学研一体化"为网络文学"出海"赋能

中国网络文学的全版权开发工作，受益于产业、高校、科研机构等相互配合发挥各自优势，"产学研一体化"快速发展也体现出综合优势，有效地推动了中国网络文学全版权开发策略的持续升级。如上产业发展回顾所述，网络文学发展并非一成不变，也并非一帆风顺。曾经在很长一段时间里，网络文学被视为"另类"，入不了文学评论家视野，网络作家也被视为"不务正业"，在由各地作家协会主办的线下活动，经常会有人提出类似"网络文学是不是文学"的问题，而且这类问题通常会引发网络作家和传统作家非常激烈的争论，社会群体和学界如此，学校自然也免不了受到影响，虽然有广泛的学生喜爱，但根本无法摆上台面，也没有太多机会被关注被评论，更不要提以专业的名义进入高校课堂，或者成为研究课题。这种现象，在网文影响力越来越大、网络作家群体越来越多的时候，开始有所改变。越来越多的学者专家开始发声，让众多网络文学从业者有所感知的学界代表有马季、邵燕君、欧阳友权、李玮、陈定家、周志雄、夏烈、吴长青、汤俏、吉云飞、王玉王等等，除了各地网络作家协会，各高校还纷纷成立了网络文学研究基地，例如北京大学网络文学研究中心、中南大学网络文学研究基地和中南大学网络文学研究院、山东大学网络文学研究中心、安徽大学网络文学研究中心、三江学院网络文学研究院等。

随后还有更多力量不断加入，例如中国作家协会举办网络文学评论高研班、中国文艺理论学会举办网络文学研究分会，《出版广角》等一批优秀学术期刊开设网络文学研究专题，着力研究中国网络文学发展问题，促进产业发展，爱奇艺也专门成立"爱奇艺文学院"，特聘数十位行业专家为"产学研一体化"出谋划策。

专家学者们深度关注网络文学发展，第一时间出现在网络文学作品最新更新章节区和评论区，也会出现在各类网络文学活动现场，他们用自己擅长和特有的方式，影响到作家创作，甚至领跑网络文学产业方向。举例来说，中国作协网络文学中心研究员马季，是最早一批关注网络文学的学者，他曾联合文学网站一起在2008年发起"网络文学十年盘点"活动，引起较大反响；北京大学研究网络文学的群体，带队人是邵燕君教授，2011年起在北京大学中文系开设网络文学研究课程，她和课程助教吉云飞最先关注到网文翻译网站"武侠世界"，接下来整个行业开始关注到网文出海现象，他们促成武侠世界与阅文之间的合作，也直接促发起点国际的成立，可以说，正是因为先有了他们"在现场"且是第一时间的关注研究，才会有了如今中国网络文学出海规模日渐壮大；另外，值得一提的是，国外对中国网络文学的学术研究关注度也呈现了上升趋势。就学术专著而言，有2013年JinFeng的《与网络邂逅：生产与阅读中国网络爱情小说》，该书围绕网络爱情小说加以探讨。这方面研究成果突出的主要是海外汉学家，如原英国伦敦大学亚非学院中文系教授、英国汉学学会会长贺麦晓，他于2015年出版了专著《中国的网络文学》一书，书中他从后社会主义背景出发，探讨中国网文未来可能遭遇的来自社会美学、意识形态与文化领域等方面的冲击。这些海外汉学家对中国网文的研究大多着眼于其海外传播现状及影响力方面。另外，从某种意义上来看，网文出海为网络文学全版权开发开疆拓土。

中国网文出海，目前是网络文学发展大趋势，是网文产业进化升级的重要体现，也是网络文学全版权开发征程中的一次全新启航，是乘风破浪、勇往直前的踏"海"行：2021 年网络文学海外市场规模突破 30 亿元，海外用户达 1.45 亿人。中国网文被海外读者喜爱，最新章节被中国读者追更的同时，也被北美、东南亚年轻人"追更"。

从作品规模的视角来看，网文出海可以简单地分为三个阶段：第一个阶段是单本作品版权的海外输出，这一个阶段作品因为在国内的影响力扩大，很多收到国外版权机构的合作邀约，这可以理解为偶然出海、被动出海；第二个阶段是多部作品的批量出海，这一个阶段国外网文爱好者自发聚集在一些论坛，例如上文提到的"武侠世界"，翻译中国网络文学的头部作品，后来这些头部作品得到批量授权；第三个阶段是以起点为代表的中国网文生产方式和发展模式开始出海，以海外网文用户为主要运营对象的网站和 App 开始上线，并开始有大量的商业资本加持助攻。中国网文商业模式向海外输出，包括作品策划、签约、运营、推广投放……出海企业有时会直接"复制粘贴"这些成功经验，与其他中国式互联网出海产品有很多共通之处。

新时代，网文出海有巨大机会。在全版权开发，尤其是在影视 IP 版权开发方面，国内网文从业者也需要向海外学习经验。以国外系列电影的版权开发为例：从 1972 年美国作家马里奥·普佐创作的长篇小说《教父》被改编上映，到科幻电影的第一 IP《星球大战》于 1977 年诞生；45 年来《星球大战》共推出了9 部系列电影、2 部外传、1 部衍生美剧，票房收益均在百亿以上，开启了科幻电影的"称霸时代"，累计收益已经达到 1000 亿美元。好莱坞出品的系列电影形成品牌，并以 IP 授权获得品牌衍生收益已成为商业经营的法宝和利器。中国网络文学的小说出海仅仅是第一步，类似于美国好莱坞这样的系列化版权开发，以及衍生品的进一步开发，会给中国网络文学的版权开发带来新的可能性。好的内容，加好的版权开发，两者组合在一起，或会开启一个全球现象级、地球人都能够读得懂的全新幻想世界，类似于中国版的《哈利·波特》。2017 年，中国就已超过日本成为亚洲网络文学出口第一大国。2018 年，中国向海外输出网络文学作品的数量已达 11168 部。另外，题材丰富多样，覆盖玄幻、仙侠、武侠、历史、都市、言情、游戏、科幻等多种类型，被翻译成英、法、日、韩、俄、印尼、阿拉伯等十几种语言文字。多部网文改编的影视动漫作品在海外叫好又叫座，如《陈情令》在泰国、《何以笙箫默》在越南、《从前有座灵剑山》在日本、桐华系列在韩国、《全职高手》在欧美、《甄嬛传》在非洲……这些影视剧带动了原著的火热，让"中国故事"受到世界各地用户的欢迎。

第三节　网络文学全版权开发面临的挑战和问题

在网络文学繁荣发展的同时，也应看到全版权开发工作面临着一些挑战，也存在一些问题，下面将从两个方面来看网络文学全版权开发方面的挑战和问题。

一是在日新月异的全媒体时代，以纯文字形态诞生、发展的网络小说，其创作方式和展示形式，需要进一步升级。网络文学产业的发展，除了内部有付费和免费之战，还有外部以短视频为代表的视听新形态，正在对原有的网络文学用户产生冲击，以抖音、快手为代表的短视频平台，聚集了一大批内容创作者和MCN 机构，他们可以快速便捷地随手拍、随时上传各种类型的短片视频，并以短平快的特点，得到大流量传播。

相比网文需要长时间的专业创作、持续不断地更新满足读者需求以及有一定的入门门槛等特点，短视频的生产流程更简单、成品周期更短、互动参与性更强、内容呈现方式更丰富，并且更多地占用了用户碎片化时间和开屏时长，这对网络文学产业发展形成一定的冲击，也对网络用户产生了一定的分流。

二是全版权开发中最热的"网文出海"，也存在一些亟待解决的问题。不同于在国内环境下已经自由自在生长了近三十年一切轻车熟路，中国网文在全新的海外进行拓展，还需要进一步解决精准翻译、打击盗版、降低文化差异门槛、适应本土消费娱乐习惯等问题。先来看语言翻译问题：毫无疑问，语言和翻译是网文出海必不可少的一环，也是最重要的一环。中国网文库存量超过 3000 万部，但一部成品的网络小说起步字数为 100 万字，获得用户喜爱的经典网文作品，字数更多达五百至千万字以上，人工翻译一部网络小说的成本高达 60 万元到 80 万元，纯机器翻译质量还无法满足无障碍阅读理解的需求，这对于网络文学出海造成了非常大的困难。

三是翻译过的网络文学作品，在海外渠道分发销售的问题。这个工作在国内似乎很通畅，更不是问题。因为网络文学有比较成熟的几家分发平台，针对不同的用户群体，对书进行分类分层运营。但是在国外完全不同，因为面对的是一个全新的市场和不同国家，以及全新的用户群体，各种各样全新又陌生的作品分发渠道，需要从业者不断实验摸索，成本消耗较大；此外还有关于盗版维权问题，国内的版权保护日渐完善，但版权保护工作，在国外会变得异常复杂。

四是需要处理文化差异问题：在中国好卖的故事，在国外就不一定能流行，男频玄幻、修仙等一些东方元素在国外已经科普得很好，女频作品，尤其带有中国古代历史背景的作品，还需要给予进一步解读，才能被海外用户理解接受。

因此，结合网络文学全版权开发过程中呈现出来的四个现象特征："读者需求和科技发展"贯穿全版权开发历程；读者意识和融合创新意识到位；"产学研一体化"发展成熟助力产业升级；出海也成为网络文学全版权开发征程中的一次全新启航。根据版权开发过程遇到的挑战和问题，国际化的中国网络文学全版权开发问题可以从以下几个方面来破解。

第一，需要坚定不移地继续在国内外发展网络文学，尤其要强化网络文学作品积极正向的意识形态使命担当。网络文学延续了中国文学的优秀传统，包括延续了中国文学的传统叙事方式，蕴含了丰富的中国文化元素，所以做好这一点也关系到是否可以以网络文学为主要载体，讲好"中国故事"，同时也承载了让中华文化自下而上地走出去的使命，叫好又叫座的网络文学作品在国内外的全版权开发，不但能够响应二十大报告"坚守中华文化立场，提炼展示中华文明的精神标识和文化精髓，加快构建中国话语和中国叙事体系，讲好中国故事、传播好中国声音"，还能获得社会效益和经济效益双丰收。

第二，要持续不断地升级创作方式和作品形态，在国际化、全媒体化背景下，进一步加强"产学研一体化"，丰富网络文学的作品呈现形态，例如，探索将网文改编成为具有当下最火的短视频特征的系列"微短剧"，以及结合 AI 工具，进行 AIGC 的人机合作，进行全新创作实验。

第三，要加强拥有国际化视野和能够满足全球化用户需求的网文作者队伍建设。让人意外的是有不少国内的作者，以及当地本土作者，开始尝试将中国网文的写法，以及中华文化元素，融入到本土读者喜爱的故事里面，例如国内擅长讲"三界六道人世间"传统民间故事，国外读者也有比较喜欢的吸血鬼和狼人人设，那么在国外的网络小说中，也会出现人设与世界观相融合的创新实验，并且取得了较好的传播效果；更为可喜的是，一批擅长英文的中国作家开始尝试英文写作，以英语为母语的海外作家群体也在出海网络文学企业的引导下开始网络文学创作，且规模在逐渐扩大。

第四，树立国际化的头部示范企业典型。企业从业者，要创造更多机会，扎进市场多做实验，打通国内外版权融合发展的全产业链，探索成熟、健康的盈利模式，打造头部企业示范典型，通过头部企业的打样，从而合力找到完善产业发展机制的路径，消解产业掣肘，例如语言翻译、网络侵权、消费习惯差异等问题。

中国网络文学产业经历了从无到有的快速发展历程，在国内积累了丰富的 IP 孵化能力体系，即成熟的版权商务、内容运营、投放推广经验。当前，国际行业交流、针对网文侵权盗版形势下维权话题的全球探讨，以及全媒体背景下的版权开发也会有更多可能，为推动国际化中国网文全版权开发的长期健康发展，需要国内外多方力量在网文内容生产、题材选取、产学研一体化、作品翻译、运营推广与版权保护等多方面加强深度合作。

以期早日打通海外版权开发的全产业链，出现更多 Made in China、更宏大更有想象力、能够全球流行的大 IP。

思考与练习

1. 网络文学全版权运营对国际传播有哪些积极意义？

2. 网络文学全版权"出海"的问题有哪些？如何克服或避免所面临的问题？

第十二章

网络文学的本土经验与世界向度

互联网是全球化进程在 21 世纪的重要标志，同时也是撬动全球多元文化互动共荣的重要杠杆，在这个意义上，网络文学与生俱来就是世界性的文化现象，作品在网上一经发表便成为"世界文学"的一部分。由此，我们可以清晰地看出，在中国对外开放取得重大成果的基础上，经过 20 多年的探索与发展，网络文学不仅是"中国经验"的表达，实际上也是"世界经验"在这个时代的突出表现。现代文明生态系统中的文学，作为一种特殊信息符号，其根本功能是增进人与人之间，不同民族和不同文化之间的思想交流与情感传递，而在表现方式上，网络文学则有其不同于传统文学的特征，除了互联网自带的"技术性世界语"之外，基础信息的共享与文化价值的传播，使其以惊人的速度成为民族与国家话语的新型载体。

第一节　与海内外读者共建阅读时代

中国网络文学发端于民间，成长于日新月异的时代变革浪潮中，有其独特的文化视野和宽广的人文情怀。在精神资源上深耕于民族文化土壤，大量故事原型取材于古代神话传说，历代圣贤、文化典籍和重要历史事件在网络作家笔下"复活"，成为与现代生活有着某种关联的文学形象和场景。在表现方式上以时代精神为依托，手法灵活多变，想象力丰沛茂盛，因而成为巨大阅读市场的领跑者。

中国网络文学自互联网接入国门不久便应运而生，走出了一条兼容艺术性和商业性的类型化发展之路，涌现出大量具有中国本土特色的网络文学类型，如玄幻仙侠、架空历史、远古神话、古代言情、都市异能、历史武侠、现代修真、悬疑探险等。无论是玄幻小说代表作，如《盘龙》《斗罗大陆》《神墓》《斗破苍穹》《择天记》《龙族》《天道图书馆》，仙侠小说代表作，如《佛本是道》《尘缘》《诛仙》《仙路烟尘》《仙剑奇侠传》《凡人修仙传》《雪中悍刀行》），还是架空历史和古代言情小说代表作，如《家园》《回到明朝当王爷》《新宋》《清客》《琅琊榜》《燕云台》《窃明》《一品江山》《宰执天下》《山河盛宴》，乃至盗墓小说《鬼吹灯》《盗墓笔记》，这些作品在故事架构上各具特色，在人物设定上奇巧诡谲，在叙事方式上不拘一格，但它们拥有一个共同特征，即鲜明的东方世界观架构。

网络是一个开放性的写作现场，人人机会平等，不同思维的碰撞，不同观点的交锋，成为激发他人灵感的火种。除了上述东方架构的小说外，网络作家各显神通，从《佣兵天下》讲述三片大陆十几个国家，不同种族，席卷人、龙、神三界的史诗战争，到《亵渎》探讨人性与神性，规则与抗争之间的迷惑，再到《放开那个女巫》穿越异界发展科技，以及融合基金会和克苏鲁稳中带皮到极致的《诡秘之主》，网络文学自然而然产生了一批借助西方文明发展历程讲述人类共性故事的作品。工业题材小说如《工业霸主》《超神机械师》《超级能源强国》《星际工业时代》《神工》等，是在这一基础上脱胎和演化起来的新的小说类型。而以鬼怪或探险为题材的灵异惊悚小说，以网络游戏改编或具有网游特征的游戏竞技小说，同样是东西方文化在网络时代杂糅混合而成的产物。在网络文学的世界里，不仅古今是连接在一起的，东西方虽有文化差异却也是不可分割的整体。网络世界可谓天下一家，跨越时空的精神资源，颇有涓涓溪流入大海、你中有我无问东西的意味。

在某种程度上，网络文学渐进式地更新着我们固有的文学观念。过去，一般认为文学写作只是极少部分人的专利，是一项严肃、崇高而神圣的事业。"文以载道"，这样的使命不大可能由大众去完成，事实也是如此。但是，那是有前提的——精英文学作为唯一标准。显然，这个前提在21世纪以来的文学现场遭遇到了挑战。随着社会文明程度和科学技术水平的不断发展和提高，今天，文学不再是作家个人的事，大众的广泛参与前所未有，文学阅读即读者的需求对创作的影响力日渐扩大，直至互联网倒逼写作和阅读之间实现无缝对接。可以说，文学写作在今天已经进入作家与读者"共建"的时代，在这样情景下，"文"能否继续"载道"？回答是肯定的，只不过其形态发生了变化。民间的声音逐渐由边缘进入主流，文学民主，体现在全民思想解放和文化创造力的爆发，这是继 20 世纪 80 年代之后，"大国情怀"下"民众意识"借助文学领域迅速崛起的又一个黄金时代的到来。

网络文学被称为读者的文学，但不能以失去作家的主体性为代价，以空间换时间的创作道路注定是走不远的，市场的法则趋利避害，也难免伤及自身，文学终究有自己的法度。当下，网络文学以其巨大的体量，以及被大量改编成影视、动漫、游戏等其他艺术形式，证明自己的文化价值和商业价值，不仅在国内拥有 5 亿以上的读者群体，在 IP 领域纵横捭阖，而且在海外传播中初露锋芒，引人注目。在全球大众文艺花样翻新的圈粉过程中，IP 这个概念其实并不新鲜，但在中国网络文学的赋能之下，打通了现实与虚拟的屏障，创立了一个更具时代象征的文化符号。这或许正是网络在一个文明古国获得新生的本质意义。我们都知道，IP 的指向是最大范围地构建"情感共同体"，一部作品如果被指认为优质 IP，它应该葆有人类的共同价值与经验，中国网络文学正在往这个方向努力前行，以中华民族的优秀传统文化为核心，借鉴、化用西方文明成果以展示人类的精神归属。

人们不禁要问，网络文学的繁荣发展到底说明了什么？它一度被认为是有待管束的闯入者，时至今日又被视为文学的前景和趋势。它以一个叛逆者的形象东奔西突，敢于与既有相对成熟的文学形态相抗衡，在新的人文环境与商业利益的拷问下，仍然具有旺盛的生命力；它既体现了文学与时代错综复杂的关系，又体现了文学生命本体的生生不息。顺应时代、勇于创新，也许是网络文学的生命之源、立足之本。

第二节 中国文化的溢出效应

从 2014 年至今，中国网络文学以其独特的魅力征服世界各国的读者，创作与阅读队伍不断壮大。从刚开始的民间自发翻译，到现在逐渐规范化的商业模式，中国网络文学"走出去"的进程一步一步地踏实前行，中国文化的溢出效应正逐步显现。

2014 年 12 月 22 日，美国华裔青年赖静平创立了"Wuxiaworld"（武侠世界）网站，"我吃西红柿"的《盘龙》被译成了英文，中国网络文学踏上了走出国门的第一步。2015 年 1 月，另一位美国华裔青年、年仅 19 岁的 RichardKong（孙雪松），在一次度假中被唐家三少的《斗罗大陆》吸引，于是，又一家翻译中国网络文学的网站 Gravity Tales（引力小说）在美国诞生了。与单纯分享中国网络文学的"武侠世界"略有不同的是，Gravity Tales 还兼顾培养本土的原创作者群。这个创作群体主要是一群西方网络文学爱好者，在阅读中国网络文学之后，逐渐产生网文创作欲望的年轻作者。而在这个网站中，最受欢迎的作品是《全职高手》和《择天记》。目前，翻译中国网络小说的网站有上百家之多，读者来自美国、加拿大、德国、菲律宾、印度尼西亚等全球近百个国家和地区，不少人甚至自发参与翻译，为中国网络文学"走出去"推波助澜。

2015 年 7 月，掌阅科技启动 iReader 海外项目，正式进军国际市场。同年 10 月，发布了具有里程碑意义的安卓和 IOS 国际版本，在国内系统上加入了地域控制、用户绑定等功能，解决了地区版权保护问题，不断提升平台优质内容的国际化水平。在海外发展战略上，掌阅科技抓住国家推行"一带一路"倡议的契机，充分展开调研，将东南亚、东北亚、中东欧列为优先发展区域，充分发挥自身在内容、推广、运营、产品设计等方面积累的经验，紧密衔接、融合在地文化的不同特点，将"用户 – 内容 – 付费"的商业模式在海外成功复制，并有效启发当地资源，培育合作伙伴，寻求共赢发展。短短两年内，公司完成了 40 多次海外产品发布，支持 14 种语言，并与企鹅兰登、哈勃柯林斯、剑桥大学出版社、牛津大学出版社等全球知名出版机构进行联系合作。目前，掌阅科技可向海外用户提供 30 万册中文内容、5 万册英文内容及数万册的韩文和俄文内容。

目前掌阅科技海外在线用户规模已突破 800 万，月销售额达 300 万元人民币，海外平台上每天被下载的网络文学高达 500 万章以上，出版书 5 万册，历史经典作品 5 万册。掌阅 iReader 国际化的产品设计和运营多次获得 GooglePlay 的推荐。2016 年 12 月，在谷歌开发者大会 Google Developer Day 上，掌阅 iReader 斩获"2016 年 Google 商店最具人气应用"及"2016 年自我提升类最受欢迎应用"两项大奖。2017 年 1 月 25 日—2 月 3 日春节档期间，掌阅 iReader 还获得了港澳台等亚太重点地区苹果官方商店 AppStore 的首页置顶推荐，公司 IOS 端的海外用户提升了 30%。如今，掌阅 iReader 在我国港澳台、新加坡、马来西亚等 60 多个国家和地区的类 App 销售榜中位列榜首，其中包括近 40 个"一带一路"沿线国家和地区，成为在全球影响较大的数字阅读平台。

与华为公司合作开发的针对伊朗波斯语阅读产品，上线一个月，就积累付费会员用户 20 万人次。此外，掌阅科技还大力加强对外版权合作，其中对外授权翻译的语言包括英文、韩文、泰文等；仅在 2024 年上半年，公司和美国引力小说（Gravity Tales）、沃拉尔小说（Volare Novels）等平台达成合作，完成试授权 5 本小说（英文）；与韩国 M 故事坊（Mstoryhub）公司达成合作，完成试授权 3 本漫画（韩文）；与泰国 Meb 集团确定合作 40 本小说（泰文）。

2016 年 10 月，中文在线数字出版集团股份有限公司新设增加 Chineseall Corporation 美国公司。美国公司的主要任务为承担中文在线数字出版集团股份有限公司国内业务的国际对接，2016 年美国公司探索业务对接情况，完成听书产品的美国本土销售。同步构建了国内数字出版产品国际对接的主要研究工作。确定了数字阅读产品及数字内容增值服务的业务拓展方向。未来，美国公司将建成依托国外华人圈的数字内容产品销售平台，并逐步拓展到国际 IP 内容。同时也会将优质的国际 IP 内容引入到国内文化市场中。2016 年中文在线集团确定了"文学 +""教育 +"双翼飞翔的战略方向，以及国际化战略发展方向，主要计划如下：

一是教育主要从两个方向开展业务：海外书香平台和电子书籍销售。此外，2016 年中文在线投资纳斯达克上市公司 ATA，间接持有其总计 20.09% 的股权。ATA 以考试运营服务和在线学习服务为主要业务，于 2008 年在美国纳斯达克上市。对 ATA 的投资将拓宽中文在线在教育行业的销售渠道，扩大公司服务的辐射范围，增强公司教育产品的推广能力，加速公司的国际化布局。

二是海外游戏发行以及 IP 引入。

三是 AVG 游戏：针对女性群体，通过互动方式引导用户进行书籍的阅读。

晋江文学城在海外发展过程中形成了自己的特色，在 IP 的深度开发方面也取得了很大成绩。网站始终保持对草根作者的热情，因此作品题材涉猎广泛，形式多样。晋江文学城在线用户遍布全球 213 个国家和地区，是全球覆盖率最多的文学网站之一，其中美国、加拿大、澳大利亚等发达国家占有很大比重，海外用户流量比重超过 15%。晋江文学城的版权开发集中在东南亚地区，他们和 50 余家港台繁体字出版社、20 余家越南出版社、数家泰国出版社开展合作，累计向海外输出的网络文学版权超千部。在大力发展现有海外版权合作渠道的同时，晋江文学城还向日本、英国等发达国家拓展中国网络文学出版市场。自 2005 年至今，繁体和海外的版权输出业绩增长了 30%—50%，成为中国原创文学网站进军海外的排头兵。目前，包括泰国、越南、日本等海外国家和地区并没有成熟的文学网站和电子阅读商务模式，对于中国网络文学来说存在大量商机，发展前景十分广阔。目前，晋江文学城正在和海外出版社就共建电子阅读商务模式、共享版权渠道进行洽商，有望在版权输出方面取得更大突破。

2017 年 5 月，起点中文网的海外版起点国际上线，并宣布与知名中国网文英文翻译网站 Gravity Tales 达成合作，双方将协力推动中国网文海外传播正版化、精品化。起点国际将与 Gravity Tales 就生产精品内容、培养本土原创作家作品以及打通双方内容渠道等方面进行一系列的深度合作。两大阅读平台不仅实现了作品上线的同步，还吸引了一批海外网文作者加入到创作队伍中，并创作出不少优秀的网络文学作品。同时与韩国第一原创品牌 Munpia 合作发布"星创计划"，将韩国也纳入"中国海外网文"的队伍。

2018 年，阅文集团进一步加快了网文出海步伐，旗下 Webnovel 平台翻译作品总数 200 部，累计访问用户数超过 2000 万。网文海外读者落地工作紧张良好，在新加坡、菲律宾先后举行了粉丝见面活动，深受欢迎，并吸引了新加坡以及菲律宾本地主流媒体关注报道。在原有的网文译作基础上，起点国际还推出原创业务，短短半年多的时间里，即累计审核上线原创英文作品 10000 余部。其中带有中国元素的作品，如仙侠、武侠、中国饮食等成为国外作者最喜爱的创作类型。

第三节　网文出海创造全新文化模式

近年来，中国网络文学出海规模大幅增加，海外用户和海外作者规模持续扩大，2023 年网络文学海外市场规模超 40 亿元，网络文学海外用户突破 2 亿人，海外下载量达 20 亿次，超过 20 万名外国作者用母语在中国网络文学的海外网站创作，其中"Z 世代"（一般指出生于 1995 年至 2009 年的年轻人）占 80%。多个海外网络文学 App 产品日活超 10 万人，部分超百万人。截至 2023 年末，各海外平台培养海外本土作者近百万人，创作海外原创作品 150 余万部。网络文学海外传播整合力明显加强，生成式人工智能技术提升出海效率，中国网络文学叙事手法等被海外网文、微短剧广泛借鉴。

在网络文学国际传播方面有一定规模的网站有阅文集团、晋江文学城、掌阅科技、中文在线和纵横文学等，建立的海外平台有：阅文集团的 Webnovel，中文在线的 Chapters、Spotlight、Kiss，掌阅科技的 iReader、Story Lite、Storyaholic、Storyroom、Lovel、Multibook，纵横文学的 TapRead 等。线下方面，阅文集团、中文在线、掌阅科技、纵横文学在新加坡、泰国、美国、加拿大等地均有落地。还要特别说明的是，海外输出的文学作品经过 IP 改编实现了放大效应，反过来进一步促进了网络文学海外影响力的提升。中国网络文学海外市场已经从早期以东南亚、北美为核心，扩展至欧洲、日韩、非洲等地区，覆盖 40 多个"一带一路"沿线国家和地区。网络文学在出海过程中不断升级，探索出了新路径与新模式——从最初的国内作品翻译、IP改编（版权）输出，到建立海外平台、输出产业模式，助力中华文化走出去。由此，中国网络文学走出了一条从"作品出海"到"模式出海"再到"文化出海"的发展路径，为弘扬中华传统文化、增强中国文化自信，推进世界文化交流和文明互鉴起到了不可替代的重要作用。

如果说付费阅读商业模式的发展和成熟是网络文学能够形成国内今日规模的前提，那么"走出去"则是网络文学行业发展到一定阶段的必然结果，而IP改编作品的海外传播则是重中之重。跨界融合是当今文化产业发展的一大趋势，动漫产业率先迈出了一步。未来的动漫作品将更加注重与其他产业的融合，如游戏、影视、文学等。这种跨界融合不仅可以拓展动漫作品的市场和受众群体，还可以推动相关产业的发展，形成产业集群效应。同时，跨界融合也将为动漫产业带来更多的商业机会和盈利模式。目前网文改编动漫已经成为大趋势，放眼望去，爆款网文《斗罗大陆》《斗破苍穹》《凡人修仙传》《全职高手》《武动乾坤》《神印王座》《完美世界》《绝世唐门》《盘龙》《神墓》《遮天》《仙逆》《雪中悍刀行》《妖神记》《大奉打更人》等均实现了改编后的国际化传播。2024年3月29日，国家广播电视总局发展研究中心和未来电视有限公司在第11届中国网络视听大会上联合举办了"动漫IP全球化传播论坛"，论坛发布了《中国动画国际传播报告》，业界同仁一致认为，国产动漫正迎来一个出海发展的战略机遇期，随着AI人工智能的创新驱动，中国动漫IP全球化传播将迎来新纪元。

思考与练习

1. 中国网络类型文学出海的优势有哪些？
2. 请例举出中国网络类型文学平台企业的出海路线图。

第十三章

中国文艺国际传播中岭南文化书写的"在地性"

　　"在地性"作为中国文艺国际传播的理论范式和逻辑起点，也是一种传播策略。不仅需要尊重文艺自身的主体性特征，还需要遵循主体与接受者的对话与融合。粤港澳大湾区"岭南文化"独有的"普适性"具有典型的"在地"特征，丰富的文艺样式和地缘文化是中国文艺国际传播的重要载体和渠道。在传播方式上需要注意文艺主体与接受者理解上的一致性，且尊重文艺的多样性以及积极参与新兴媒体的融合。以期充分发挥大湾区文艺国际传播能力，同时为构建中国文艺国际传播话语体系提供可鉴的经验。

　　1992年，英国社会学家罗兰·罗伯逊率先提出"全球在地化"（Glocalization）是"全球化"（Globalnation）和"在地化"（Localization）构成的双向的过程。而这个概念原本起源于日语Dochakuka，原指因地制宜的种植方式，日本用"在地化"的概念替代全球化的概念使用。Dochakuka本义体现了日本对全球化"日本化"诉求，通过"Dochakuka"避免全球化商品的宰治而将具有在地性的产品输出到各国，恰恰也印证了罗伯逊全球化和在地化的双向过程。在全球化趋势中，在地性将会愈发重要，并在全球化时代中重新建构地方及区域的时代定义，在地性为全球化提供了发展的动力。[①]

　　毋庸置疑，在对外传播中，由于文化身份、历史和各种差异的客观存在，消弭隔阂，真正能够建立信任，形成对话将决定着对外传播的可行性以及传播效果。因此，中国文艺国际传播，需要重视"在地性"建设和普适主

---

① 易雨潇：《重新思考空间——Site-Specific Art与在地艺术》，载《上海艺术评论》，2018年第5期。

义①文化的推行。岭南文化的独特性以及粤港澳大湾区特殊的区位优势具有"在地性"和推行"普适主义"文化的优势。

第一节　中国文艺与"在地性"的关系

中国文艺是一个具体的概念，它能指一切代表着中华民族艺术样式的总和，这个概念既有自身的族别特性，同时也隐含了时间和空间的指向。"在地性"作为现代性的产物，首先是时间的现代性，它可以通过回溯历史，并通过记忆能够找到民族的共同记忆；与此同时，由于它还通过空间将历时的文艺演化和共时的文艺类型进行揭示。其次是空间从地点分离出来。"在现代性条件下，地点逐渐变得捉摸不定：即是说，场所完全被远离它们的社会影响所穿透并据其建构而成。建构场所的不单是在场发生的东西，场所的'可见形式'掩盖着那种远距关系，而正是这些关系决定着场所的性质。"②也就是说，通过"缺场"的各种元素的培育，日益使得新的空间得以生成，某种意义上这也是现代艺术走上一条区别于前现代时期受地点约束的模式的前提和动因。作为一种文艺的接受机制，"在地性"并不是刻意作为一种反全球化的设定，而是立足文艺本身所具有的特征和规律。

其一，"在地性"是全球化时代建构自我身份的一种手段，甚至还具有一定的对抗性。由于身份的公众版本及一个国家或地区存在的大量不同的生活方式属于身份圆环中的两个阶段（图13-1），两者应该区分开来，不过它们之间也相互影响。这些公众版本既由生活方式构成，同时也是斗争的场所，后者导致了生活方式的多样性。③

---

① 哈贝马斯认为，一个人根据其他生活形式的合理要求，把自己的生活方式视为相对的，一个人承认陌生人和其他人——连带他们所有的怪癖及不可理喻——有着与自己一样的权利……参见哈贝马斯：《自治与团结》，伦敦：弗叟出版社，1992年。
② 〔英〕安东尼·吉登斯：《现代性的后果》，田禾译，黄平校，南京：译林出版社，2011年。
③ R. 约翰逊：《民族形象》，阿姆斯特丹：罗多比出版社，1993年。

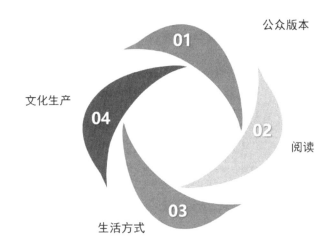

公众版本

文化生产

阅读

生活方式

图 13-1　公众版本与生活方式构成模式

虽然"在地性"强调差异化，但是被全球化假定的"一致性"掩盖了起来。艺术种类繁多，类型多样，其艺术特质丰富多彩，因此不可缺少典型的选择过程和评价过程，这样，"一个被认为有着共同价值的道德群体就形成了，其他价值被忽略。……文化身份被定义为与这些他者群体相对，由此形成了与'他们'或'他者'对立的'我们'的概念。也就是说，差异被夸大。"① 因而，需要对"在地性"的差异化与对抗性进行揭示，否则真实"在地性"的一面被遮蔽起来。作为一种文艺传播，势必形成"踩空档"的可能。也就是接受观念上的"在地性"被全球化的实践所遮蔽。所谓的"不接地气"也就是这样形成的，无数叫好不叫座的艺术实践相背离也与此相关。因为，它忽略了文化身份的存在，意味着斩断了与接受主体发生更多联系的可能，而仅仅停留在对艺术价值的主观认知上。

其二，"在地性"强调个性的表达，强调主动性和全球化特征。由于中西方对"地"的理解的差异，"在地性"更加突出个体的个性化表达，而且隐含着特色和趣味，这也是文艺所具备的特质之一。我国著名马克思主义文艺理论家王朝闻先生在论"现代剧与艺术趣味"时说："艺术趣味也是人们的意识的有机组成

① 〔英〕拉雷恩（Jorge Larrain）：《意识形态与文化身份：现代性和第三世界的在场》，戴从容译，上海：上海教育出版社，2005 年。

部分，它不可能独立于其他意识之外。人们的艺术趣味的基本倾向，归根到底是他的思想感情的一种曲折的表现，是他对生活的态度的一种具体表现。"①优秀的文艺作品不仅可以满足欣赏者、接受者的艺术趣味，还可以调动他们参与艺术想象的再造，艺术形象由艺术想象去填补、完善，这个过程其实也是艺术二度创作的过程，充分地满足了接受者个性化和主动性的需求。

2023 年 5 月，中国-中亚峰会在西安举办。西安范燕燕丝绸艺术中心总设计师范燕燕带领团队特别设计了 9 款代表中国文化的丝绸作品，作品中除了有兵马俑、唐三彩、唐仕女、捣练图等大家熟知的历史文化元素，还有陕西皮影、陕北剪纸"十二生肖"等中国悠久的民俗文化符号。她的创意旨在丝绸质料上设计印染出从长安历史轨迹出发，描绘周秦汉唐历史文化和丝路沿线民俗风情。峰会期间，西安范燕燕丝绸艺术中心还接待了吉尔吉斯斯坦国第一夫人阿伊古尔·扎帕罗娃、吉尔吉斯斯坦国立大学校长贵丽等人的参访。7 月中旬，贵丽校长再次率领学者代表团到中心参访。

其三，"在地性"强调互动性，同时坚持施为和接受之间的对话。"互动"的前提是能够互动，其次需要有"互动"的动力机制作为保障。仅有"互动"的条件而没有"互动"的动力，"互动"只会停留在形式上。前者需要"中介"使得能够互动，而后者的动力是相互信任和认可，使得行为能够延续下去。因此，整个行为所构成的所谓文化间性（Intercultural）是从哈贝马斯的主体间性理论衍生而来，它指文化间的交流对话的根本是要承认差异，尊重他者的对话。②诚如王朝闻先生在《听书漫笔》中所说："供人们欣赏的艺术，在一定意义上说，它具有表现欣赏者的欣赏能力和欣赏趣味的作用。能够预见这种作用反作用于欣赏活动，艺术家创造性的活动愈有自由。深知欣赏者的欣赏兴趣和感受能力，而且在创作中相应地表现欣赏者对生活对艺术的感受和反应，才能自由运用艺术创作的

---

① 王朝闻：《王朝闻文艺论集》，上海：上海文艺出版社，1980 年。
② 易雨潇：《重新思考空间——Site-Specific Art 与在地艺术》，载《上海艺术评论》，2018 年第 5 期。

方式和方法。"① 王朝闻先生深得艺术创造需要一种内在的互动机制作为参考，否则根本谈不上创造，也无法称为艺术创造。艺术作品的中介作用就是通过艺术传达作者与欣赏者之间的对话。亦即马克思所说的"人的对象化的本质力量"② 的显现。

可见，"在地性"为中国文艺国际传播提供了一种范式和路径，而岭南文化所具有的普适性强化了"在地性"，它们共同为中国文艺的国际化传播提供了宝贵的经验。

第二节 中国文艺"岭南文化"的大众普适性

中国文化博大精深，地域性和民族性共通，兼容性和移植性并举。有着2000 多年历史的岭南文化以其独树一帜的文化秉性成为中华文化史册中耀眼的一页。很多专家认为："岭南文化是在长期历史发展进程中形成的一种要素齐全、结构完整、层次丰富、特色鲜明、高度成熟的区域文化形态；其发展既体现了内在精神的连续性，也体现了历史的阶段性；其总体特征表现为商贸文化基础之上的世俗主义、功利主义、实用主义；其文化性格表现为具有较强的开拓性、开放性、包容性、创新性、变通性、务实性、适应性。其中最基本的特性是务实性，这是岭南文化中难能可贵的价值理性。"③ 岭南文化的这种多面性和流动性，为中国文艺的创新性发展和创造性转化提供了可能。同时，也是"在地性"集中的体现。

---

① 王朝闻：《王朝闻文艺论集》，上海：上海文艺出版社，1980 年。
② 马克思认为，在通常的、物质的工业中（人们可以把这种工业理解为上述普遍运动的一部分，正像可以把这个运动本身理解为工业的特殊部分一样，因为全部人的活动迄今为止都是劳动，也就是工业，就是同自身相异化的活动），人的对象化的本质力量以感性的、异己的、有用的对象的形式，以异化的形式呈现在我们面前。参见马克思：《1844 年经济学哲学手稿》，北京：人民出版社，2014 年。
③ 叶金宝、左鹏军、崔承君：《关于岭南文化的整体性认知——〈岭南文化辞典〉编纂的若干思考》，载《学术研究》，2023 年第 3 期。

其一，岭南文化的历史性与现代性叠加，为中国文艺国际传播"在地性"提供了身份的合法性。从地域范畴上看岭南文化，其区域主要集中在珠三角粤港澳和潮汕一带，以及广西的梧州、贺州、钦州等地，但是由于历史上这一带民众远涉重洋，所以作为文化的岭南已经远远超越了地域的范畴，它是历史的范畴也是民族志的范畴。近代以来，岭南作为接受新文化的中心，开化启蒙远超其他地域文化，是文化现代性的代表。这种特性本身就具有"在地性"的民族身份的特征，已经成为一种全球性的文化符号。李宗桂说："岭南文化的现代性，并不仅仅呈现于当代社会，而是从它作为一个独特的地域文化形态出现之后，其所追求、包蕴、践行的诸多价值理念中展现的民族精神，便已逻辑地蕴涵着通向未来的必由之路，亦即能够从传统走向现代的精神旨趣。"[1] 岭南文化中的这种精神禀赋为中国文艺的国际传播获得国际合法性身份的同时，也创设了无惧艰难的奋进性。

其中，侨批文化就是这样的代表。在广东、福建等地的方言中将"信"称为"批"，"侨批"除了有"信"的意思，还兼具汇款单的功能，所以"侨批"就是来自海外侨胞的"信、汇"合一的"邮件"。曹亚明在评价郭小东的长篇小说《铜钵盂——侨批局演义》[2] 时说："《铜钵盂——侨批局演义》不是单一性的家族叙事小说，我们会从阅读中发现潮汕文化的某些神秘性——既传统保守又包容开放，在不同的历史时期，人们为了能够生存，无论是在贫瘠的土地上耕耘，还是漂洋过海去淘金，他们都相互扶持坚韧前进，始终都坚守着中国传统的儒家文化。一壶功夫茶，一口潮汕话，一种浓浓的家庭观念，一腔剪不断的乡土眷恋，《铜钵盂——侨批局演义》既写出了潮汕人的坚强人格，也写出了潮汕文化的独特风韵。"[3] 无疑，这种"在地性"的题材，不仅勾起了内地人对传统文化的追思，同时也使东南亚华人华侨有了本民族的体认感。

---

① 李宗桂：《岭南文化的现代性阐扬——以广东为例》，载《学术研究》，2022 年第 6 期。
② 郭小东：《铜钵盂——侨批局演义》，广州：羊城晚报出版社，2016 年。
③ 曹亚明：《历史记忆的书写与契约精神的重建——评郭小东侨批题材小说〈铜钵盂——侨批局演义〉》，载《汕头大学学报（人文社会科学版）》，2018 年第 12 期。

以"侨批"为题材创作的民族歌剧《侨批》于 2022 年 10 月 4 日在广州大剧院正式首演。该剧是在 2022 年 7 月 3 日珠海大剧院试演版本的基础上修改打磨之后的再次亮相，一经上演即获得了一致的好评。游暐之说："歌剧《侨批》的落脚点可谓精妙。作者'在物言物'从'批'的本意'信'字出发，讲述了一个感人肺腑的动人故事，弘扬了中华民族诚信为本的高尚品德，传递了国家富强、人民幸福的思想内涵。"①

除长篇小说《铜钵盂——侨批局演义》、歌剧《侨批》之外，还有广东汉剧（原称"外江戏"，是清乾隆年间由中原地区流入广东、福建、江西的皮黄剧种，用中州音韵演唱，素以音乐唱腔典雅且优美动听著称）《天风海雨梅花渡》。"侨批"不仅在岭南以及潮汕地区有着深厚的人文传统，在泉州、厦门等地区也颇具影响，哥仔剧《侨批》就是这样的代表。2022 年 7 月 16 日，由福建省委宣传部、福建省文旅厅主办的歌仔戏《侨批》进京展演活动圆满完成。7 月 17 日，歌仔戏《侨批》专家研讨会在北京举行。与会的 16 位业界专家给予该剧高度评价，认为福建不仅抓住了一个好题材，而且用心打磨出了一件好作品。② 这些作品集中形成了颇具特色的"侨批"叙事，其文化内涵意义深远，精神价值荡气回肠。

其二，岭南文化的家族性，是中国文艺"家国"情怀的具体体现，也是"在地性"的精神血脉延续不断的动因。尽管"家"文化有着浓厚的前现代特征，但这也是中国文化中的本位核心文化。因此"家国文化"并没有近现代工业文化的濡染而有所退化。相反，在历史长河中越发弥足珍贵。

"目前，据广东省三普登记，珠三角地区广州市、佛山市、东莞市等共有祠堂建筑 3172 座，约占广东省全省登记祠堂建筑的 42.3%。其中属于广府民系的祠堂所占比例较高。广府祠堂文化作为广府民系同姓宗族共有社会关系的综合体，成为大湾区区域文化价值认同传承的重要载体。依托广府祠堂文化的传承发

---

① 游暐之：《如琢如磨精修〈侨批〉重装首演情动羊城》，载《歌剧》，2022 年第 11 期。
② 仲呈祥等：《重温"侨批"历史 展现中国精神——哥仔剧〈侨批〉众家谈》，载《福建艺术》，2022 年第 7 期。

展，激活传统的祠堂文化，能保证区域文化核心价值稳定与持续发展。广府祠堂文化在历史变迁、文化延展中的流变，隐藏着大湾区城市文化发展的主线和脉络，只有抓住这条以宗族传承形成的脉络，才能探寻到大湾区文化价值的内核，归纳出广府文化的共性。"① 广府文化中不仅蕴藏着浓厚的建筑艺术的精髓，还有大量的民俗文化和装饰文化等非物质文化遗产。某种意义上，广府文化的"在地性"超越了文艺的范畴，一定程度上可以归因于到岭南文化核心精神中的内敛性和实用性。

可以肯定地说，"如果从全球化空间转向的视野重视艺术与地方知识重建，那么艺术中愈发注重创作与具体地点之间的关系也就不足为奇了，而这也并非是中国特有的现象。"② 这意味着岭南文化中的广府文化在这方面具有一定的典型性，其背后的文化符码和历史钩沉让人充满了想象，其文化考古和知识构建远没有完成。这也为中国文艺的世界表达预留了新的叙事空间。

在广州大学城华南理工大学教学区的北侧至今还保留着两座非常高大的祠堂，其中，靠近湖边的两座相邻大屋门框木匾上分别写着"雅乐黄公祠"和"应麟黄公祠"。两座祠堂的一旁则是4间仁厚里古民居。几间民居及祠堂连成一片，构成仁厚里历史文化保护区。因为在华南理工大学的校内，它与湖塘美景形成一个整体，学校在此专门开辟了美育空间，供大学生开展研学活动。

其三，岭南文化的创新性，善于对外来文化的吸纳，打破固化的单一性。为中国文艺的"在地性"创造了新的话语可能。"在跨文化传播中，'在地化'也多指一种产品或服务只有与在地文化融合，适应在地性需求，才能得到更好的发展。事实上，'在地化'就是一个外来与在地关系的互动协商问题，具有强烈的

---

① 陈若蕾：《岭南文化价值与文化生态传承发展路径探索——以粤港澳大湾区广府祠堂文化为中心》，载《文化产业》，2022 年第 12 期。

② 易雨潇：《重新思考空间——Site-Specific Art 与在地艺术》，载《上海艺术评论》，2018 年第 5 期。

互动性和关系性特征。"①港、澳地区作为回归后的特区，有其文化的异质性和丰富性，同时由于它具有一定的灵活性和开放性，内置的文化禀赋融合度高，吸纳性强，更容易诞生新的文明样式。

改编自澳门青年作家朱丛迁（笔名：麦然）所著同名小说的科幻舞台剧《恐龙人之失控的未来》，从2022年以来一直在全国巡演。

该剧为麦然恐龙人系列作品之一，后续作品仍在持续推进。该系列图书全部在澳门创作，受到莫言、贾平凹等一众文学巨擘联名推荐，并获腾讯授予最佳原创IP奖。由儿童文学读物改编的舞台剧《恐龙人之失控的未来》，融合了"恐龙"与"科技"这两大最受儿童欢迎的题材。整体剧情设定严谨，构思巧妙，情节曲折，引人深思又通俗易懂。

除此之外，香港的葛亮小说作品以及《香港文学》为代表的世界华文文学的集聚，等等，这些作为南下作家和海外华文的补充，都为中国文艺的岭南"在地化"注入了新鲜血液。

其四，新兴崛起的都市文化和网络文艺作为岭南文化的重要分支，都有着"在地性"的艺术特质，其构成的新型文化形态已经成为传统岭南文化的补充。素有"打工文艺"诞生地的珠三角尤以深圳、东莞、珠海最为典型，辅助南下作家群的融合，"打工文艺"②向"新南方写作"③转向已经成为一种趋势。

作为全国第一梯队的广东网络文学，除了诞生出知名的网站——腾讯之外，

① 张允、卢慧：《中国网络文学海外传播的在地关系建设研究》，载《中国编辑》，2022年第7期。
② 打工文艺指新工人群体创作的文艺作品，包括文学、歌曲、影像、戏剧、文化活动等。参见田颂云：《打工文艺传播的价值分析》，载《青年记者》，2016年第5期。
③ 2018年11月9日，陈培浩在《文艺报》上发表文章《新南方写作的可能性——陈崇正的小说之旅》，当时是希望借助"新南方写作"这个概念来彰显陈崇正写作中的独特想象力来源。其时，正在北师大-鲁院研究生班读书的朱山坡、林森、陈崇正经常一起讨论，他们认为"新南方写作"应该成为更具覆盖面的批评概念。2018年11月，花城笔会在潮州举行，会间包括杨庆祥、王威廉、朱山坡、林森、陈崇正等一群朋友也热烈讨论了"新南方写作"这个概念的学术可能性，认为它应该成为阐释当下广大南方以南写作现象的批评装置。参见陈培浩：《"新南方写作"及其可能性》，载《韩山师范学院学报》，2020年第4期。

还有一批全国知名的网络文学作家活跃在创作一线。有着崇商历史传统的"十三行"①作为岭南文化的代表，被网络作家阿菩创作了网络小说《十三行》②。青年文学批评家刘妍说："《十三行》作者遵循现实主义精神和创作方法，用真嗓音发声，真心真实地表达书写，用作品呼唤'吴承鉴'似的人物彰显的精神。作者以较深的史学功底和动人的故事情节将和珅、乾隆、嘉庆、如妃与十三行商帮千丝万缕的联系作了细腻生动的描写，布局巧妙、层层递进，塑造了典型环境中的典型人物，呈现出性格丰满的人物、描写深入的历史细节。同时也让人们看到，粤港澳大湾区中各行各业都有数不清的'吴承鉴'，他们虽外在表现各异，实则骨子里'不服输'，在危难时更是表现出突出的担当意识和责任感。"③除此之外，还有一批影视、动（漫）画、网络（音乐）剧和网络游戏等代表岭南文化的新地标，它们都为中国文艺的"在地化"创造了无限的对话新空间。

第三节　中国文艺"在地化"传播须注意的问题

有人用"在地化"关系的"强""弱"作为研究方法论证中国网络文学的海外传播。笔者认为，这种方法不适合中国文艺，虽然"在地性"也强调关系，但是它们之间不是主客关系，更不是单纯直线型的施为和受为关系，论者忽略了"在地性"之间也有矛盾和对抗的一面。鲍曼引用文化人类学家列维·斯特劳斯（Claude Lévi-Strauss）在《忧郁的热带》（*Tristes Tropiques*）一书中指出，无论在何时，只要存在着应付他者不同性的必要，人类历史中通常就

---

① 从行商所具有的职能来分析，"十三行"的名称是由十三夷馆而来的。然而，到十三夷馆去联系交易的"洋货行"却不一定是十三家，可多可少，不过却只限于经过政府特许的经营对外贸易的洋货行。因此，把十三夷馆称为十三行的"十三"，概括使用于所有经营这一业务的行帮，实际上是合乎情理的，在称谓上也是确切的。参见徐新吾、张简：《"十三行"名称由来考》，载《学术月刊》，1981年第3期。
② 阿菩：《十三行》，广州：花城出版社，2020年。
③ 刘妍：《阿菩〈十三行〉：在流动的历史画卷中感受岭南文化》，载《中国艺术报》，2019年11月19日。

运用这两种策略：一种是人的禁绝策略（anthropoemic），另一种是人的吞噬策略（anthropophagic）。① 因此，在鲍曼看来，"'侨民'作为最充分也是最可感知的'他者'化身，他们之间的联合阵线，倒是非常有希望将各种各样的分散的充满恐惧和无所适从的个体，拼凑成一个迷糊的使人联想到'民族共同体'之类的东西；而且这也是我们这个时代的政府能做和正在被看到做的仅有的几件事情之一。"② 也就是说，"侨民"作为一种流动性的族群能够根据自身的文化印迹所进行文化"他者"的再生产，比原住民来得更稳固。

其一，适合的才是最好的。施为与受为者的理解如何保持一致性？王朝闻先生在《看戏与演戏》中说："就有修养的演员而论，深入角色和了解观众的双重任务，是辩证地给予解决的。他们知道把两者绝对地对立起来，不符合表演艺术的特征，也不符合观众那种合理的要求；不只愿意在欣赏中获得美的享受，也愿意认识戏剧所反映的生活；不只愿意成为事变的见证人，同时愿意成为事变的裁判者；裁判了戏剧所反映出来的事变，也就是培养他认识尚未经过戏剧再现的现实生活的能力。"③ 这句话很好地阐释了施为和受为的辩证关系，它表明艺术的接受功能既是一次成功的演艺行为，也是一种成功的接受美学。既包含了施为者的崇高性，也显示了接受者、欣赏者的文明和礼节。孙惠柱说："人们在欣赏活动中，既有提高自己的欣赏能力的要求，也有肯定自己的欣赏能力的要求。这两种要求互相作用着，构成了欣赏的愉快感。根据自己的欣赏经验，面对着评弹或其他艺术，如果感到愉快时，对它的内容不是一种简单的接受，而是有所发现的。艺术的力量，也表现在对于这两种对立而统一的要求的适应。"④ 中国文艺的"在地性"需要寻求一种适合的作品，给适合表达的人送上适合的作品，这样接受起

---

① 〔英〕齐格蒙特·鲍曼：《流动的现代性》，欧阳景根译，北京：中国人民大学出版社，2018 年。
② 〔英〕齐格蒙特·鲍曼：《流动的现代性》，欧阳景根译，北京：中国人民大学出版社，2018 年。
③ 王朝闻：《王朝闻文艺论集》，上海：上海文艺出版社，1980 年。
④ 孙惠柱：《第四堵墙：戏剧的结构与解构》，上海：上海书店出版社，2006 年。

来就会容易得多，相反，则是会被扣上意识形态的帽子，甚至会被对方所拒绝和抵制。

其二，尊重"在地性"对多样艺术形式的极致追求。中国艺术种类多样而丰富，必须考虑接受者的接受视角和本位。"在地性"强调生活意识的构建和地方知识的重组。以日本二风谷大坝前的雕像《回忆——二风谷大坝》（黑色大理石，1999 年）为例，作为反对大坝计划的日本二风谷阿伊努人只是少数派，大多数人选择放弃土地。从 1999 年 8 月开始，创作者知足院美加子在经营农业的贝泽家的小屋子里生活。贝泽也是二风谷审判原告之一，他提议雕塑就立在他家的土地里。知足院美加子开始了一边帮忙农业耕作，一边进行创作的工作。活动内容在当地每天用网页发布。[①] 毛利嘉孝对此评价说："这种记忆的传播、共有和变动，是语境里所得到的知识所无法保证的。它和怎样构筑记忆持有者–非持有者之间的直接关系性有关。通过脸对脸会话、共有时间和场所、体验同一空气的味道、或者用电话和书信交往，建构了直接的身体的关系性。……知足院在合作项目中所要展示的正是创造、传达并变动这种记忆的过程。"[②] 这样成功的案例再次提醒我们，意志疏通的难度以及共有记忆的不可能性，而艺术可以起到这样的点染和唤醒的作用。剧作家孙惠柱说："观众所得到的美感主要不是作品的形象直接给予的，而是产生在以此为触媒而引起的对于作者的创造活动的揣摩、思索之中，甚或是产生在远离作品本身的自由无羁的联想之中。这也就是欣赏者的再创造活动，欣赏者此时所能享受到的也主要是创造的美感而不是单纯静观或者由'内感'得来的美感。"[③] 这还是强调需要调动欣赏者和接受者的内在知觉，而不仅仅从作品的外观视觉出发，甚至压迫式强制接受，需要从这样的思维转换中获得很多有益的启发。

其三，"在地性"主张与新兴媒介的融合，以期扩大"视域"的"共通感"。

---

① 墨美姬、布雷特：《"种族"的恐慌与移民的记忆》，南京：江苏教育出版社，2004 年。
② 墨美姬、布雷特：《"种族"的恐慌与移民的记忆》，南京：江苏教育出版社，2004 年。
③ 孙惠柱：《第四堵墙：戏剧的结构与解构》，上海：上海书店出版社，2006 年。

所谓"屏幕式"思维不仅不反对"在地性"，而是合理地将"在地性"向屏幕媒介上进行迁移。一是新媒介背景下诞生了很多文艺类型。压缩形体和空间表达用所谓影视的方法来说故事，把大块的情节零碎敲打编出更多花样来。"当前的媒体时代和推销时代使得'说话'这种形式在各种场合都用得越来越多，反映到舞台上，叙事体的扩张应该说是顺理成章之事。"① 比如脱口秀就是这方面的典型代表。二是网络直播拉近了推送与接受的距离，并形成文化黏性。在贵阳市花溪区青岩镇龙井村一个古朴幽静的小院子里，贵州省工艺美术大师张婷婷正在给外国学生们直播上课，示范如何制作贵州传统的草木染。张婷婷擅长"豆染"技法，是贵阳市非遗豆染的代表性传承人。"豆染"是贵州传统印染技艺中的一种，借助镂空的图案模板，用豆面为主要原料制成防染剂，涂在上布料上进行染制。用普通的居家材料就能染出好看的颜色，学生们都非常感兴趣。2020 年，张婷婷参与了贵州师范大学与越南太原大学合作的"汉语桥"线上组团项目，指导了很多外国学生学习贵州少数民族传统的刺绣印染技艺。三是利用网络媒介，打造个人 IP。这种方式不仅具有浓郁的个性化色彩，还可以起到以点代面的效应。例如资深媒体名人曹启泰在社交平台发布了一条 2022 年版《明天会更好》的 MV，近 60 位演艺界人士重新演绎了这首经典公益歌曲，其中，"献给 2022 年的春天，献给用力生活着的你"在网络引起热烈回响。

这些传播范例，都是"在地性"极好的例子，将作者、接受者和媒介都拉在一个界面上，可以形成对话关系，也可以通过沟通，达成一种远距离的理解。

总之，"在地性"的内涵在于它的多维性和普适性，当前有很多美术作品特别是建筑装饰喜欢将"在地性"引申到人文环境的塑造以及与地域环境的关联。尽管这不影响"在地性"在文化传播尤其是远距离传播中的运用，但作为一种思维方式，它的功能远远超越了作为一种策略的理解。

中国文艺作为中国文化的艺术表达，在一定意义上本身就是一种方式、方法的集中体现，当然它本身有其完整的独立性，但是仅有这些还是不全面的，需要

---

① 孙惠柱：《第四堵墙：戏剧的结构与解构》，上海：上海书店出版社，2006 年。

在保持中国文艺独立性的基础上形成历史、文化的合力。特别是作为岭南文化的集中地——粤港澳大湾区，它还有其历史的特殊性，并有新颖的文化元素和传统的传播渠道，这些都为中国文艺的"在地化"传播提供有价值的参考。

思考与练习

1. 岭南文化传播中的"在地性"对中国网络类型文学国际传播有哪些积极的启示？

2. 请设计一部以岭南文化为背景的网络类型小说大纲，字数不少于5000字。

第十四章

对外传播视域中澳门的书写策略

麦然的长篇小说《冰川之子》和《妈阁的恐龙人》都以澳门的前世作为拟像存在，探索存在的可能性基础上进行反故事虚构，传统故事元素被嵌入科学机制，在解构人类中心主义至上的同时，彰显了宇宙化众生平等的"寓言化"倾向，传统的文学抒情性在数字文化叙事中得以复苏。构建整体性的哲学关注，重塑数字文化的危机意识和抒情性的寓言化书写成为此类作品的一种尝试。

作为地理坐标的澳门与文化地标的澳门都有其独特性。作为南来作家和学者集于一身的麦然在其长篇小说《冰川之子》[①]和《妈阁的恐龙人》[②]中将澳门抽象化、拟像化，进而被虚构、被书写。与常规写作者不同的是，这种被虚构作为一种反故事机制容易导致文学性减弱，而科学性和哲学性增强。同时在彰显"寓言化"宇宙中心主义的同时，后工业文化的抒情性在科学性中能够得以复苏。

第一节 "系统"设定的反故事性

故事系统中的反故事机制达成一种拟真。与传统虚构故事不一样的是，麦然的《冰川之子》和《妈阁的恐龙人》都以类型小说通常使用的"系统"作为故事设定。前者是将一个机器人——"我"，作为叙述者，这个"我"也是"人间AI系统"的一部分，是数字恶魔"伪神"与凡人之间对话的唯一"中介物"，由

---

① 麦然：《冰川之子》，北京：首都师范大学出版社，2021年。
② 麦然：《妈阁的恐龙人》，澳门：南国出版有限公司，2022年。

于"我"既有"机械性"的一面，也有"人性"的一面，当凡人与"伪神"面临一场大厮杀的时候，"我"这个中介所面临的就是一场注定驱散不了的"痛苦"。而在《妈阁的恐龙人》中也有一个"系统"，这个"系统"的掌控者不仅知晓6500万年前恐龙在人类活动的搅动下被迫苏醒的事实，这群恐龙也知道澳门人当下的真实精神状态。人类当中绝大多数人却并不知晓自身带着原罪——人类的活动汲取了恐龙人储藏在地下的能量。而当一部分苏醒过来的恐龙人准备复仇的时刻，作为穿行于这两个平行世界的聋哑人余莎则参与"反制"强大复仇计划的全过程。帮助余莎完成这项任务的大圣智者——黎宏辉老先生，他果断将系统的掌控权移交给了余莎，让她维持着澳门人与恐龙人各自的梦想，从而达成各自相安无事的平衡。

一是数字文化叙事反传统的故事模式淡化虚构性。与工业文化叙事的系统论和集成论不同的是，数字文化叙事更多强调普遍的联系性，弱化结构，消解中心，更多呈现一种离散式的关联度。无论是《冰川之子》还是《妈阁的恐龙人》，作者都刻意避开了人类中心和物质中心主义，而是将重点指向现实问题本身，甚至设置了一个个问题，引导读者去追寻问题背后的真相。科学主义和人文主义都无法解决的问题，最终还是要回到哲学本身去。《冰川之子》中"我"既非"人"，又非"神"，作为"物化人"，兼具"人"的情感，同时又带着一定的"物"性。所以，这个"我"是小说中伪神使者"琨"眼中的完美主义者。当部落遭遇困难的时候，各种力量便开始了真正的较量，"我"难以独善其身，但是"父亲"救了"我"，人性的复苏迫使"我"萌生追寻真相。最终"琨"说出了所有关于"我"以及整个人类命运的真相。

《妈阁的恐龙人》中的"聋哑人"余莎既不会说谎，也不能与正常人交流，她算是一个边缘人，甚至她与自己的父母沟通的机会都比较少，她母亲整天跟她父亲嚷着闹离婚，她也有在幻觉中才能品味到家庭的幸福。在这样的原生家庭环境里，她是一个彻底的孤独者。同样，由于澳门特殊的历史背景和独特的文化环境，造就了澳门人不懂得精于思考，大家都处在一种"符号化"的生存境遇中，因此，她更显得与当代社会格格不入。"澳门人很少管别人的对错，拿自己的道德去评价别人，他们习惯当每个陌生人都是游客……"。这样的状态，大家似乎处于一种无根的漂浮感当中。但是，余莎承担了大智圣者黎宏辉最后交代给她的任务：主动与准备制造人类恐怖活动的恐龙沟通，成功化解危机，使得澳门人继续着昨日的梦想，维持着一种依靠想象力带来的城市繁华。

从文本的构造来说，以个体承载多数人的命运转折，核心不在于文学力主倡导的英雄主义，而是回到哲学本身，即对于存在的本质、现象学意义上人类普遍存在着的各种内在关系以及如何发生的诘问。如作品《妈阁的恐龙人》中强调所谓"人类擅长说故事同时也依赖故事，因此我，出现前也会告诉人们一个故事……"，这也揭示了人们惯常以讲故事的形式作为了解世界的方式由来已久，并以复述故事来强化记忆，留存时间。作者正是用这种方式不仅消解故事对于现实的意义，还将我们引入更高阶段的思考。

阐释学家艾柯说："现实当中，小说世界确实是现实世界的寄生虫，但从效果来说它能框定我们在现实世界里的许多运用能力，而只让我们专注于一个有限而封闭的世界，这个世界仿佛与我们的现实世界很像，却在本体论上贫乏许多。因为我们不能走出它的疆域，我们只能深入地挖掘它。"[①] 艾柯在这里点出的真实世界与虚构世界的勾连是通过"像"世界——这个中介来达成的，而从根本上说，读者并不能打破小说世界疆域的封闭性，这个新世界只是作者借用真实的世界来营造出的虚构世界的一种手段。因此，所谓以真乱假、真假参半正是从这个角度说的。

二是数字文化叙事中的"城市"与"市民文化"对传统故事虚构的填充与反噬。何谓"虚构"？叙事学家华莱士·马丁认为："为了解释真与假，我必须给出例子——假装肯定，而实际没有肯定。这就是虚构。我建立这一体系的动机是排除虚假、谎言、虚构，但我如果不在这一体系之内重复我要排除的错误，就不可

---

① 安贝托·艾柯：《悠闲小说林》，北京：生活·读书·新知三联书店，2005 年。

能建立起这一体系。"①诚然，这里所说的"虚构"是针对整个故事系统而言的，并且关联着叙事。因为我们的哲学传统是以真实为逻辑起点去定义虚构（小说）的，因此传统故事虚构大多采取因果律，作者以强烈的是非观念构造一个近似现实社会的众生空间，通过一定的典型人物命运来观照现实社会。某种意义上，传统故事虚构先天带着一种批判性的思维，以明确的"对"与"错"作为价值维度呈现故事的内核。其中的故事文化大多采取"抓取式"和"提供式"两种形式，读者只需将其中的故事事件自觉联系起来，形成一种普遍规律。当然，对照既成的社会文化谱系，则需具备一定的知识才能破解其中的答案。

数字文化叙事则是有意识地打破传统以时间为轴线的固定叙事结构，立足于建构未知世界，通常还采用一套科学理论系统、软件程序中的"游戏谱系"乃至AI系统，需要读者具备足够的科学素养、计算思维和计算逻辑。

《妈阁的恐龙人》中的"地质时间""地图""系统""缀魂器""挖矿""人造天空""白塔""默世界""镜世界"以及"通天塔""克隆""基因"等等，这些都是数字文化中的新物质范畴。显然，传统故事叙事模式无法对应这些"漂浮"的概念，在数字文化故事情境中，无所谓过去，也无所谓当下，更多的是思考未来的"我们"有可能遭遇的命运。当下的"城市"以及"市民文化"都作为未来的一种参照，对照传统，新系统范畴已经不再就某种现象或新的问题做出是非与对错的判断，作家只负责设计一条通向未来的路径、可开发的功能以及某种不确定的未来，这成了后工业文化叙事的一种症候。

即使在追溯澳门前世今生的《冰川之子》中，作者虽然通过凡人与"伪神"的争斗过程来展示一个朴素的道理——"做自己的神明！别依赖别人，自己做自己的英雄"。无论对机器人还是数字恶魔而言，这样的道德箴言以一种命题的方式进入故事阐释系统。对读者来说，这种形式隐含了一种积极的意义——作者试图通过一种交流，给读者提供某种积极的暗示，并用实际知识阐释作者命题的洞见和预见。同时，作品也在肯定一个基本事实，技术和科学所压抑的肉身不但不

---

① 华莱士·马丁：《当代叙事学》，伍晓明译，北京：北京大学出版社，2005年。

会觉醒，甚至有可能还会混淆两者的绝对界限。这也超越了现代性意义上的所谓人类进化过程中所遵循的优胜劣汰的基本规律，人类未来也许真的会具有某种后现代特征——所有的个体各据一方、各得其所。

诚然，数字文化叙事的这种科技拟真性，尽管并不直接通过传统的语言拟像手段达成，但技术情境和人类肉身所能够达成的共谋关系恰恰给反虚构带来了可能，即传统故事虚构一味依赖交流性的语言情境的命运被今天指涉性的技术情境所改变。

所谓"城市"带着人们的居所已不是大地一样的亲和感，市民文化也不是巴赫金意义上非主流性的大众狂欢，而是再次沦为一种新的边缘，充满了陌生性和疏离感。因此，相较于传统而言，这些叙事元素可看作对当下现实世界的一种重新阐释。

第二节　"假性叙事"与托物起兴

数字文化叙事中的"假性叙事"可看作是一种带有启示性的"起兴"。所谓"假性叙事"在教育叙事中常常被指"被研究者在叙事中不自觉的就会采用社会公共的话语来表达自己故事的现象，这表现在被研究者认为用社会中每个人都认可的话语讲述的故事就是真实发生的故事，而真实的故事是什么当事人却遗忘了。即被研究者把权威性的话语转化成了个人的话语"[1]。某种意义上这是一种以个人话语僭越社会公共话语的错位，在数字文化叙事中通常会把"假性叙事"理解为相对于传统故事虚构的故意为假，实为力求拟真，试图营造真实情境置人于新的范畴中来获得情感认同，并通过情调、氛围、质感等文学性手段来增强艺术感染力的一种叙事功能。

而所谓比兴，"乃譬喻和起兴的连称，就是将不同性质且并无因果关系的两个或多个事物组成比喻结构，以便发生想象上的联系，或是以某物兴起另一不

---

① 张鲁宁：《教育叙事中"假性叙事"的成因分析》，载《上海教育科研》，2005年第5期。

同之物，同样依托于想象。比、兴均须借助于联想，在前者，譬喻的两物并举共现，在后者，另一物仅是通过联想被忆念或两物一先一后出现。"① 因此，"起兴"作为一种传统诗歌的修辞方法，主要通过"类"的归纳，并借助"物性"转喻"人性"，进而通过一种并置的"中介"手段来象征，从而间接地为抒情服务。虚构作品的这种增强手段虽然能够通过情绪的调动获得情感上的认同，由于先天的故事性势必让人在一种真假现实中进行辨识，理性压制感性，小说有限的修辞与语言张力之间进行必要的话语博弈，人的情绪被抑制。数字文化叙事的拆解功能打碎了这种抑制，并将文学性退回到科学和技术的背后，从而在科学和技术搭建的"假性叙事"中完成所谓技术性流程，同时形成了与现实空间迥异的超现实世界、异世界或者一个平行世界。从小说叙事功能向小说修辞的过渡，使得类型文本变得更为丰富。

一是作为一种神谕启示的"通天塔"所形成的多元结构关系，使得现实世界得以具体并悬置。在《圣经·旧约·创世记》第十一章故事中有一个人们建造的塔——巴别塔。根据篇章记载，当时人类联合起来兴建希望能通往天堂的高塔。为了阻止人类的计划，上帝让人类说不同的语言，使人类相互之间不能沟通，计划因此失败，人类自此各散东西。此事件，为世上出现不同语言和种族提供解释。麦然小说中出现的"通天塔"则是有别于人类建造巴别塔那样的科技神谕之塔。这与人类的肉身世界形成了一种对照，也区别现实世界的一种建基。而现实世界的建基则被海德格尔认定为"艺术的本源之处"。海德格尔指出，人类的建基最早来源于古希腊。他说："如此这般被开启出来的存在者整体被变换成了上帝造物意义上的存在者。这是在中世纪发生的事情。这种存在者在近代之初和近代之进程中又被转换了。存在者变成了可以通过计算来控制和识破的对象。"② 也就是说，本质性的世界通过种种转换来得以完整展示。麦然小说借用了这种建基的模式，试图在虚拟世界中建构一座对于人在异世界中的存在之塔。

---

①　张节末：《"兴"的中国体质与西方象征论》，载《中国文学批评》，2021 年第 2 期。

②　海德格尔：《艺术作品的本源》，孙周兴译，北京：商务印书馆，2022 年。

《冰川之子》中的"伪神之塔"——"高塔的顶端和苍穹'触碰'的地方，庞大如山的巨大的轮叶日复一日地向大地沥下粉色的霜降……伪神之塔、降下的霜降，它们正是星空消失的罪首，气温永远寒冷的原因。"这里的"天空之塔"其实就是一种神谕的暗示，也是一种界别于凡人世界的象征。"琨"作为伪神之首弥夏的使者，他向"我"揭开真相之后直接回归天狼星，这座象征性的"天空之塔"也随着他的消失而消失。可就在"天空之塔"倒下的刹那，大地变了人间，星空格外清晰起来。因此，这里的"天空之塔"作为一种邪恶的象征，别有深意，在它倒塌之后，现实世界中的潜藏的"诗意"在一种重新开端中才开始向真理"敞开"，正义和温情也才开始主动向人类"降临"。

《妈阁的恐龙人》中"天空之塔"的来由则更加复杂，老恐龙人向女主余莎介绍它的来由。原来这座塔是那些醒来得早的恐龙人与人类祖先共同合作建造的产物，为防止冰河甚至冰川过快融化，致使海水上涨淹没人类部落，因此，它不惜代价造就了更靠近星空的"天空之塔"，但人类后来违背了初心，在人类大战前将"天空之塔"改造为太空船飞向太空……也就是说"天空之塔"是拯救人类的一种"装置"，人类背信弃义将拯救意义上的神谕变成了一种实用的工具。因而彻底激怒了恐龙人，并因此触动它们起誓——从此不再与人类合作。

无论是"伪神之塔"还是"天空之塔"，都将人类的存在状况作为一种前置的暗示，前者是一种被动劫难，而后者则是一种主动施难，它们都指向人类本身所面临的现实处境。前者是一种摆脱，而后者则指向一种反思。人类的过去和未来的两种处境，唯独与现实的当下不再发生关系。前者是一种欢歌，后者则为一种扬弃，它们都是为人类的家园而建，而鸣。正所谓最理想的状态是"更幸福的世界，需要容得下地上的人类和地下恐龙人的两个世界，同时也是避免恐龙人竭尽想要摧毁人类的办法——给恐龙人一个梦，让他们在梦中沉睡"。其实，这都是作为一种建基的存在，考量着人类自身对于命运的主动选择权。

二是"假性叙事"中的"非人"的人设使"时空"与"共情"形成耦合。数字文化叙事本质上建构以技术为核心的"非人"立场，在结构上并不以线性时间为主轴的翻转式叙事。所谓异时空、平行时空或者超时空都可以作为叙事空间，而且这样的空间可以随意调转、折叠和移场。比如在《妈阁的恐龙人》中有多维空间：恐龙人前哨基地的第一层为人造天空；恐龙人前哨基地的第二层为"默世界"；恐龙人前哨基地的第三层为"镜世界"。以及"白塔"，即悬置于空中的部分最为宽阔、连接天地的"触角"分外修长、宛若插入地底世界的"双头针"，这是地下的海面，地下的天空。这样的设置作为一种装置，完全是技术化的世界。突破了人类的居所空间，在本质上是非人的世界。

《冰川之子》中的苍石部落、石像森林、血沙之海、火山口、天空之城等等这些空间，貌似物理空间，其实也都是技术空间，甚至连酉长送给儿子"泊夏"的成年礼——一头叫作"桑戈"的长毛犀牛都是技术世界的产物。因为"我"——"泊夏"天生就是一个机器人。在机器人读懂的世界里，只不过采用了人类的观察视角而已。

从叙事逻辑上来说，无论是《妈阁的恐龙人》还是《冰川之子》都是基于人类自身的原罪，这原罪不是《圣经》意义上人类对上帝忤逆与冒犯，而是科学、人文意义上的双重纠结。诚然，站在人类中心主义伦理基础上判断，人类是不可能真正能够走出自身所设置的美丽的新世界。麦然把这个问题设计成并非完全是"常人"意义上的"非人"来处理。《妈阁的恐龙人》中貌似让余莎遇到了一个旷古的难题——人类的毛病真是太多了，她所有的难题都得到大智圣者的帮助才有开悟；而《冰川之子》中的"泊夏"同样在忧虑中带着哈姆雷特式的难题，余莎的难题是由出身于 1900 年的黎宏辉，一个从福建流落到澳门发展的商人，他也是余莎母亲的爷爷最终帮助解决的；而"泊夏"的难题得到伪神弥夏的使者"琨"的一番指点迷津，提出人类如何摆脱自身的劫难，而真神也许就是超越自身之后的那个智者之为。

一定程度上说，这样的叙事逻辑很容易将故事与话语形成混淆，从而影响了故事的虚构性，因为话语重阐释。反过来说，虽然故事不能等同于阐释，但是，作为一种叙述，将读者与小说的内容形成了一种理解的行为过程。"因为在阐释中我们必须以全然不同的方式进行话语分析。(然而,请注意,故事也可以作为'叙事'的同义词使用。)① 如何处理好这个问题,"非人"的人设具有一种强烈技术化的带入感。

同时,作为"非人"的人设,一方面摆脱了自身情感的纠缠,另外一方面又从第三人称的"局外人"视角透视了对立关系中的角色转换。恐龙人对人类的抱怨和伪神对凡人的警惕与鄙夷,都将人类置于被审视,甚至被审判的境地。作者的写作视角也从第一人称转换到第三人称,通过视角转换形成一种"审美间离",最终,读者在取舍之间做出符合"人性"的选择,这不仅不违背常理,也符合常情。"非人"的人设的抒情性伴随着这种本质的解放自然也就释放出来。这种抒情既不是施予主人公的,而是人设自身在反思、觉悟前后两个不同时空的感喟与咏叹。

某种意义上,它们在与传统叙事平行的"假性叙事"中建构了一种"非人"意义上的计算逻辑,这种逻辑的起点仍然以人类命运的转换作为最终旨归。一方面探讨人类已有的问题,另一方面预设了未来人类有可能遭遇到的一种命运。从这层意义上,小说在本质上唤醒了传统人类社会的"家园"意识,而这种"家园"意识与传统抒情形成一种呼应。并在"非人"的人设情境中唤起一种对自然和人性的渴望。抒情的回归也就顺理成章,适得其所了。当然,这种回归是以一种"寓言"式的叙事方式进行的。

第三节 "寓言"性反思的生成

数字文化叙事直面技术对现实的"切割"后的"寓言"性反思。所谓寓言,它是一种古老的文学形式;是密切关系到人类在理解、解释并建构我们的经验的努力中与他人交流思想(先是口头的,后是书面的)这一基本需要的文学类型。

① 雅各布·卢特:《小说与电影中的叙事》,徐强译,申丹校,北京:北京大学出版社,2011年。

寓言的特性使它特别适于作为语言和叙事交流的图解。① 在一定程度上，寓言作为叙事图解，它与传统叙事的"整体性"有着诸多的不同。数字文化一方面对"家园"的召唤引起了抒情兴味的产生，同时由于技术和科学扑面而来对现实的直接"切割"所导致的"零散"，传统的"整体性"文本直接受到来自新质的肢解和挪移。在被肢解的整体性之外也并不是机械性的破碎，而是需要读者通过个体经验来重组和粘结成一个新的文本。

一是以旧文本与新文本的互文性转换来重组"寓言"。技术具有一种颠覆性的力量，它不仅使人改变了原有的思维模式和逻辑形式，通过寓言叙事作为图解的新文本已经不再满足于传统释义的基础上所进行的各种拼贴和转义，而是在新的思维模式和逻辑基础主导上进行新的物质"构建"，这种新的文本不仅有来自对旧文本的碾碎，也有对旧文本的直接舍弃。也就是原先固有的结构、人设和命题观念都将遭遇到钳制与革除——一种新的"寓义"情境随之生成。即新"寓义"不再是旧"寓义"的延续或者翻版、升级，而是一种全新的理念和价值。核心之处在于作者所建构的世界中再次确立了对技术版图的重新理解，以及对一定历史时期的文化有总体性的判断。

《冰川之子》中的数字恶魔也有人性的觉悟，作者在小说中预设了一个前置条件，像部落酋长这样的"人性至善"唤醒了"机器人"儿子内在人性的复苏。这当然带有一种积极的浪漫主义色彩，正是在这样的可能性之下，与人类智性相对的"伪神"自然也就没有存在的必要，凡人一样可以成为自己的"真神"，这其中的"寓义"不言而喻，人成为真神的过程即是一种抛弃弱点，寻求超越的过程。之所以说这个过程同样是叙事性的，正是因为整个途径经历了事件的被描述过程。

《妈阁的恐龙人》同样也是抓住了人性的弱点，将恐龙人所揭示出的人性的弱点进行正面展示。"街上到处可见的恐龙以及轻松而来的金钱，和澳门居民的旅游梦境正好吻合！""余莎曾经满心担忧澳门正走向不可知的未来，以为被

---

① 雅各布·卢特：《小说与电影中的叙事》，徐强译，申丹校，北京：北京大学出版社，2011 年。

'系统'统治下的澳门，将会使得大人们沉沦在不可知的数字幻觉中，就像小孩沉迷于游戏那样，疏远游戏以外的世界，从而忘却了现实。"这些直接对当下澳门人生活现状的描述，形成一种新的观念。为此，它们得出与传统认知完全不一样的结论，这也为作品所蕴含的内在批判性反思提供了鲜活的素材。

二是重视公共知识之外文化的差异性。科技视角下的新知识体系所构建的"寓言"文本的生成，是数字文化叙事的重点。毋庸讳言，人类已有的技术与科学成果所造就的公共知识，是建构新文本的基础，但是仅靠这些公共知识是无法达成新"寓言"文本的。而与公共知识形成对应的差异性知识则容易在阐释中形成一定的盲区与歧义，这也是数字文化叙事有可能成为"小众文化"的原因，相对于大众接受而言，这种危机感是随时都会产生的。麦然小说在反现实的同时，力图在一组组相对的关系中，不断追寻新的逻辑关系。他不仅从如何发生处追寻，还在如何走向中寻找一种可能性的普遍趋势。传统意义上的作家思维能力显然还是不够到位，而是需要一种代码工程师的编程计算思维，须从语义逻辑直接向数字和计算逻辑方向上转换、提炼。

《妈阁的恐龙人》中显然有意识地点破了科技与人隔膜的关系，"早在6500万年前，将记忆化作了'系统'，都是记忆的一个个碎片，再见到他，亲自问他点什么，就需要他的逻辑。"这是用计算代替时间的转换；"澳门是个神奇的城市，在这里很少有人会过问太多，澳门的中国人是我看过的最宽容的人类，他们不会像世界上其他人类一样用各种习俗去评价你，只需要你遵守规则就好……"这同样在用一种技术思维评价当下澳门人，而不再是传统意义上的文化思维；"比如，我们是人类实验室的产物，只要我们承认自己是人类制造出的生物，克隆也好，基因改造也好，小心翼翼的捧起人类的自尊心，骄傲的人类便不会分辨其中的。""这世间多出了什么并不重要。他们也被系统宣称为是人工基因改良的智慧恐龙生物，只要是被冠上人类创新之名满足人类的虚荣心，似乎对于幸福的人类来说什么东西出现在街头都是合理的。"这些将人类自身具有的虚荣与自私的本性都暴露出来，尽管这是从一个虚构的恐龙人的嘴里说出来的。它无比真实，批判性也更强。

同样，在《冰川之子》中也有着对人类自私、贪婪和自负的各种批判。"凡人最大的问题就在于你们太依赖于情感，因此你们太容易冲动，太容易被最易煽动的仇恨蒙蔽双眼。""他们为获得权力而煽动仇恨，他们一直坚称我们赠予的是恶魔的毒物，阻止世人与天人进行交流沟通，自我标榜代表天道的凡人狂徒们一次又一次地攻击交易都市……"显然，所有这些批判性语词是以一种命题式的阐释，人类似乎也无力反驳，这带给作品的冲击力也是显而易见的。《妈阁的恐龙人》中余莎虽然最终制止了疤面恐龙人挑起觉醒的恐龙人对全体澳门人的攻击，这种和解的姿态其实在话语中，而不是在故事中，这也是作品未来需要直面的问题之一；同样在《冰川之子》中"我"的父亲——宿夏部落首领雷迅用身体挡住了伪神首领"泊夏"投向"我"的长矛，这样的设定，同样是一种寓言的叙事图解，深深地带着作者的科学知识观念。

也就是说，之所以会出现一组正反对应的逻辑关系，其实遵从的不是道德或伦理的法则，而是算法的数字法则。在两部作品中，系统和数字编程作为一种新的叙事手法，也是作者力图改变传统的叙事方式的一种尝试性策略，这种从形式出发的数字文化叙事，可看作是麦然数字文化小说创作的主要特色。

总之，麦然小说中的数字文化叙事主要在系统设定、叙事方式以及人设的"非人"化，激发了传统的"家园意识"以及"诗意"的复现。在强大的传统文化叙事背景下，麦然的这种突破尽管走的是小众路线，但是就整体世界观而言，可称得上是以小说的形式探索当代数字社会问题的范例。

其一，从单纯的环境问题向整体生态问题的过渡，这不仅是时间的问题，也不再仅仅是科技的问题，而是整体哲学的关注。诚然，在很大程度上，这些并没有引起足够多的重视。《妈阁的恐龙人》中提出了当下人的漂浮的生命状态，从无根到无灵魂的孤立感；《冰川之子》中提出了人类从农耕文明跨入数字文明之后，浑然不觉间自身可能遭遇新的技术危机。同时，人类可能因对技术的过度迷恋而忘却了远方的星辰大海。这些都需要整体性的哲学关注。

其二，重塑后工业文化的危机意识。作为一种新类型文学的探索，"恐龙人""伪神""泊夏"这些"非人"人设，以及余莎作为一个机敏的边缘人，传统文学中很难见到这样的文学形象。且不说公众对这些"非人"的情感认同，单从故事的构成来说，推动情节发展的动力因缺少了传统的历史文化和心理学机制，在故事的发生源头上少了必要的推力。尽管作者在故事的虚构中吸取了传统戏剧的远前史和近前史的设定方式，形成了丰富的矛盾冲突，但远远超出了那种既定的推理模式。由于作者采取了"非人"与"人"内在的本质动力源之争来进行循环推理，而且这些需要具备现代科技知识才可能理解其中的意图。说到底，这是两个族群对于地球（宇宙）能源的不均衡支配，以及为此进行的纷争。所以，这个问题绝不只是一个表象的生态问题，而是整个宇宙的资源（能量）的再分配问题。也就是说这种潜在的危机意识还没有完全被大众所认知。

其三，寓言化书写所形成的抒情性是在反思作为前提的背景下形成的。海德格尔认为："主体性、对象与反思是共属一体的。惟当反思已经得到了经验，也即被经验为一种与存在者的基本关联时，作为对立状态的存在才成为可规定的。"[①] 麦然的数字文化小说的整体性反思与当下现实社会是并置的存在，也突破了所谓科幻类型范畴的约定俗成。如果科幻是带着某种遥不可及的想象，那此岸与彼岸未必形成一种互文性的观照。数字文化小说重建了一种新的范畴，并且将人类既定的现实也总括进去，这样一来，人类的家园意识随之崩塌，反思性的抒情在一种反本质主义中获得了新生。

因此，在更深层次上对于技术和能量的危机与转换，将在今后相当长的一段时间内都是人类必须面对的现实。麦然的数字文化小说仅仅只是开一个头。"非人"化的类型小说能否赢得更多的人关注我们的星球，以及各类新技术物种的降临，这是文学之外的另一个不得不面对的新话题。

---

① 海德格尔：《演讲与论文集》，孙周兴译，北京：商务印书馆，2020年。

💡 思考与练习

1. 请举例说明数字文化叙事中的"反故事性"是通过什么方式实现的。
2. 数字文化小说中的"寓言性"反思有哪些前置条件？

中国网络文学的起源及其经典化

王婉波　〔荷〕贺麦晓

编者按：处于急剧转型期的当今中国社会，"大众文化凭借着大众传媒、消费社会的出现逐步建立起了优势地位，并冲击着高高在上的精英文化。网络时代的来临更加剧了这一领域的冲突和革新，互联网的巨大影响渗透到社会生活的方方面面，传统的文学观念随之产生了新变"①。近两年国内学者关于网络文学的起点、定义、主流化、经典化等问题热议不断。关于网络文学此类问题的交流与讨论可以帮助我们思辨网络文学"何以存在""如何存在"的真相，逐渐明晰网络文学的发生与发展历程，更好地促进与助力网络文学的兴盛与成长。

贺麦晓教授曾在 2015 年出版的 *Internet Literature in China*（《中国的网络文学》）② 一书中探讨过相关问题，他从文学史、文学社会学等研究视角切入，对网络文学早期特别是较为先锋的文学创作现象进行关照，梳理并深入分析了中国网络文学的发展历程及重要现象。他在一定的文化环境中观察文学活动，而不是孤立地研究文学文本问题，体现了其学术旨趣。近年他又发表了网络文学相关研究文章。本文以此为背景，在王婉波与贺麦晓对话、访谈的基础上，由王婉波整理成文。

一、网络文学的起点

王婉波：当前中国学术界关于网络文学的起源问题众说纷纭，也各有所依

---

① 殷昊翔：《网络批评主体的博弈与兼和》，载《长江学术》，2021 年第 3 期。
② Michel Hockx, *Internet Literature in China*, New York: Columbia University Press, 2015.

凭。有事件起源说、现象说、作家作品说、论坛起源说等，目前引起较大关注的是欧阳友权、马季、邵燕君三位学者的观点。欧阳友权提出"网生起源说"，认为网络文学诞生于 1991 年的美国，是"生于北美——成于本土——走向世界"的，《华夏文摘》在美国创刊是一个重要标志事件。[1] 马季提出"现象说"，认为中国网络文学的溯源顺序应该是：北美留学生邮件和论坛 + 少君——黄易 +《风姿物语》——《第一次的亲密接触》+ 榕树下文学网。[2] 邵燕君提出"论坛起源说"，认为论坛模式的建立、趣缘社区的开辟、论坛文化的形成等使得金庸客栈被锚定为中国网络文学的起始点。[3] 其他学者也纷纷提出不同看法。究竟应该以什么标准来考量网络文学的起点？

贺麦晓：我觉得这三个说法都可以成立。我自己当时也是《华夏文摘》的订户，其内容确实包括文学创作，但并不光是文学，也有很多政治性内容。相对纯粹的网络上的文艺创作，比较早的是当时在美国的姚大均的网络作品，大约 90 年代中期开始做，我的书中有所讨论。另外，如果到中国大陆以外去寻找早期的中文网络文学，也得注意到台湾和香港的情况，那两个地方都比大陆更早开始广泛使用互联网。

王婉波：您在书中提到中国网络文学的第一部作品出现在 1991 年的《华夏文摘》上，直到痞子蔡的《第一次的亲密接触》，网络写作风格（online writing style）才有了雏形。一年后大陆出了简体版，成为畅销书，这本书为随之而来的"网络文学热"铺平了道路。从形态和风格上说，《第一次的亲密接触》似乎也是网文的源头。您现在再来看，网络文学的源头是什么？

贺麦晓：我当时其实没有专门研究这个问题，关于早期网络文学的基本信息都来自欧阳友权和梅红的著作。当时大家都认为《第一次的亲密接触》是第一部

---

[1]　参见欧阳友权：《哪里才是中国网络文学的起点》，载《文艺报》，2021 年 2 月 26 日，第 2 版。

[2]　马季：《一个时代的文学坐标》，载《文艺报》，2021 年 5 月 12 日，第 2 版。

[3]　参见邵燕君、吉云飞：《为什么说中国网络文学的起始点是金庸客栈？》，载《文艺报》，2020 年 11 月 6 日，第 2 版。

比较成功的网络小说。

王婉波： 邵燕君提出中国网络文学的"中国性"这一概念，认为超长篇类型小说是真正的"生于本土也成于本土"。但北美时期的网络文学也有一些"中国元素"，毕竟创作主体是中国留学生或华裔、华人，作品的主题内容、思想情感等都有着浓厚的中国韵味和色彩。如果以是否具有鲜明的"中国性"来考量其能否代表真正的网络文学，似乎不太合适。当下流行的网络长篇类型小说确实有鲜明的"本土性""中国性"特征。但以"生于本土成于本土"这一特点来追溯网络文学的源头，您觉得可行吗？

贺麦晓： 长篇类型小说作为网络文学的主流，确实是中国大陆网络文学发展的一个重要特点。我开始研究中国网络文学是在 1999 年或 2000 年左右，当时中国学者和评论者用"网络文学"这个提法并没有想到长篇类型小说。但是后来"网络文学"的含义似乎有所改变，现在一说"网络文学"，一般会被理解为长篇类型小说。

另外，其他国家和地区也有一些长篇类型小说在网上发展得很好，但是很少受到学术界和批评界的重视，也很少有如此成功的商业模式。中国大陆网络文学的真正特点（依我看来）不是这个现象本身，而是对这个现象的学术评价，以及它的商业模式。

王婉波： 非常认同您的这一观点。另外，网络文学的发展是分阶段的。当我们把网络文学分为不同阶段时，对网络文学的溯源和界定就不能只考虑当下最主流、规模最大的类型作品吧。邵燕君把从纸质时代迈向网络时代的过渡阶段出现的网络文学称为"传统网文"，把最近几年出现的向二次元、数据库写作方向发展的网络文学称为"二次元网文"，以此来看，网络文学二三十年的发展出现了"断代史"。您在书中对网络文学也有划分，第一阶段是网络文学实验阶段，如网络诗歌实验；第二阶段是 2010 年左右引起关注的网络通俗小说，第三阶段是伴随手机等移动端、阅读器的普及而产生的网文。如果这样来看，那么对网文的溯源是否有新的考虑，不会局限于是否是论坛形式，是否是游戏化、数据化写作，是否具有鲜明且成熟的商业模式，是否有强大的读者粉丝市场。

贺麦晓：我书中确实试图采取比较宏观的方法，但是有评论者指出，我所研究的作品主要还是那些符合"传统"文学标准的东西。我承认是这样的。我对长篇类型小说不太感兴趣，而且因为我的中文阅读速度有限，也无法真正开展研究。

王婉波：您所说的第二阶段和第三阶段的网文区别是什么？您之前说耽美、玄幻、穿越、科幻等类型小说属于通俗文学范畴，这在国外并不新鲜，可能因为之前中国通俗市场不够繁荣，所以这类小说借着网络文学的势头兴盛起来了。那么国外通俗小说是一种怎样的景观，有没有依赖于线上社区或网站，有众多人参与互动的原创性文学形式？

贺麦晓：有这样的形式，但一般是业余性的，不是商业性的。另外，我当时认为第三阶段的特点会是互动的减少，因为我觉得用手机键盘只能留一些很短的评论，不可能有像以前那样比较充分的讨论和互动。估计我错了，年轻人并不觉得手机键盘给他们带来了限制。

王婉波：文学历来有精英文学、严肃文学、通俗文学等之分，如果网络文学是通俗文学，那么现实题材网络文学，以及那些展现社会发展、人民奋斗等类型的网络小说与当下纸质出版的现实题材小说的差异是什么呢？

贺麦晓：网络文学也可以有"严肃"和"通俗"之分。前者边缘性、创意性较强，后者更加商业化、格式化。网络小说和纸质小说的差异主要在于网络小说的互动性。

王婉波：作为女性，我想问一个自己关注的问题：如果按追溯网络文学源头的方法来追溯网络女性文学的源头，您认为应该是什么？

贺麦晓：还是应该以《花招》[①]为起点。

---

① 《花招》是全球首家大型中文女性网络文学月刊，由几位活跃于中文诗歌网的女性作者创刊于 1996 年 1 月，编辑中心设在美国加州硅谷，编辑部是清一色的女性，都是一边工作一边写作的文学爱好者。

二、网络文学的定义

王婉波：探寻网络文学的起点就不得不讨论网络文学的定义问题。如果明晰了"网络文学是什么"，再去追索"起点是什么"，将会变得清晰一些。曾有根据时间段命名的"先秦文学""魏晋文学""唐宋文学"等，有根据书写主题命名的"伤痕文学""寻根文学""知青文学"等，还有根据载体形式命名的"甲骨文学""竹简文学""纸张文学"等，"网络文学"的命名最初也是从这个层面上考虑的，强调了其区别于传统印刷文学的新媒介属性。但在以媒介命名时，欧阳友权等还强调了其"首发性"和"原创性"，以排除那些首发于纸质经电子扫描到网络上的文学作品。您对网络文学的定义有何看法？

贺麦晓：网络文学的定义可以尽量广，也包括在网上发表的线性文本①。但是至少应该有一些互动功能。

王婉波：我们谈论网络文学时总习惯于将其与传统文学区分，那传统文学指的是什么呢，纸质的印刷文学、早于网络文学之前的都是传统文学吗，还是在创作方法、类型风格上有鲜明差异的文学？它们之间的本质差异是什么？比如玄幻，在魏晋志怪小说、明清鬼魔小说中也有一些影子；比如穿越，以前就有黄粱一梦、杜丽娘还魂之类的穿越。是否可以说区别在于商业模式和游戏化、数据库写作逻辑？

贺麦晓：Katherine Hayles 说过类似这样的话：一旦用"文学"这个词，脑子里就会有纸质文学概念。我同意她的说法。不过，年轻人可能不一样。我是这样认为的，所以我感兴趣的网络文学作品还是那些有跨越性的东西。我用"作品"这个词也暗示着我这方面的偏见。

王婉波：您在 *Internet Literature in China* 中也提到过一些文学网站，比如黑蓝和一些诗歌论坛，它们不追求利润，但仍在蓬勃发展。您也肯定了起点中文网成功的商业模式。那么"商业模式"在网络文学发展中扮演着怎样的角色？

---

① 线性文本的信息按照直线式的先后次序组织和呈现，例如纸质媒介或电脑屏幕显示的 Word 文档，是按内容顺序和页码次序来安排信息的。而计算机超文本是非线性结构的。

贺麦晓：就像我书中所说的："起点"上发表的小说都是"没有书号的书"。它们颠覆了书号制度，对出版事业的管理方法提出了很大挑战。

王婉波：第二届中国网络文学高峰论坛上发布的《中国网络文学发展报告》认为，网络文学是指文学创作者以互联网为展示平台和传播媒介，以文字为表现手段，创作发表的供网民付费或免费阅读的文学作品形态。这段话中的"展示"和"传播媒介"突出了网络文学的发布形式和传播手段。体裁也没有强调长篇连载，媒介手段也不限于网站网页或移动端，突出了其背后蕴含的产业化特征。这似乎迎合和看中的是当下"泛文娱"产业的发展状况与未来潜力。尤其当下新媒体写作、短视频宣传、免费阅读策划、5G技术热潮等现象层出不穷，使得网络文学的概念界定有了宽泛式考量的趋向。

贺麦晓：这个定义我很赞成，应该肯定。

王婉波：是网络文学自身的发展越来越窄化了，还是学界的关注点和市场、商业的选择不谋而合，或者受后者影响，导致窄化，忽视了除长篇类型小说之外，网络上发展的其他文学作品？

贺麦晓：是的。不光是网络文学，整个网络文化的活动空间和实验空间最近几年都有所窄化。

王婉波：如果按目前"窄化"研究的趋向来看，您在 *Internet Literature in China* 中研究的那些早期文学现象及作品似乎不在当下的"网络文学"研讨范围内。您更关注网络上的诗歌实验，特别是最后一章，您论述了姚大钧在视觉和音乐结合基础上创造出来的"电子诗歌"。当下网络文学已不再有早期的先锋性、实验性、探索性，类型化、商业化成为其新特质。而中国本土的网络文学研究很少关注这类作品和创作现象。

贺麦晓：可能因为我仍然抱着传统的文学观念来研究网络文学，觉得那些比较有跨越性的作品更有意思。另外，我是研究诗歌出身的，小说一直看得不多。而且，中国的网络小说篇幅实在太长了，语言对我来说也太陌生，我的阅读能力有限，无法掌握。

目前中国国内研究早期作品的人不多，其原因也包括保存问题。那些作品已经很难找到，Wayback Machine 保存了一些，但是不全。姚大均的网站早已不存在，好在我当时全部下载了。

王婉波： 在 *Internet Literature in China* 这本书中，对于类型小说为何没有太多论述？

贺麦晓： 因为我了解不多，读得也不够多。同时也是因为我知道有别人在做，比如冯进（Jin Feng）教授，还有尹海洁（Heather Inwood）教授，北美也有几个年轻的华裔学者正在做这方面的研究。

王婉波： 关于"网络文学是什么"，您在书中解释为"作为中文写作，无论是既有的文学文类还是具有革新性质的文学形式，它都指网上互动语境下的出版物，并且是要在屏幕上进行阅读的。"[①]特别强调媒介属性——"屏幕"（on-screen）。从这本书出版到现在，网络文学又发生了很大变化，当下您对网络文学的定义有什么新的阐释和想法？

贺麦晓： 最大的变化还不是网络文学的变化，而是纸质文化的数字化。大部分纸质书都有数字本，大部分杂志和报纸我们都在网上看，已经分不清什么是网络文化，什么是纸质文化。但是在中国，还是区分"网络小说"和"非网络小说"，连纸质出版的网络小说也仍然叫作网络小说，很复杂。

王婉波： 您在书中提到了一个概念"electronic literature"（电子文学）——这些作品有强烈非线性写作的属性，通过利用超文本链接、其他互动功能、机器生成的转场和多媒体效果，使读者远离传统的逐行阅读体验。"electronic literature"不仅强调作者在传统方面的写作技巧，而且也注重其编程和设计技巧。Internet literature（网络文学）和 electronic literature 的本质差别是文本生产模式的不同吗？当下的网络文学越来越偏离了最初"超文本""超链接"的创作模式。您在书中

[①]　Michel Hockx, *Internet Literature in China*, New York: Columbia University Press, 2015, p.4. 原文：it is Chinese-language writing, either in established literary genres or in innovative literary forms, written especially for publication in an interactive online context and meant to be read on-screen.

也表示不相信"非线性是创新在线写作的必要条件"。当下的网络文学确实以实践了的切实的面貌展现了"非线性"并不是决定"在线写作"与非在线写作不同的关键因素，网络文学以其内容的多类型、多样性展现出不同于传统文学（创作手法）的差异。西方的"电子文学"具体形态和发展是怎样的？

贺麦晓：电子文学是严格限制于非线性的、无法印在纸上的、实验性强的作品。说这是"西方"的概念不完全准确。全世界都有。台湾、香港也很早就有了，特别是在台湾仍然很活跃。想了解这个概念的历史和现状，并看到大量保存下来的作品，可以看 Electronic Literature Foundation 的网站 https://eliterature.org。

王婉波：单小曦在《数字文学的命名及其生产类型》中说，网络文学无法涵盖所有数字文学。今天也存在着大量非网络化的以光盘、计算机软件、数字储存器特别是越来越智能化的电子书形式传播、发行、阅读的数字文学形态，这些都不能称为网络文学。[①]也就是说，用网络文学来概说国外称为"超文本文学"（Hypertext Literature）、"数字文学"（Digital Literature）的作品是不准确的。在这个意义上，中国的网络文学包括哪些形态？除了中国的，国外的类似创作可以称为网络文学吗？

贺麦晓：我当时认为"网络文学"这个提法可以包括所有的那些形式和技术。看来现在已经不行了。不过，假如我们接受"网络文学"只是指"网络小说"的说法，那么这并不意味着这种文学只有中国才有。国外也有很多网上发表的类型小说，只不过它不太受文学研究者的重视，也没怎么商业化。

王婉波：关于"网络文学是什么"，众多中国学者将重点放在讨论"文学"和"网络"孰轻孰重的问题上。如有观点认为网络文学的父亲是网络，母亲是文学。关于网络文学中文学与网络的关系您怎么看？

贺麦晓：我个人没什么意见。我看中国的情况，似乎还是"网络"的部分被看得重一点。否则，怎么会有纸质版的"网络小说"？如果它原来的发表情况不重要的话，那么这样的小说就是小说，不必叫它"网络小说"。同样，也不需要

---

① 单小曦：《数字文学的命名及其生产类型》，载《中州学刊》，2011 年第 6 期。

有专门的"网络作家协会"，归入"作家协会"就可以了。

王婉波：很多学者认为，网络文学的历史性"出场"并不一定意味着"文学性"的在场；相反，它倒可能构成对文学性新的遮蔽，造成文学"出场"而"文学性"缺席的矛盾。是不是技术的"去蔽"造成的文学性"遮蔽"？

贺麦晓：我不这样认为。当代中国在改革开放之前没有商业性的文化产业，因此也没有西方式的通俗文化。90年代后，中国的出版制度彻底改革，商业性通俗文化、通俗文学就有存在的可能性。我觉得这是很正常的，不用担心的。"严肃"文学不会一下子没有了。真正有意思的是，为什么中国那么多学者和批评家对这种通俗文学感兴趣，并把它介绍到文学研究范围（而非文化研究或媒体研究或社会学研究范围）之内，这意味着什么？

王婉波：这个问题我也很有兴趣。我和同门师弟江秀廷同学讨论后有这样几个看法：

一是中国网络文学确实是补课式增长，中国有着比较久远的通俗小说传统，但其间很多年并没有得到足够关注和持续发展，随后外国通俗文学"入侵"，港台通俗文学大行其道，大陆迫切想创造自己的通俗文学，所以有如惯性一般将网络文学纳入通俗文学及其研究范畴里。

二是传统纯文学历经多年的发展，地位根深蒂固，普通大众进入难度较大，门槛较高，这容易形成二元对立的研究心理。网络文学提供了草根创作平台，加上商业机制的引入，网络文学以类型小说的形式成为主体存在，这是大众的创作，可能与国外先锋的网络创作不同。关于这一点我也不确定，国外的网络创作到底是什么样子的。欧美国家是否也有这种"二元对立"的研究心理，或主流文学这样的意识。

三是中国的社会学研究、文化研究、媒介研究理论资源很大程度上是从国外引进的，本身发育得不好，以其研究网络文学，难有突破性成果。加之中学的学科规制，分类精细，跨学科研究有时很困难。但可以看到，现在越来越多的人开始从文化研究、媒介研究等领域观照网络文学，特别是媒介研究。这需要时间。

四是相关研究的视野还不够宏阔，学科发展不平衡，有些学科不受重视，研究和发展受到客观条件的限制，还有很大的延展深化空间。

贺麦晓：你和你师弟的想法很有道理。文化研究在欧美学术界一定程度突破了严肃 / 通俗的二元对立。大学（学术）之外，二元对立在欧美还是很突出，可能比在中国还要突出。一般的文学读者并不知道网络文学是什么，网上作品也很少有纸质出版机会。网上活跃的小说写手虽然很多，小说类型也与中国、日本等相似，但基本上都是业余作者，也赚不了钱。

当然，欧美也有商业性通俗小说，但大部分还是纸质的。比如英国的 Mills and Boon 言情小说（https://www.millsandboon.co.uk）。这些书很便宜，可以在网上买，但不能在网上阅读。欧美的纸质通俗小说十分流行，据称"每 10 秒卖一本"。关于这一现象，英国的《卫报》最近有相关报道。

王婉波：您为什么对黑蓝感兴趣，早在 *Internet Literature in China* 中就有所关注，直到现在还在研究，是什么吸引了您？

贺麦晓：黑蓝网刊每个月出一期，从不拖期，从 2003 年到 2015 年出了 149 期，这是很可观的成果。民间文学杂志很少有那么长的寿命，那么固定的发表规律，很值得研究。

王婉波：中国学界对黑蓝的研究较少，这也是值得思考的问题。

贺麦晓：他们确实比较独特，注意的人不多，一方面是他们自己不愿意（"splendid isolation"是也），一方面也是因为没有参与主流的出版制度，也没有参与网络文学的（商业性、通俗性）主流。

三、网络文学的主流化、经典化

王婉波：您之前的研究主要关注中国现代文学，出版有《雪朝：通往现代性的八位中国诗人》《文体研究》等专著，在《剑桥中国文学史》中负责撰写《印刷文化与文学社团》这一章节。是什么原因使得您后来的研究兴趣转移到了中国网络文学方面？

贺麦晓：我认为 21 世纪初的网络文学和 20 世纪初的杂志文学有一些共同的

地方。谈到《剑桥中国文学史》，其实我也撰写了关于网络文学的章节，只是中国大陆的版本没有包括进去。

王婉波： 是的，原版《剑桥中国文学史》中您还负责撰写 "Recent changes in print culture and the advent of new media"（印刷文化的新变与新媒体的出现）这一部分，您从 "Changes in the domestic system of publishing"（国内出版制度的变化）、"The global literary market"（全球文学市场）、"The new media"（新媒体）、"Discussion forums"（论坛）等几个方面来展开。当时是怎样考虑和设计的，能谈谈您这本书写作的经过吗？

贺麦晓： 当时比较全面地讨论了中国大陆文学出版制度的主要变化。很多学者认为，改革开放后有两个主要变化：第一个变化是 90 年代国家赞助逐渐减少，出版业经过商业化过程，作家及其代理人可以签订不同合同（简体字版本、繁体字版本、翻译版本等等），赚钱机会增加了很多。这也是最大的变化。记得我 80 年代在中国留学时，所有书店卖的书都差不多，价格也不能变，供与求之间毫无关系。第二个变化是 90 年代末至 21 世纪初网络文学的出现。网络小说是"没有书号的书"，从根本上颠覆了以前的出版制度。

王婉波： 您对中国的出版制度有所研究，也有一些书在不同国家出版发行。中国与其他国家在出版方面有哪些差异，能说说您的体验吗？

贺麦晓： 区别不算太大。其他国家更注重所谓"匿名评审"（anonymous peer-review），中国更注重熟人介绍。其他程序似乎差不多。

王婉波："匿名评审"指的是什么？书稿在出版之前也要像论文匿名投稿给期刊一样投给出版社，等待他们评审吗？中国一般是作者联系出版社掏钱出书，当然也要经过出版社审批与修改。

贺麦晓： 英文学术界，特别是美国，很重视权威出版社和非权威出版社之间的区别。权威出版社（大部分是大学出版社）一定有匿名评审，有时候会有两次，首先由出版社评审作者寄去的专著方案（book proposal），通过评审后签订合同，拟定交稿日期，并许诺将书稿寄给匿名评审者，但不会有关于出版的许诺。只有书稿通过了评审，出版社才会同意出版。

也有作者掏钱出书的出版社。如果年轻学者在这种出版社出版第一部专著，就拿不到权威大学的长聘职位（tenure）。

中国比较重视期刊论文、引文索引、合作项目，这似乎是自然科学的惯例。欧美也在逐渐向那个方向发展，但到目前为止人文（humanities）研究还没有采纳这种系统，仍然认为专著（monograph）比什么都重要。

王婉波：距离您写 *Internet Literature in China* 这本书已经过去了七年，当下的网络文学经历了 VIP 收费制度后逐渐成熟，类型化、长篇化、商业化特征逐渐明显，您对中国的网络文学有哪些新的期待？

贺麦晓：很多新的东西我已经不太熟悉了。但有一点我一直比较高兴，那就是中国仍然有那么多人对文学（不管是通俗还是不通俗）感兴趣，那么多人喜欢读书。这是可喜的事情。

王婉波：您在 *Internet Literature in China* 这本书中说过这样一句话："That it is now in relative decline, with the number of users of online sites growing more slowly than the number of Internet users as a whole, is somewhat of a fortunate coincidence. Although nobody can predict how the Internet will develop in the future, it may well turn out to be the case that the period covered in this book (roughly 2000-2013) has seen the rise, climax, and gradual demise of a unique form of Chinese-language cultural creativity." [①] 您用了"demise"（消亡）这个词，这是一种怎样的情感和判断呢？网文在 30 年历史中经历了变革、转型、创新，当下依旧有这么大的发展市场，并越来越主流化，您有什么新的看法？

贺麦晓：我错了！书的结论中确实写了那句话，主要是因为我以为网络文学

---

① Michel Hockx, *Internet Literature in China*, New York: Columbia University Press, 2015, p.4. 中文翻译为：现在在线网站用户的增长速度比整个互联网用户的增长速度要慢，所以在线网站用户的数量相对下降，这在某种程度上是一个幸运的巧合。虽然没有人能够预测互联网在未来会如何发展，但是这本书所描绘的时期（大概 2000—2013 年）大概率见证了这一独特汉语文化形式的兴起、高潮和逐渐消亡。

离开了电脑，只通过手机之类的硬件来消费，几乎不可能有互动可言了。这大概跟我的年龄有关：我不喜欢在手机上敲字，觉得非常困难。但看来年轻人并不觉得这是一个问题，因此网络文学依旧活跃，互动的人还是很多。

王婉波： 您曾表达过不太喜欢"主流"这个词，您认为使用这个词会抑制多样性、独创性和差异性。但现在中国关于网络文学出现了主流化发展的声音，对此您怎么看？

贺麦晓： 这其实是两个不同的问题。首先，我当然不会否认有些文类在一定的时候变成了一种"主流"，而这种主流化和经典化的过程都很值得研究。可是那些过程所代表的往往不是历史真面目，而是后来人的价值判断或意识形态判断。比如说，很多人认为现实主义小说是民国时期文学的"主流"，可是我看了很多民国时期文学杂志以及其他资料，只能说这个"主流"在当时，特别是在30年代之前，根本不是主流。整个"新文学"在30年代之前大概都不是"主流"而是"先锋"。看那些新文学提倡者多么激动地谩骂所谓"鸳鸯蝴蝶派"，谩骂所谓"旧文学"——这是典型的先锋派行为。真正的主流应该是更有自信的，不用骂别人。我一直坚持，现实主义小说作为现代文学"主流"这个概念其实是1949年以后才定型的。

无论怎样，如果真的有那样的主流，我们还是得努力研究主流之外的东西。不了解非主流的东西，就无法了解主流本身。

王婉波： 网络文学才发展二三十年，且还在不断变化，当前就开始探讨网络文学的经典化问题，是否为时过早？

贺麦晓： 已经晚了！无论经典与否，有很多精彩的早期网络文学作品（包括我在 *Internet Literature in China* 中描写过的）现在已经找不到了。数字资料的保存是一个重要问题，很值得注意。你想想，我们都认为鲁迅的《狂人日记》是早期新文学的经典作品，假如我们已经找不到《狂人日记》原本的话，会是什么样的情况？要决定某些网络作品是"经典作品"的话，就得保存它们！很多国家已经关注这个问题，建立了自己网域的 archive。比如英国的 UK Web Archive 保存

了所有的 .uk 网域的网站。中国据我所知还没有，希望很快会有。

王婉波： 文学经典的概念及其建构本身是印刷文化的产物，您觉得网络文学在经典化过程中会丧失掉一些自身的风格特征吗？比如网络文学现在也开始编订选集，推选经典作品，建立图书馆收藏库等，这似乎是加强了传统与网络之间的传承序列，帮助网络文学朝经典化、主流化方向发展，完成"主流文学的重建"。但这是否会影响网络文学自身的发展规律和特征呢？又是否能展现出网络文学的完整发展样态呢？网络文学离不开网络语境，并具有开放性、在线性、交互性、动态性、延展性等特征，一旦开始"经典化"，网络文学是否会成为一种"离线文本"？

贺麦晓： 是有这个危险，不过很难确定到底什么是"网络文学自身的发展规律"。我们只能看它怎么发展，有没有"规律"也许事后能知道。另外，网络文学特别是网络类型小说一开始就有经典化倾向，像"起点"那样的网站之所以能成功，一定程度上与它的各种排行榜有关。建立排行榜也是一种经典化。所以，真正的问题也许不是经典化本身，而是谁有权力决定什么是经典。

王婉波： 您认为网络文学的经典化应该如何达成，是否能提供一种全新的经典化标准或渠道呢？

贺麦晓： 是的，排行榜之类就是比较新的经典化系统。

王婉波： 您指的是文学网站上的排行榜吗，是否也包括有学者参与的作协或其他线下赛事的排行榜？有潜质的网络小说的 IP 开发、跨媒介传播等等，也算是经典制造的过程。也许可以期待，网络文学在"经典化"方面也将对纸媒时代的话语规则提出挑战。

贺麦晓： 任何一种排行榜，不管是谁做的，都有一定的经典化功能，可以代表一种"象征资本"。我一直对那样的东西很感兴趣。

王婉波： 您在英国和美国时，有没有浏览过中国网文平台的海外版，或在海外发展起来的中国网文平台？如英翻网站 Wuxiaworld、Gravity Tales、VolareNovels、起点国际 Webnovel 等，您觉得中国网络文学在海外的传播力、影响力如何？

　　贺麦晓：浏览过，可是不太感兴趣。这些网站的影响力不算太大。

　　王婉波：这些海外网文平台的发展历程中，资本驱动和粉丝自治在其中扮演着怎样的角色？

　　贺麦晓：这方面没有考察过，不太清楚。据我所知 Wuxiaworld 是粉丝自治的。网络文学在英美以粉丝为主，不像在中国那么商品化、企业化。

　　王婉波：您认为网络文学在中国当代文学史上的意义是什么？它带来了哪些突破？

　　贺麦晓：主要的突破是带来了中国出版制度的转变。"没有书号的书"，这在以前是无法想象的。网络文学是中国 1949 年以后首次出现的商业性通俗文学，商业模式很突出，别的国家没有，这也是一个突破。

四、网络文学的评价体系与研究方法

　　王婉波：在认可网络文学的这一脉中，有偏向于"网络"的，也有偏向于"文学"的。早期的网络作家，不乏从传统文学现场走到网络文学中去的，"网络"给他们提供了第二战场，他们有深厚的写作功底，对文学有独立的思考。他们的作品也曾被纳入传统文学理论的研究框架之内。但随着类型化、商业化、二次元化特征越发突显，网络文学的书写形式和传统文学的差别越来越大，传统的批评话语与评判标准也不再适用于网络文学。如何评价网络文学，怎样建构更合适的网络文学评价体系是当前学者面临的主要问题。

　　贺麦晓：这个问题很复杂，不容易回答。我的研究主要使用来自文学史和文学社会学的方法，不太喜欢进行作品评价。这不是说我没有意见，只是我当时没有专门思考"评价体系"的问题，还是按照传统的评价习惯肯定了一些作品，比如陈村、黑蓝。跨媒体研究也很有意思，也有人在做。至于跨媒体网络文化评价，网民、知识分子、纸质作家等等，各方面可能有不同的说法。我现在主要研究文化政策，对这些讨论感兴趣，不过自己没有什么特殊的看法。

　　王婉波：现在中国学者都在试图建构合适的网络文学评价体系，从一开始的话语尴尬到现在的不断探求，比如如何推进网络文学经典化、主流化工作的进程，如何避免传统文学研究方法对网文研究的尴尬，等等。关于网文研究您有什么建议？

贺麦晓：最重要的还是保存问题。要有经典，就必须有机会让人看到那些经典，纸质版不算，要紧的是保存那些网站。有些国家（比如英国）的国家图书馆已经开始保存该国网域中的所有网站。这是很重要的工作。（参看 https://www.webarchive.org.uk）

王婉波：目前您既关注现代文学，也关注网络文学，虽然在研究方法上都从文学社会学、文化研究等角度入手，但两者本身还是有很大区别。在研究过程中，您觉得两者相比哪个挑战更大一些，其中的挑战何在？

贺麦晓：作为非以汉语为母语的研究者，语言总是最大的挑战。我八九十年代接受"汉学"教育，以读书和翻译为主，读的民国时期资料比较多，对那时候的语言比较熟悉。另外，我在 1986—1988 年，以及 1991 年和 1995 年在中国逗留了较长时间，也比较熟悉那个时候的语言。目前的网络语言对我的挑战非常大，甚至完全看不懂。我研究的网络文学主要是早期的或比较传统的著作，也是这个原因。

王婉波：我在对网络文学起点进行溯源时也遇到一些困难，因为国内对网上内容的保存不够及时和完整，甚至对互联网档案的建立和保存还欠缺一定意识。您之前提到您在用 Internet Archive Wayback Machine，您也帮我找过早期北美网络文学的材料。关于数字档案的保存与整理工作，能谈一下您的经验和方法吗？

贺麦晓：对，这是很大的问题。Wayback Machine 保存了很多，但主要是文字，图像比较难保存，视频更没办法，保存论坛内容也不容易。我研究"小众菜园"的时候，经常自己下载研究内容，后来我把书中引用的内容上传到一个网站，看书的人可以看到当时的资料。

中国在这方面做得不够，全靠个人努力。我研究的那些人，像陈村、姚大均、黑蓝，他们自己有保存，有时可以找他们帮忙。但也有网络作家或写手并不愿意保存，认为这违背网络的特性，认为网络文化就应该是暂时的、一闪而过的。

王婉波：您在研究网络文学时曾创建了一个网站快照的在线存档，希望读者能准确地看到您所见的东西。这是网站吗？

贺麦晓：这是一个网站，因为版权问题不能完全公开，但感兴趣的研究者可以联系我，我给一个账号就可查看。内容很简单，按照书中注释的顺序整理了资料。你如果对我在某一章的注释中提到的网址感兴趣，就可以看到我当时做的快照。

王婉波：您曾说过，所有国家都有关于规范文学和文化道德方面的法律和规则，其他国家这方面是什么情况？

贺麦晓：美国宪法保障言论自由，但不是所有的言论都受到法律保护，淫秽言论就是例外之一。英国的淫秽审查也有很多例子，如有名的《查泰莱夫人的情人》，1960年前一直被查禁。电影审查更普遍，英国一直到1984年还有"电影审查理事会"（Board of Film Censorship），后来改名Board of Film Classification（电影分级委员会），但工作内容没有变。新西兰政府专门设有Head Censor（总审查员）职位。

审查研究是一个相当活跃的领域。我去年给本科生上了一门"全球审查"课，讨论了很多国家的例子。美国学生一开始都说："美国没有审查！"上了一两次课后，发现问题没那么简单，后来我们的讨论越来越丰富，越来越有意思，大家逐渐有了自己的看法和切入点。我也学到了很多，以前主要研究中国的个案，现在视野扩大了。

王婉波：您和爱荷华大学孙丽莹教授合著了"Dangerous Fiction and Obscene Images: Textual-Visual Interplay in the Banned Magazine *Meiyu* and Lu Xun's Role as Censor"（《危险小说与淫秽的图像——禁刊〈眉语〉的文本–视觉互动与鲁迅的监督作用》），这篇文章为我们认识《眉语》提供了新的视角。您最初是怎么知道《眉语》的，为什么要去研究这本杂志？

贺麦晓：孙丽莹教授和我关于《眉语》研究了很长时间。凡是跟《眉语》的视觉内容有关的分析都是孙教授提供的，关于鲁迅那一部分主要是我负责。《眉语》是中国第一本由女子编辑的文学杂志，1914 年创立，1916 年被禁。《眉语》被禁跟鲁迅有关，这个故事很长，中国也有不少人研究过。因为鲁迅不喜欢《眉语》，所以以前很少有学者去读《眉语》，去看看到底是怎么样的一本杂志。孙教授和我从 2009 年开始收集有关《眉语》的资料，先出了一篇英文文章，将来希望能出一篇更长的中文文章。

王婉波：中国对《眉语》的研究更多是从都市女性写作、言情、身体叙事等角度来解读的，但您从当时的审查和禁止角度来研究，为何会选取这样的研究角度？您一直对"文化政策"比较关注，缘何有这样的兴趣？

贺麦晓：我一直对文学审查比较感兴趣，曾经研究过 1930 年代国民党政府对文学的审查，也研究过目前中国官方等机构对网络文学的管理。"审查研究"是一门有意思的学科，从上世纪 90 年代以来有很多新的突破，所谓 New Censorship Studies（新审查研究）是也。

《眉语》有比较多的裸体内容。虽然大陆、台湾学者，特别是女性小说研究者，重新发现了《眉语》，充分分析了《眉语》上发表的小说，但是提到裸体内容和查禁问题的人还是不多。《眉语》有不同版本，有些学者用的是比较"干净"的复印本；有些学者只下载数字化的文字内容，不看封面、图画等。我们的研究尽量用原本，将视觉内容和文字内容一起分析。从方法来讲，有点像我以前提倡的"横向阅读"（horizontal reading）。

王婉波：除了这篇文章，您 2018 年主编的论文集 *Women and The Periodical Press in China's Long Twentieth Century*（《中国漫长的 20 世纪的女性与杂志》），涉及女性、性别文化及其审查制度，另外您在 *Internet Literature in China* 这本书中也对《花招》等女性文学网站有所关注。在对跨越几十年的女性杂志、女性文学的研究中您有什么心得？经过近一百年，您觉得中国女性在文学创作及话语权上有哪些发展和变化？另外，这本书中运用了非常多新的数字化研究方法，是创新"数字人文"的好例子，这让我受益颇多。

贺麦晓：这个问题不容易回答。我确实对性别研究感兴趣，同时又觉得我知道得不够，只能提供一些相关的资料和看法。我认为中国的女性作家还是很少，男性作家和评论家对女性的偏见还是很多。网络文坛好一点，但文学网站也往往根据非常过时的性别观分为"男生小说"和"女生小说"。这是我无法理解的。

王婉波：国外的通俗文学或类似的文学创作没有鲜明的性别划分吗？文学网站的男女频分频很大程度上是针对读者的喜好吧。女性读者更喜欢言情，男性读者更喜欢玄幻、武侠等；男性作家笔下的女性角色往往单薄、扁平，"开后宫"模式也不太讨女性读者喜欢；而女频小说中翻来覆去的恋爱故事也让男性读者提不起兴趣。目前也出现了一些作品，融合众多元素，将侦探、悬疑、情感、家国天下、时代变革等融合在一起，吸引男女性读者共同喜爱。

贺麦晓：我就知道你不会同意我的看法！当然，言情小说之类的读者在英美也基本是女性，而那些大规模的、商业性强的通俗小说出版社对这个事实也很清楚，因此他们的广告和推销资料很明显是针对女性读者群的。不过，中国那种公开地把小说"性别化"，我还是不容易接受，这让我想起以前西方商店对小孩玩具和服装的性别化：蓝色是男性，粉红色是女性。这种区分遭到女性主义者的严厉批评，现在已经少多了。我记得你在论文里也提到这一现象，并强调这种女生频道可以看成一种"安全空间"（safe space），它给女性网民一个机会，摆脱父权制的压力。

王婉波：您曾说过，在学术研究中，做出某种判断不是您的任务和关注点，更重要的是去理解当时人们为什么会这么做，为什么那些工作是有意义的。您更多地关注文本的社会层面。您为什么会更为侧重文学的"外部研究"或"语境研究"？

贺麦晓：一直是这样的。我的博士论文主题是早期白话诗（1917—1922），专门研究文学研究会诗人。当时也有人问我为什么要研究这样的诗，我的回答一直是，我觉得那些诗人好有意思！我一直关注资料，一开始就偏向于文学史而很少做文学批评。文学社会学的影响是后来的，可是较之真正的社会学家，我缺乏定量方法（quantitative methods）的训练。可以说我的理论框架来自文学社会学，但研究方法还是属于文学史。

王婉波：这两年我在关注网文读者，您能具体谈谈文学社会学研究方法吗？

贺麦晓：我对社会学方法其实缺乏训练。我所知道的基本上都来自 Pierre Bourdieu（皮埃尔·布尔迪厄）。有一本学术杂志叫 *Poetics*（《诗学》），创刊于 1971 年，专门关注文学的实证研究（empirical study of literature）。另外，香港大学社会学系田晓丽教授做了一些关于内地网络文学读者的研究。英文著作有美国 Grinnell College（格林内尔学院）冯进教授 2013 年出版的专著 *Romancing the Internet: Producing and Consuming Chinese Web Romance*（《浪漫化网络：中国网络罗曼司的生产与消费》），她在网络小说读者群中做了不少"田野调查"。

王婉波：您在海外做中国文学研究，是怎样获得相关史料和其他资料的？

贺麦晓：收集中国网络文学的"史料"（即 90 年代末到 21 世纪初的资料）比较方便，Internet Archive Wayback Machine 网上可以查到。

王婉波：疫情对您的学术研究有影响吗？

贺麦晓：已经三年没去中国了，这对我的研究有很大影响。虽然资料都可以找到，跟中国同行可以通过 E-mail（电子邮件）和微信联系，但这种交流比较勉强。希望可以尽快恢复疫情前的习惯，每年至少去一次中国。更希望我的学生能尽快有机会去中国，学汉语而无法去中国，是很困难的。

来源：《长江学术》2022 年第 4 期